人民共和國文化與文學叢書

五 編

李 怡 主編

第 8 冊

新世紀文學論稿
——作家與作品（下）

孟 繁 華 著

花木蘭文化事業有限公司

國家圖書館出版品預行編目資料

新世紀文學論稿——作家與作品（下）／孟繁華 著－初版－
新北市：花木蘭文化事業有限公司，2017〔民106〕
目 4+200 面；19×26 公分
（人民共和國文化與文學叢書 五編：第 8 冊）
ISBN 978-986-485-079-2（精裝）
1. 中國文學 2. 文學評論
820.8   106013283

ISBN-978-986-485-079-2

9 789864 850792

人民共和國文化與文學叢書
五 編 第 八 冊　　　　　　ISBN：978-986-485-079-2

新世紀文學論稿——作家與作品（下）

作　　者　孟繁華
主　　編　李　怡
企　　劃　北京師範大學民國歷史文化與文學研究中心
　　　　　四川大學現代中國文化與文學研究中心
總 編 輯　杜潔祥
副總編輯　楊嘉樂
編　　輯　許郁翎、王　筑　美術編輯　陳逸婷
印　　刷　普羅文化出版廣告事業
出　　版　花木蘭文化事業有限公司
社　　長　高小娟
聯絡地址　235 新北市中和區中安街七二號十三樓
　　　　　電話：02-2923-1455／傳真：02-2923-1452
網　　址　http://www.huamulan.tw 信箱 hml 810518@gmail.com
初　　版　2017 年 9 月
全書字數　326571 字
定　　價　五編30冊（精裝）台幣56,000元　　　　版權所有・請勿翻印

新世紀文學論稿
——作家與作品（下）

孟繁華　著

人間萬象與絕處逢生

——評余一鳴的小說創作

　　余一鳴在 20 歲前後的 1984 年就開始發表小說，並出版有中篇小說集《流水無情》、短篇小說集《什麼都別說》等。如果是這樣的話，余一鳴已有近 30 年的創作歷史，按說他也應該是一位「老作家」了。但是，余一鳴的「成名」、或者為廣大讀者和批評界關注，則是這兩年的事。幾年時間，余一鳴也僅發表了《風生水起》、《我不吃活物的臉》、《沙丁魚罐頭》、《不二》、《放下》、《入流》、《憤怒的小鳥》以及長篇小說《江入大荒流》等為數不多的作品。但是，這些作品一出，好評如潮一時洛陽紙貴。這些作品大都發表在《人民文學》、《中國作家》、《鍾山》、《花城》等國內重要文學刊物上，而且多被《小說選刊》、《小說月報》、《中篇小說選刊》、《北京文學中篇月報》、《中華文學選刊》等選載，並連續獲各種獎項。余一鳴迅速成為文壇明星式的作家。他的創作因其獨特的題材和獨特的文學性表達而被廣泛流播。

　　我最初接觸余一鳴的作品是在 2010 年，著名作家畢飛宇向我推薦了余一鳴的中篇小說《不二》。飛宇的眼光自然毋庸置疑，他不僅是成就斐然的作家，同時也是著名的小說編輯。但余一鳴我聞所未聞，這個時代已鮮有黑馬出現，余一鳴真如飛宇講述的那般了得嗎？我迅速地讀了發來的電子版。讀後我震驚不已——不見經傳的余一鳴果然不鳴則已一鳴驚人。

　　《不二》詼諧、戲謔的風格非常好看。但這只是小說的外部修辭裝飾，它內部更為堂皇的是思想和藝術力量。現在有力量的作品不多，特別是能夠切開生活光鮮的表皮，將生活深處的病象打撈出來的作品更是鳳毛麟角。在

這個意義上說，《不二》是一部我們期待已久的小說。小說從五年前紅衛的「二嫂」孫霞的生日寫起。那個場景是世俗生活中常見的場景，在這個場景中，小說的人物紅衛、東牛、當歸、秋生、紅霞等粉墨登場集聚一堂。這是一個常見的俗豔聚會。但這個聚會卻為後來發生的所有事情埋下了伏筆。特別是東牛與紅霞那種說不清道不明的關係。聚會的談話有三個關鍵詞：一個是「二嫂」、一個是「研究生」、一個是「師兄」。「二嫂」就是「二奶」，但「這詞不中聽，不如二嫂的稱呼來得親切而私密」；「研究生」就是不斷變換的「二奶」，就像研究生老生畢業新生入學一樣；「師兄」是東牛弟兄們按年齡排的序。這種既私秘又公開的世俗生活非常高雅地「知識分子化」了。按說也有道理，他們的生活方式和趣味理應出自一個「師門」，這個「師門」就是「官場」、「商場」和「情場」共同塑造的社會風氣和趣味。但那時的東牛事出有因確實沒有「二嫂」。也正是因為東牛沒有才成全了後來他與孫霞的一段情緣。

　　孫霞是小說中非常重要的人物。男人的世界她一眼望穿，她也曾利用自己對男人的瞭解利用男人。但她內心深處仍有一個飄渺的烏托邦，有一個幻想的「桃花園」。雖然所指不明，但也畢竟給人以微茫的光。這是一個明事理知情義的女人，似乎是一個現代的杜十娘或柳如是者流。她與東牛恰好構成了對比關係：最初給人的印象是，東牛有來自鄉土的正派，無論對「師弟」還是對女性，既俠義又自重；孫霞初出頭角時則是一個風月場上的老手，見過世面遊刃有餘。但孫霞在內心深處她應該比所有的男人都乾淨得多。為了東牛她不惜委身於銀行行長。孫霞和行長上樓後又下來取包時：

　　　　孫霞說，你現在決定還來得及，我還上不上樓？

　　　　東牛說，上。

　　　　孫霞甩手一耳光打上他的臉，東牛並不躲讓，說，打夠了上去
　　　不遲。孫霞一字一句說，東牛，想不到我在你眼中還是一個賤貨，
　　　你終於還是把我賣了。

　　這個情節最後將東牛和孫霞隔為兩個世界，人性在關節時分高下立判。因此，如果釋義《不二》的話，這個「不二」是男人世界的「不二」，東牛不是「堅貞不二」，而是沒有區別，都一樣的不二。這時我們才看到余一鳴洞穿世事的目光和沒有遲疑的決絕。有直面生活的勇氣和誠懇，面對人性深處的潰敗、社會精神和道德底線的洞穿，余一鳴「不二」的批判或棒喝，如驚雷滾地響遏行雲。

　　2011 年 2 期的《人民文學》發表了他的中篇小說《入流》，發表後受到好評，於是朋友建議他寫成長篇小說。因此，《江入大荒流》中的人物或諸多情節、細節與《入流》多有重複，但在結構上發生了根本性的變化——這不是《入流》的加長版，而是一部重新設計和結構的長篇小說。小說構建了一個江湖王國，這個王國裏的人物、場景、規則等是我們完全不熟悉的。但是，這個陌生的世界不是金庸小說中虛構的江湖，也不是網絡的虛擬世界。余一鳴構建的這個江湖王國具有「仿真性」，或者說，他想像和虛構的基礎、前提是真實的生活。具體地說，小說中的每一處細節，幾乎都是生活的摹寫，都有堅實的生活依據；但小說整體看來，卻在大地與雲端之間——那是一個距我們如此遙遠、不能企及的生活或世界。小說的這一特徵，讓我們看到了余一鳴傑出的寫實能力和想像力。這就是一個作家的天賦。

　　《江入大荒流》構建的是一個江湖王國，這個王國有自己的「潛規則」，有不做宣告的「秩序」和等級關係。有規則、秩序和等級，就有顛覆規則、秩序和等級的存在。在顛覆與反顛覆的爭鬥中，人物的性格、命運被呈現出來。長篇小說主要是寫人物命運的。在《江入大荒流》中，江湖霸主鄭守志、船隊老大陳栓錢、三弟陳三寶、大大和小小、官吏沈宏偉等眾多人物命運，被余一鳴信手拈來舉重若輕地表達出來。這些人物命運的歸宿中，隱含了余一鳴宿命論或因果報應的世界觀。這個世界觀決定了他塑造人物性格的方式和歸宿的處理。當然，這只是理論闡釋余一鳴的一個方面。事實上，小說在具體寫作中、特別是一些具體細節的處理，並不完全在觀念的統攝中。在這部小說裏，我感受鮮明的是人的欲望的橫衝直撞，欲望是每個人物避之不及揮之不去的幽靈。這個欲望的幽靈看不見摸不著又無處不在，它在每個人的身體、血液和思想中，它支配著每個人的行為方式和情感方式。

　　現代性的過程也可以理解為欲望的釋放過程。1978 年以前的中國，是欲望被抑制、控制的時代，欲望在革命的狂歡中得到宣泄，革命的高蹈和道德化轉移了人們對身體和物質欲望的關注或嚮往。1978 年以後，控制欲望的閘門被打開，沒有人想到，欲望之流是如此的洶湧，它一瀉千里不可阻擋。這個欲望就是資本原始積累和身體狂歡不計後果的集中表現。小說中也寫到了親情、友情和愛情。比如大大與小小的姐妹情誼、栓錢與三寶的兄弟情義、栓錢與月香的夫妻情分等，都有感人之處。但是，為了男人姐妹可以互相算計，為了利益兄弟可以反目，為了身體欲望夫妻可以徒有名分。情在欲望面

前紛紛落敗。金錢和利益是永恆的信念，在這條大江上，鄭總、羅總、栓錢、三寶無不爲一個「錢」字在奔波和爭鬥不止，他們絞盡腦汁機關算盡，最後的目的都是爲了讓自己的利益在江湖上最大化。因此，金錢是貫穿在小說始終的一個幽靈。

另一方面是人物關係的幽靈化：江湖霸主鄭守志是所有人的幽靈。無論是羅老大、栓錢、三寶，無一不在鄭總的掌控之中。小說中的江湖從某種意義上說是鄭守志建構並強化的。在他看來，「長江上的道理攥在強人手裏」，而他，就是長江上的強人。當他決意幹掉羅老大的時候，他精心設計了一場賭局，羅老大犯了賭場大忌因小失大，在這場賭局中徹底陷落並淡出江湖；栓錢做了固城船隊的老大，鄭守志自然也成了栓錢的幽靈。小說中的人物關係是一個循環的幽靈化關係：小小與栓錢、沈宏偉與小小、三寶與沈宏偉、栓錢與三寶等等。這種互爲幽靈的關係扯不斷理還亂，欲說還休欲罷不能。其間難以名狀的「糾結」狀態和嚴密的結構，是我們閱讀經驗中感受最爲強烈的，這構成了小說魅力的一部分。

特別值得我們注意的，還有余一鳴的寫實功力。他對場景的描述，氣氛的烘託，讓人如臨其境置身其間，人物性格也在場景的描述中凸顯出來。隨便舉個例子：沈宏偉催債來到了三寶的船上。沈宏偉爲了占小小的便宜挪用了公款借給了三寶，沈宏偉和小小犯案三寶現場捉姦，沈宏偉催債便低三下四舉步維艱。這時的三寶不僅羞辱沈宏偉，還沒有底線地羞辱妻子小小。但是，三個人的關係和性格，在遇到江匪時得到了更充分的展示：

小白臉用手電筒上下照著小小，說，是來船上走親戚的？與那位是倆口子？

小小不說話，蹲著的沈宏偉說，我和她不是。

小白臉說，那麼說，你應該是老闆娘？爲我們長江裏的男人掙臉哪，爲我們長江添風景哪。

小白臉用電筒晃晃陳三寶，陳三寶不說是也不說不是。

小白臉說，奇怪了，這麼大一個美人兒，沒人認領。

黑暗中立即爆發出笑聲。

小小說，我誰的女人也不是，我的男人死的死了，殘的殘了，都不是男人了，你要是個男人，就在這甲板上你把我幹了，讓我看

看這世界上究竟有沒有男人！

甲板上呼哨陡起，小白臉的手下一齊叫好。

就在這時，一個黑影一俯身摸出一把寒光閃閃的板斧向小白臉撲去。小白臉只一閃，就有一桿鐵篙向那黑影腦袋上砸去，黑影晃了晃，倒了下去，板斧在甲板上發出尖利的金屬響聲，一幫人立即衝上去拳打腳踢。

小白臉用電筒照了一下那人，是沈宏偉，已經不省人事了。

小白臉說，這不好。要文鬥不要武鬥。

在這個場景中，小白臉的假斯文真幽默、小小的剛烈和無所顧忌、三寶的猥瑣以及沈宏偉的捨身救美，和盤托出淋漓盡致。這就是掌控小說和塑造人物的功力。僅此一點，余一鳴就孤篇橫絕。還有一點我感受明顯的，是余一鳴對本土傳統文學的學習。在他的小說中，有《水滸傳》梁山好漢的味道、有《說唐》中瓦崗寨的氣息。這個印象我在評論《不二》時就感到了。比如他寫一個女人的手：

「……這個叫孫霞的女人如果是固城人，一定不是莊稼地裏長大的女人。看她那雙拿筷子的手，嬌小細緻，骨節緊湊玲瓏，指尖捏著筷子夾菜時，那握成的拳頭似乎是一隻精靈的小獸，骨節如峰，肉窩似泊，青筋若脈，一張一弛如奔跑的獵豹律動。倘若發育時節在地裏抓過鋤頭杆鐵鍬柄，這手定然是要茁壯長開的，比如老六秋生帶的那個女子，儘管看上去是花苞一般的年紀，打扮得也新潮前衛，但只要看她那雙小蒲扇一樣的大手，你就知道這女子小時候是苦大仇深的柴火妞。」

這就是余一鳴的厲害。這個細節一方面傳達了小說人物東牛目光聚集在了什麼地方，而且如此細緻入微，東牛的內心世界就被捅了一個窟窿；一方面作家繼承又改寫了明清白話小說專注女人三寸金蓮的俗套。這樣的細節像鑽石翡翠布滿全篇燦爛逼人。類似的描寫在《江入大荒流》中有進一步的發揮。比如開篇對鄭守志編織毛衣的描寫，他的淡定從容和作家的欲擒故縱，都恰到好處，使小說的節奏張弛有致別有光景。

「山隨平野盡，江入大荒流」，這是李白《渡荊門送別》中的名句。是寫李白出蜀入楚時的心情：蜀地的峻嶺、連綿的群山隨著平原的出現不見了；

江水洶湧奔流進入無邊無際的曠野。李白此時明朗的心境可想而知。理解小說《江入大荒流》，一定要知道上句「山隨平野盡」，這顯然是余一鳴的祝願和祈禱——但願那無邊的、幽靈般的欲望早日過去，讓所有的人們都能過上像「江入大荒流」一樣的日子。這樣的日子能夠到來嗎？它會到來嗎？讓我們和余一鳴一起祈禱祝願！

2012 年，余一鳴發表了中篇小說《憤怒的小鳥》，一改他《不二》、《放下》、《入流》等書寫江湖和民間的風格和題材，轉向了他從業的教育領域。教育的問題已經引起了全民的關注，教育黑洞、腐敗、制度等，成了最受詬病的問題之一。但是，當下教育最大的癥結或病竈究竟在哪裏，當下的孩子為什麼逃學、厭學乃至離家出走，他們究竟對什麼更感興趣，怎樣因勢利導使孩子走向學習的正確途徑，這些問題顯然不是作家有能力或義務全部回答的。但是，關注了這個領域的問題，就是作家努力參與公共事務的一種方式。《憤怒的小鳥》是另外一個「江湖」——虛擬的江湖。小說一開始就是學校常見的場景：教師憤怒的喊叫，學生我行我素翻牆而過。這個名曰金聖木的學生是網絡遊戲王國的幫主，他將帶領他的部下應約去一家賓館赴宴並會見長老 3 號及屬下，商討幫內事務。有趣的是，邀請者在現實生活中是一個廳級巡視員，但在遊戲王國他必須聽命於一個只有十五歲的中學生。虛擬王國以另外一種方式實現了現實生活中不能實現的權力關係，這對一個十五歲的少年來說得到了極大的滿足。他在現實中因受挫而產生的憤怒、不滿、怨恨等，在這種關係中得到了釋放或緩解。但沒有人能想到，就在這個江湖王國躊躇滿志觥籌交錯之時，

　　包廂門被人推開，來者是一中年漢子，他指著金聖木破口大罵，兔崽子，真的是你，老子今天饒不了你。

　　長老 3 號問金聖木，他是誰？

　　宿敵。

　　宿敵是網絡用語，是指天生的冤家對頭。幫主說完，放下杯子，轉身進了衛生間。

　　三位精英立即衝上去扭住了來人的雙臂，他嘴裏還是罵罵咧咧，精英 11 毫不猶豫地給了他一個耳光，這人太讓幫主沒面子了。

　　金聖木出來，說聲對不起，直接朝門外走去，那人被按住動彈

> 不得，眼睜睜地看著他昂然走出門外，金聖木留給他一個背影，肩
> 胛骨高低聳動，大概正得意地笑哩。

作爲金聖木爸爸的金森林此時的光景可想而知。然後小説進入了家庭場景。父親金森林雖然受到了羞辱，但金聖木在家學習期間有特權，就是不許有人打擾更不要説體罰。這與金森林對金聖木望子成龍的期待有關，金聖木是全市奧數冠軍，光宗耀祖指日可待。但是，這個偶然得到的冠軍並沒有爲金聖木帶來好運，初中之後奧運冠軍再也沒有垂青他。但在遊戲的江湖王國金聖木如魚得水，數月之間便成爲幫主，他可以呼風喚雨擁者無數。與此相反的是金森林的命運，這個建築公司的老闆淪落爲連襟鄭守財的司機。家庭的敗落使金聖木連一臺自己的電腦都不能擁有。爲了得到一臺愛怕它電腦，金聖木約手下一起奪取表妹愛怕它電腦時將其誤殺。令人震驚的是，三個孩子竟毫無懼怕之心，而是草草掩埋了表妹鄭婷婷，興致盎然地玩起了電腦。遊戲的巨大吸引力和江湖幫主的幻覺，使這些孩子冷若冰霜毫無人性。後因與網上宿敵大戰，洗白了長老 3 號的金幣而東窗事發。此時更名爲金淼淼的金聖木，竟然還不覺得自己犯了罪，更聳人聽聞的是，某網絡公司居然登門高新聘請這個刑事和網絡犯罪的「天才」。小説深刻地揭示了新媒體尤其是網絡與青少年的關係，「憤怒的遊戲」遠不止是遊戲，它的後果也是我們未知的與魔共舞。生動的人物和多變的情節一直是余一鳴小説的特點，它複雜、豐富又好看。

余一鳴從 80 年代開始小説創作，其間他中斷創作多年。但「工夫在詩外」的豐富的生活閱歷和作爲作家敏鋭洞察生活的能力，爲他創作的噴發奠定了豐厚的基礎。從他的作品中我們發現，他熟悉的生活領域和人物幾乎五花八門。比如《風生水起》中的和尚、《我不吃活物的臉》中的律師、《沙丁魚罐頭》中的知青、《不二》中的東牛等建築承包商、《入流》中的陳栓錢等長江淘金者、《拓》中的村幹部以及《憤怒的小鳥》中的學生及家長……。這些生活領域不同，但是，余一鳴並不是爲了炫耀自己生活閱歷的豐富，不是意在表達自己社會的無所不知。重要的是，無論是書寫哪個領域的生活，余一鳴的創作之所以引起普遍關注，是他對當下生活、當下環境中各色人等人性和靈魂的揭示所達到的深度。複雜的人性、扭曲的靈魂以及價值觀的混亂，構成了余一鳴小説豐富和多變的景觀。他的小説有世俗世界的人間萬象，但通過他極具文學性的生動表達和波瀾壯闊的一詠三歎，使他的小説在生活的險象環生中又在文學的意義上絕處逢生。

　　應該說，余一鳴的小說創作已經取得了很大的成就，他已經站在當下小說創作、特別是中、短篇小說創作的前沿。但是，如果更苛刻要求的話，我覺得余一鳴的小說還有提升空間，這就是——小說如果能夠在內在品格上再提升些，小說除了豐富、複雜之外，我期待再多些雍容、高貴的東西。比如悲憫、同情、愛或友誼等。最近很多年輕的朋友在談論音樂劇《悲慘世界》和俄羅斯批評家別車杜，他們對偉大的雨果讚不絕口，對別車杜的批評充滿敬意。這其中的原因大概是 30 多年來，我們對西方 20 世紀文學的學習和膜拜幾乎到了耳熟能詳的地步，20 世紀西方許多文學巨匠都是我們的文學導師，這當然很重要。但是，我們卻很少有機會回頭重新看看西方 18、19 世紀的文學。應該說我們對西方那個時代文學的學習是非常不夠的。因此看了雨果才感到別有洞天，讀了別車杜才感到生不逢時。雨果那令人心碎的巨大悲憫，在文學上的表達就是雍容和高貴，他令我們汗顏；別車杜那高瞻遠矚的眼光和敏銳的藝術感受力，源於他們博大的胸襟和無畏的勇氣。所有市儈式的批評都會在他們面前寸步難行。應該說，這是我們重要的文學遺產和資源。余一鳴的小說在某種程度上也關注或參照著宗教精神或情懷，比如佛教。他有些作品的題目就與佛教有關。但是，當他進入到小說細部的時候，他對自己某些人物或細節的——內心一定非常欣賞，這時他更多關注的也許是讀者的接受心理，而忘記了應該有一束高遠的光芒去照亮它們。因此，一鳴的小說可能有更多的中國明清小說的味道和氣息，而少了西方 18、19 世紀小說的韻味和品格。注重明清白話小說的學習是近年來許多小說家一直努力的，這是向本土傳統文學尋找資源和繼承的正確道路，但是，這一資源如果不注意它的選擇性，很可能走向大眾文學一路。因此，我想一鳴在向本土過去文學學習的同時，是否也有必要回頭看看西方 18、19 世紀的文學呢？當然，小說創作也許不在理論上說得多麼漂亮，它更重要的還是寫作實踐的問題。

2013 年 3 月 20 日於瀋陽寓所

面對「現代」，他選擇了什麼
──評龍仁青的短篇小說

　　當下小說創作的全部困難，不止是作家如何面對讀者的問題。事實上，無論作家是否自覺地意識到，客觀上他都要面對自己與傳統、與西方、與當下的對話關係。這種潛在的對話關係是一種規約，有能力回應這樣規約關係的作家，才有可能在創作上游刃有餘，找到屬於自己的文學領地。如果是這樣的話，龍仁青是這樣的作家。龍仁青生於青海湖畔的純藏族地區鐵卜加草原。於是，他創作上的特點很容易讓人與經驗民族和出身聯繫起來。這是對的，丹納在《藝術哲學》中早就論述過時代、種族、地理與藝術的關係。應該說，民族文化和邊地環境，是龍仁青最初的文化記憶。任何一個作家的創作，都與他原初的文化記憶有關。因此，我們可以把龍仁青這樣的出身和生活背景看做是他小說風格或特點的一個依據：他的小說簡單清澈、陽光溫暖。那裏洋溢的草原氣息隨風飄蕩，芬芳卻也簡約。但是，這只是事情的一個方面。在全球化的語境中，再也沒有隱秘的角落，特別是對於作家而言。因此，對於小說呈現的特點和風格而言，既與作家的出身和生活背景有關，同時也是作家有意選擇的結果。

　　面對「現代」，龍仁青的小說選擇了簡約。龍仁青的小說無論情節還是人物都不複雜。但是，我們閱讀時的心情卻複雜無比。或者說，龍仁青在貌似簡單的人物關係或人與世界的關係背後，隱含了他極為尖銳或敏銳的發現。他的小說一直有一個隱結構，這就是對「現代」的參照。「現代」是比較古代和傳統的一個概念。「現代」意味著進步、發展甚至福祉。讓所有的事物都進

入「現代」是現代的訴求和目的。在世界的任何一個地方,「現代」幾乎無處不在。比如《奧運消息》,似乎就是寫一個名叫次洛的孩童由衷的歡樂——他意外地得到了一個望遠鏡。望遠鏡是一個「現代」的器物符號,它以不可思議的方式放大了外部世界,於是一切都變得奇妙無比,次洛的心情可想而知。但是,龍仁青的用意顯然不止於此。他借助或「徵用」了望遠鏡這個現代符號,表達的顯然是另外的意思。我們注意到,小說開篇時,次洛起得很早,他要去牧羊,在他拿起望遠鏡之前,他先拿起了「烏爾恰」。「烏爾恰」是放牧用的拋石器。這個拋石器是草原文明的符號,儘管有了「現代」的望遠鏡,但望遠鏡「中看不中用」,那個傳統的拋石器才是次洛生活可靠的依據。兩個器物的同時出現在小說中顯然意味深長,這個表面上的「文化差異」,是爲更深層的文化差異做的鋪墊。一天早上次洛通過望遠鏡發現了一張報紙,他追上了這張報紙時也同時抵達阿克普羅家的門口。次洛看到的報紙只是「一張大大的照片。照片上一個年輕的姑娘微笑著,一手拿著鮮花,一手還拿著一樣圓圓的東西,那東西是用一條布帶掛在脖子上的,就像此刻的次洛,把望遠鏡掛在脖子上」。次洛不懂漢語,是阿克普羅在縣城工作的兒子萬瑪看到了一位上海姑娘陶璐娜獲得了女子十米氣手槍冠軍,爲中國奧運軍團獲得首枚金牌。萬瑪歡呼雀躍進了帳篷,手裏拿著哈達奔向遠方。而次洛不知發生了什麼,留給他的只是「意外地睜大了眼睛」的錯愕。這樣一個足夠重大的事件對次洛來說近在咫尺又遠在天涯。作爲器物的望遠鏡雖然足夠現代,但現代卻和次洛沒有關係。這顯然是一樁文化悲劇。這種文化差異性在龍仁青的小說中多有出現,比如歌手與錄音機、摩托車與馬等。在這些意象的對比中,現代與過去的緊張關係驟然凸顯出來。這使龍仁青的小說在簡單平和的敘事中,有一種高山兀起的千鈞之力。

儘量簡化的方式是龍仁青小說的基本方式之一。這種方式當然有現實依據,在地廣人稀的草原上,簡單的人際關係是生活的原色。但是如何在小說中完成這種關係的處理並不是一件簡單的事情。《獵槍》只寫了父子兩個人,小說有這樣一個細節:母親披了一張羚羊皮,混在藏羚羊群中,試圖活捉一隻小藏羚羊,卻遭到晚歸的父親的誤殺。當孩子苦苦發現了獵槍,希望父親帶他去打狼時,父親卻將獵槍瞄準了兔子。苦苦難以理解父親的舉動,甚至非常憤怒。但孩子不知道的是,正是這把獵槍和狼的關係,隱藏著父親最痛苦的記憶。《情歌手》中的歌手,自從父親去世以後,他變得沉默寡言,從此

就迷上了純眞質樸的情歌，並依此緩解他失去親人的巨大隱痛，慰藉他心中的孤獨。在一種極爲簡約的關係中，他的小說卻流淌著一種令人心動、揮之不去的苦澀之情。那簡單的生活裏少有現代氣息和元素，但也有現代生活稀缺的簡約和單純。簡單的人際關係裏，卻有任何事物都不能換取的眞情。比如父子、夫妻、母子的情感等，它是如此的感人而眞摯。

面對「現代」，龍仁青的小說選擇了「過去」。龍仁青寫草原、寫藏地的小說之所以獨特，與龍仁青小說選擇的面對現實的情感方式有關。比如對「現代」的認識，在早期「底層寫作」作家那裏，更多的是對「現代」負面後果的痛切批判，於是小說大多是淚水漣漣苦難無邊。這當然也是需要的。但是，作爲文學作品，即便是批判顯然也有多種方式可供選擇。比如《失去家園》，寫盡了草原深處的憂傷。春去冬來，一年過去了。農場的地裏還是沒有長出莊稼，遠遠望去，一塊塊切割得整齊的田地上，只有一些生命力頑強的野草在稀稀落落地生長著。開荒挖地時大量的草原植被被剷除，隨著冬日勁風的來臨，植被底下那一層黑土慢慢地被風乾，日復一日，當黑土脫離了那些盤根錯結的草根後，搖身一變，成了細細的沙土，並在風的簇擁下，開始向四周蔓延。僅僅一個多天，以往被大片大片新開墾的土地圍繞著的門倉農場，便被沙漠圍了起來，讓人以爲是一座和某種人類文明一起被埋沒在沙漠裏的遠古遺址。但人們根本沒有從這種荒蕪景象裏得到某種教訓和啓示，他們拋棄了已經沙化了的土地，又拿著鋤頭和鐵鍁向別的處女地進發了。

「現代」，常常是以不斷犧牲傳統的文化和自然領地爲代價的。《失去家園》發現了「現代」這一問題，它的批判性顯而易見。不同的是，龍仁青並沒有做出一種激憤或激烈的姿態，他的批判隱含在另一種表達中：就在老劉失去心愛的二丫、肆意流竄的沙土將整個草原埋起來的講述中，我們被深深地震撼了。還有什麼比失去親人和家園更讓人痛切憂傷的呢？二丫臨死之前只有一個願望，這就是回到原來那個家，「看看長在地裏的莊稼」。面對荒灘和沙漠，二丫沒有畫家的閒情逸致，她也不會欣賞這被扭曲的自然奇觀。她心裏只有家鄉記憶中的莊稼，因爲新開墾的農場根本就長不出莊稼。《人販子》的故事很簡單，一個地方的小學搞到一筆捐款，送來了一批桌椅板凳，本來每人有一張小桌子，不知道爲什麼卻缺了一張，村長只好讓已經分得小桌子的自己的兒子把小桌子給了河對岸那個村民的兒子，於是，兒子每天去河對岸那張桌子上做作業，兩個孩子也其樂融融。突然一天，洪水沖走了村長的

孩子，他從橋上掉下去淹死了。孩子死後，悲痛不已的村長老婆埋怨村長，說他如果不把小桌子給了河對岸的人家，他們的孩子就會平安無事。村長尼瑪於是決定爲死去的孩子買一張小桌子，他要還給孩子一個願望，也彌補自己心裏的不安和缺憾。當尼瑪來到城裏看到身穿與自己孩子生前同樣校服的孩子時，他突然想起了自己的兒子。他走到了一個孩子面前說：「你是我的兒子啊！」結果，在城裏人驚恐的大呼小叫中，失去兒子的尼瑪被當成了「人販子」，警察粗暴地帶走了他。尼瑪也是活在「過去」的人物，一旦走進「當下」，尼瑪的生活即刻幻滅了：沒有人理解一個失去兒子的父親心裏的感受，「現代」就是如此的冷漠和驚慌失措。

面對「現代」，龍仁青選擇了「慢生活」。現代就是一日千里，現代就是速度。快，是現代最值得炫耀的事物之一。但是，面對現代的速度，龍仁青的小說卻選擇了「慢生活」。如上所述，龍仁青的小說關係極爲簡約，簡約的關係與速度無關，有關的是作家的講述能力。在龍仁青這裡，他經常用大量的筆墨篇幅狀寫自然景物和風情風物。比如山河、草原、花草、帳篷，他不厭其煩。看起來似閒筆，其實是小說重要的組成部分。比如《情歌》：「層層疊疊的綠色像波浪一樣翻滾著湧向遠方，其間隨意點綴著紅的黃的藍的白的野花。野花中最多的是那種叫饅頭花的一簇簇白花，那一縷縷若有若無的淡淡芬芳就是從這花上散發出來的。草原上有牛羊群，有遠遠近近隨意散落著的牧民的帳房。有一個關於帳房的謎語是這樣說的：遠看像牛糞，近看八條腿。很貼切，是個不錯的謎語。」類似的文字在龍仁青的小說中比比皆是。這是一個非常傳統的方法，叫做「景物描寫」，現在的小說很少看到景物描寫，作家似乎都很急切地奔向主題。龍仁青不急不躁，他反而鍾情於這個陳舊的方法，在景物狀寫中表達他對「慢生活」的意屬和嚮往。對「慢生活」的理解和接受，才有可能使龍仁青的小說有散文化的傾向並富有詩意。比如他小說的題目《雪青色的洋卓花》《絳紅色的山巒》《牧人次洋的夏天》等，如果說是散文的題目也完全可以。因此，表現在具體文字上，就無意識地接續了現代白話小說的抒情傳統。這個抒情傳統來自沉從文、孫犁、汪曾祺一脈。這一文學脈流在主流文學史的敘述中，一直不如對現實主義文學傳統的評價。這與百年中國的歷史處境有關，也與主流意識形態對文學功能的理解有關。上世紀 80 年代以後，這個傳統被逐漸鈎沉出來，其價值才得以在不斷闡釋中被發現。龍仁青顯然與這個文學傳統有關。但龍仁青的生活背景和文化

記憶又決定了他接受的限度：他使用了抒情的形式，書寫的卻一定是自己的
經驗。

龍仁青在他的小說集《光榮的草原》後記中說：「我一直認爲並堅信，作
家首先要做的，就是淨化和洗滌自己，使自己變得潔淨、純粹、甚至透明。
作家的肉體和心靈因此要經受淨化和洗滌過程中的磨難和疼痛，在一個作家
的身上和心裏，傷痕和孤獨在所難免。」那麼，如果是這樣的話，我認爲龍
仁青的淨化和洗滌自己的方式，就是不斷的用簡約、過去、前現代和對慢生
活的接受來實現的。應該說，是現代複雜多變的生活，照亮或發現了草原和
過去，是現代文明照亮或發現了龍仁青過去和記憶。有了現代，過去才有了
詩意，就像城市的現代文明照亮了鄉村文明一樣。但是，過去或鄉村是只能
想像而不能經驗的。用李敬澤的話說，文學的魅力就在於表達生活的「不可
能性」，「不可能性」的詩意和理想化感動了我們，於是成了我們共同的想像。
因此，龍仁青講述這些故事，並不是要我們回到那種生活——那既不必要也
不可能，而是希望我們能擁有憧憬、懷念那種生活狀態的心境，並不是一味
地前赴後繼惟恐落於人後。讀龍仁青的小說，特別容易想到席慕蓉的《父親
的草原母親的河》，想起張承志某些作品的憂傷或愁緒。那裏有讚美、有懷念，
但更多的是一覽無餘的誠懇和眷戀。

「賤民」的悲喜劇與小說之光
——評陳昌平的小說創作

　　邁克爾・伍德在《沉默之子——論當代小說》一書中說，對塞繆爾・貝克特而言，智力的喜劇是無知的喜劇。它記錄了兩方面的內容：一、我們拼命想知道我們無法知道的事物——也就是想知道我們不知道而且可能也無法知道的事物；二、在上述努力看不到任何成功的時候想知道我們所不知道的事物的寬廣範圍。貝克特這個矛盾的計劃所要表明的是，我們能說的東西是多麼少，或更精確一點，是要在我們正在說「我們能說的東西是多麼少」這句話時抓住我們。其實關於「我們能說的東西是多麼少」我們已經說的太多，因爲不管我們說什麼都是過度的，是一種狂妄自大，是對不可佔有之物的放肆佔有。〔註1〕如果我們沒有理解錯的話，這裡的意思是說，包括小說、戲劇在內的文學，對其想像、虛構和可言說的東西是相當有限的。文學發展了這麼多年，該說的差不多也就說完了。不然，大概也難以解釋在當下中國，爲什麼對文學的指責、不滿、甚至漫罵或者作家的自艾自憐的聲音總是不絕於耳。但我的看法卻略有不同。當下文學、特別是小說的「衰落」，其原因是相當複雜的。這自然與近年來我們將那「能說的東西是多麼少」反其意而用之有關，我們的文學能說的東西居然那麼多，出版社雜誌社和其他媒體都是話語機器的生產廠家或設計師。更重要的原因是，作爲一種文學形式，高端的成果也難免盛極必衰。詩騷漢賦唐詩宋詞，相互取代並不是說某種藝術形式

〔註1〕邁克爾・伍德：《沉默之子——論當代小說》，三聯書店 2003 年 8 月版，第 28 頁。

在藝術上「衰落」了，而是說新的藝術形式的取代已不可逆轉。在後現代後工業後殖民的當下社會，可供消遣娛樂的消費文化時尚文化仿眞文化無奇不有，文學人口的離散或分流就不值得大驚小怪。

我曾在不同的場合講過，就當下高端的小說藝術成就而言，它不僅沒有「衰落」，而且說它超過了以往的任何時期也不是沒有依據的胡言亂語。在沒有大師或解構大師的時代，那些重要的小說家不能成爲「大師」並不是他們的錯誤，我們也無須以歷史的經驗來做比方。現在作家所面臨的困難，是過去的作家想都不會想到的。在「里程碑」如林的時代，那些在小說領域能夠出頭露面的作家已實屬不易。如果我們走進具體的作家作品還會發現，他們帶來的新的經驗和表達智慧，足以維護了文學剩餘的尊嚴。現在，我要評論的陳昌平的小說創作，同樣可以證實我的上述言論。

一、「賤民」的悲喜劇

陳昌平小說的主角，大都是街坊鄰居，他們出身低微，謹言愼行。用階級分析的方法，他們是「城市貧民」階層；用文化研究的方法，他們是「市民」或者像斯皮瓦克所說的印度寡婦一樣的「賤民」階層。這個階層是社會的大多數，但他們卻不是社會生活的主體，用葛蘭西的話說，他們是可供社會權力支配、征服、統治、被決定的「屬下」，因此是「低一等」或「下層」的邊緣階級或弱勢群體。在理論的意義上，他們被描述爲一個「階級」、「群體」或「階層」，但就他們具體的眞實處境而言，他們是一個個歷史的「孤兒」或無辜無助的精神「流民」。

《漢奸》、《英雄》、《國家機密》等作品，可以看作是陳昌平近年來的代表作。這些作品的故事、人物和要表達的旨趣各異，但有一點是相同的，這就是它們都是試圖重新表現在並不遙遠的過去、切近、特殊的歷史境遇中「賤民」的悲喜劇和不在個人把握之中的宿命般的被宰制的命運。《漢奸》應該說是迄今爲止陳昌平最好的小說。作品講述的是一個被命名爲李徵的破落文人，在日本守備隊長田中敬治「三顧茅廬」的感動下，勉爲其難地成了田中的書法老師。他是一個讀書人，迂腐、要面子、有起碼的氣節。在他看來，幫助一個日本軍人瞭解或學習中國文化，雖然彆扭但也不過份。於是，他便隔一段時間在日本軍人的押送下，到據點爲田中講授書法。「押送」是李徵的要求和條件。這個場景是非常有趣的，在李徵看來，「押送」才符合他作爲一個破落文人、一個亡國

奴和讀書人的「身份」，「押送」不僅在別人看來是被迫的，而且在亡國的時代這一場景多少還有一些「悲壯」的意味。一個破落文人的「氣節」就是在這一要求下被表達出來。應該說，在教授田中書法的過程中，李徵對田中並沒有什麼反感，田中對中國書法的興趣甚至使李徵還隱隱地產生了某種文化優越感。李徵教田中書法是身不由己別無選擇的，出於趕走日本人的樸素心理，李徵還爲抗日隊伍提供過日本據點的情報。但是，日本人戰敗後，李徵出了麻煩，他不能解釋他和日本人的交往，不能解釋他「政治囑託」的職務和自己簽下的私章。於是，李徵就成了漢奸，他被槍斃了。

　　與《漢奸》的命名相左的是《英雄》。如果說「漢奸」李徵是出於身不由己的話，那麼退休工人老高的「英雄」想像，就完全是自己一相情願了。老高在人堆中脫穎而出，他找到了自己被關注、被尊重、被崇拜的感覺。這個感覺就像一個隱型之手控制了他，於是老高也身不由己了。他興奮，青春煥發，甚至在生理上都返老還童的感覺，他真的覺得自己是英雄了。老高有八年圖書館的經歷，按說他有積累，但經年累月地在廣場口若懸河，不要說是一個工人，就是一個教授，也有「失語」的時候。於是老高就開始「敘事」了，歷史成了他的隨意編纂的「故事」。當然，總會有人來管老高，「首長」的干預使老高的英雄夢又回到了起點。我們不能不讚歎小說對小人物內心的理解和把握，從某種意義上說，我們都有老高的心理期待或成爲「英雄」的想像，不同的是我們或者沒有機會，或者還沒有表現出來。但是，從老高已經表現出來的「英雄」幻覺來看，老高無疑是一個滑稽的喜劇角色。一個人越是缺乏什麼就越要凸顯什麼，在這個意義上，老高與阿Q有某種血緣聯繫，不同的是老高在表現形式上發生了變異。因此，這個「英雄」的喜劇故事事實上瀰漫著濃重的悲劇意味。那個老高還會興致勃勃興奮不已地留戀那個廣場和噴薄奔湧的話語和言辭嗎？

　　一個退休群體休閒的場所，無論講什麼都無關宏旨，無非是打發日子扎堆找樂。即便是講了麥克阿瑟是我們打死的，那會影響中美關係嗎？但問題就出在老高對言詞的熱愛，他講的又偏偏是歷史，歷史敘述本來就是一種權力，歷史也有虛構的成分，歷史學家湯因比早就有過論述。但是，歷史由誰來講就大有文章了。斯皮瓦克說「屬下」（賤民）是不能說話的，因爲他們沒有這個權力，「首長」對老高的干預，不僅示喻了權力關係，同時也表達了「賤民」對這種權力的僭越欲望和有限的可能性。

《國家機密》,講述的是一個荒誕時期的荒誕故事。小六子王愛嬌經常做夢,這與常人沒有區別。但小六子做夢總是被人與國家大事聯繫起來:他夢見敵人飛機掉下來,果然第二天就慶祝擊落美國 U2 型飛機;他夢見石頭會飛,第二天城市就像開鍋的水在沸騰地慶祝人造衛星上天;他還夢見毛主席生氣,解放軍和大鼻子外國軍人打仗,大街上游行,夢見有人在月亮上溜達……。於是,這些夢就和珍寶島戰爭、中國共產黨九次代表大會、支持世界人民反美鬥爭等聯繫起來。小六子就成了「階級鬥爭的晴雨錶」、「對敵鬥爭的方向盤」、「人民大眾的報喜鳥」、「世界革命的氣象站」。「小六子也爭氣長臉,遊行、地震、颱風和核試驗什麼的國家大事都不斷地被他應驗,讓於主任在領導和朋友面前不斷地鬥志昂揚和揚眉吐氣。於主任的朋友越來越多,小六子參加的聚會也越來越多。現在,只要小六子有什麼新夢了,於主任就會通知他的新老朋友們,然後於主任就會和他的朋友們一邊吃飯,一邊興致勃勃地談論和分析小六子的新夢,同時滿懷期待地憧憬小六子的下一個夢。」小六子王愛嬌就這樣被塑造成一個神秘主義時代的「先知」和神話。「屬下是不能說話的」,但年幼的「賤民」小六子不僅擁有了話語權,而且他所說的話無一不是「國家機密」。

在美學的意義上,如果說《漢奸》浸透了悲涼,《英雄》充滿了滑稽的話,那麼《國家機密》彌漫四方的就是荒誕。這些小說都有喜劇的效果,都是小人物在權力的宰制下因話語惹出的麻煩。因此,語言就是權力,當這些小人物不再熱愛言辭,放棄了英雄／先知想像的時候,不再爭奪話語權力的時候,就是他們最後解脫的時刻。

二、小說照亮的歷史

陳昌平的小說似乎特別鍾情歷史,他重要的作品幾乎都和歷史相關。如果說歷史是一種建構,一種敘事或一種想像的話,那麼,任何一種歷史敘事都將會遮蔽部分歷史,這一歷史敘事的「盲點」是任何歷史學家都不能逃脫的。所謂「正統」的或在觀念統治下的歷史敘述,這一問題的存在就尤其嚴重。事實上日常生活的歷史,同樣是歷史,在普通人的生活細節中,我們有可能發現真實的歷史或秘密。

「漢奸」這個詞,在過去的文學作品的詮釋中,是族群的敗類和敵人,他們出賣國家民族利益,沒有操守和氣節,為虎作倀認賊作父。但《漢奸》

中的李徵似乎與這一印象沒有關係，他作為一個破落文人還有起碼的氣節和正義感。他與田中的關係在今天看來是相當複雜的：一方面，那裏有人性化的東西，對一個熱愛中國文化的日本軍人，李徵對其並不反感，就人物關係而言不能說沒有合理性，如果李徵是一個游擊隊員或城市平民另當別論，但他是一個教書先生，他對民族文化有一種先天的敏感和親切。田中熱愛中國的書法，這遲早要打動李徵；另一方面，田中畢竟是一個侵略者，這在李徵的心理是無論如何都不能接受的。他內心微妙的活動中，從來也沒有認同或親和過田中。但光復之後李徵還是被打成了漢奸。小說寫出了一個漢奸是如何成為「漢奸」的過程，歷史的偶然性和李徵個人命運的必然性，就這樣令人悵然和無奈地統一在小說文本裏。性格即命運，李徵對自己民族文化的迷戀和他的迂腐，是個人悲劇的根源。當他沉浸與自己文化裏並以先生自居的時候，他優越又鎖定，雖然面對的是一個侵入自己國家的敵人；但當他為游擊隊提供情報、查點日軍人數時，他幾乎亂了方寸，他興奮而緊張。這一細節呈現出了「文化」致命的弱點，或者說，在歷史的緊要處，文化的優越是不能救國的，負載文化承傳的文化人不要說救國，他們甚至連自己都拯救不了。李徵就這樣成了「漢奸」，他是因他的「文化」而成為漢奸的，但這也是歷史。

老高是在「英雄文化」的哺育中成長並退休的。中國文化在某種意義上就是英雄文化，英雄文化哺育文化英雄，文化英雄又創造了英雄文化。但既然是文化英雄，就無可避免地要有表演性，古今蓋莫能外。老高本來無意於英雄，但偶然機會提供了他表演的場所，於是一個小人物的英雄情節開始萌發並迅速膨脹。老高在幻覺中成就了英雄夢。其實老高的內心是卑微的，卑微的人就更希望成為英雄，更渴望受到關注或尊重，甚至不擇手段。但是老高試圖書寫個人英雄歷史的夢想是不可能，歷史已經選擇了真正的英雄，那位老首長和被老首長命名的、已經犧牲的崔桂雲的丈夫，才是書寫歷史的英雄。他們在廣場上沒有自己的聲音，那個犧牲的英雄甚至在小說中是不在場的。但是，個人的想像無法對抗或顛覆歷史的指認。歷史的「沉默之子」就矗立在老高的盲視處，他難以超越。儘管這一切老高茫然不知。

小六子王愛嬌還沒有介入歷史的能力和意識，他是被動地「參與」歷史書寫的，小六子受到莫名的控制。但是小說的有趣之處就在於呈現了另一種可能：歷史似乎進入了暗夜，暗夜沒有光只有神。人們篤信神卻無從把握，

於是人們在黑暗之中尋找光芒，試圖照亮那個無處不在的神秘所在。小六子在冥冥之中充當了暗夜之光，他那隱喻式的夢幻就是暗夜中的諾亞方舟，於是，他就成了於主任和徐爺爺的拯救者。他夢幻中的一切都被喻爲「國家機密」，誰壟斷了小六子就意味著誰壟斷了「國家機密」。小六子就成了一件禮物和爭奪之物。一個時代的荒謬就在小六子的夢中被展露無遺。那應該是一個有信仰的時代，國族的共同信仰還沒有得到過那樣的宣喻。在合法性的宣傳中，一個共同體的信仰選擇還沒有那樣地統一和固若金湯。但是，虛假的歷史敘事在《國家機密》中被重新照亮，信仰危機就蘊涵在神化的統治之中。被歷史敘事遮蔽的一角通體透明。

皮埃爾・馬舍雷爲意識形態闡釋提供了下列公式：「一部作品中重要的東西是它所沒有表達的東西。這與那種粗心的注釋『它所拒絕表達的東西』並不相同，儘管那本身也是很有意思的：在此基礎上可以建構一種方法，交給它衡量沉默的任務，無論得到承認與否。但不啻如此，作品所不能表達的東西才是重要的，因爲正是在那裏詳盡的表達似乎在進行著走向沉默的旅行。」〔註2〕陳昌平所表達的東西，在小說中是沉默的部分。對歷史他不是直接站出來言說，小說也不負有這樣的使命，但是他以另外一種方式——一種間接呈現的方式，試圖在日常生活中講述他所理解的歷史。於是我們被告知的歷史發生了某種變化：它的莊重、肅穆、血腥和義正詞嚴，有時就發生在偶然之間。歷史是不斷被言說出來的，那沒有被言說的部分，那沉默的一角於是就活躍起來。

陳昌平貌似鬆弛的敘述，內在鋒芒卻凌厲無比。他讓小人物走進了歷史，小人物也可以作爲被述對象。值得注意的是，陳昌平並沒有民粹主義的思想控制，他沒有將小人物詩化或聖化，沒有美化他們的苦難或做意識形態式的陳述。在陳昌平的講述裏，這些小人物事實上是相當卑微的，他們與「物」的關係表明了他們內心關注的範疇。李徵作爲一個讀書人，只有面對他熟悉的文化時他才可以做到正襟危坐，他講寫字要學會站立，就像做人一樣，但是，當田中給了他四個包子，他本來是要以「不食嗟來之食」的態度反抗田中的憐憫施捨，但他將四個包子拋出之後，馬上又像箭一般地撲向了包子；老高成名之後，每次宣講過後總要收到一些錢物，從羊毛衫到代購券，他每

〔註 2〕加亞特里・查克拉沃爾蒂・斯皮瓦克：《屬下能說話嗎？》，羅鋼、劉象愚：《後
　　　殖民文化理論》，中國社會科學出版社 1999 年版，第 123 頁。

一樣都記到小本子上。不能說老高對這些錢物不動心思，但是，他一想到廠長因錢物而犯下的致命錯誤，他就不踏實了。他必須將這些錢物發落出去。老高的捐贈不是出於自願，而是出於無奈；小六子每次講完做的夢，也要收到各種學習用品，但他每次出去母親總是叮囑一句：不要拿別人的東西。但這個很道德化的囑託是形式化的。小六子仍然照拿不誤。底等人因物資生活的匱乏，在宏大敘事之外，就乏善可陳了。陳昌平以歷史唯物主義的態度表達了他對民眾內心的看法，這是很有見識的。

　　歷史敘述本是歷史理性的產物，但是歷史的發展卻並不完全掌握在歷史理性之中，也不完全行駛在歷史理性預言的軌道上。當感性生活在社會生活結構中獲得合法性地位之後，小説探究終極意義的努力開始跌落，歷史理性的統治裂開了縫隙。於是，與日常生活場景密切縫合的文學性乘虛而入，這一趨勢強化了文學表達的可讀性，理性華美的外衣一旦剝落之後，赤裸裸祖露出來的就是感性生活生動的質感。陳昌平小説就是用感性生活照亮了歷史理性遮蔽和意義講述所刪除了的那部分。

三、修辭是小説家的名片

　　於演講來說，修辭是一門說服或規勸的藝術。但對小説來說可能還要複雜一些，他不僅要通過視角、距離、聲音、反諷、誇張、隱喻、象徵等修辭手段影響、說服、規勸讀者，同時，這些修辭手段也張顯著作者的風格、立場和道德訴求。在這個意義上可以說，修辭是小説家的名片。

　　視角的選擇對小説而言是至關重要的，它決定著小説的形象所選擇的角度和由此形成的視野範圍，它引導讀者如何進入小説甚至如何評價人物。從另一個意義上說，視角的選擇和控制，本身就是作者的態度和評價，他是潛隱讀者無聲的嚮導。因此洛奇在《小説的藝術》中說：「確定從何種視點敘述故事是小説家創作中最重要的抉擇了，因為它直接影響到讀者對小説的人物及其行為的反應，無論這反應是情感方面的還是道德方面的。」〔註3〕《漢奸》的寫作是平行視角，李徵的命運我們沒有預先被告知，我們是隨著李徵一步一步走向命運終點才最後得知的。這一講述方法的「客觀性」，使我們和李徵有了同樣的感受：無奈、無助、欲言又止甚至失語。當然這與陳昌平「講述話語的年代」大有關係：民族戰爭結束了，內外部的緊張關係都得到了巨大

〔註3〕D‧洛奇：《小説的藝術》，作家出版社1998年版第28頁。

的緩解。「漢奸」這個十惡不赦罪大惡極的民族敗類，雖然還是讓人難以容忍和寬恕。但是，「漢奸」終還是根據罪惡的命名。一個人怎樣成為漢奸和如何被命名的，起碼是一個值得追問的問題。就小說而言，李徵的冤案難以改寫，李徵因被命名為「漢奸」，對他實施的是肉體的消滅，他不僅從此緘默無語，即便在當時，李徵因有口難辯業已失語。臨刑前，政府都要滿足犯人的一個不過份的願望，別人有要見小老婆的，有要燒酒的，李徵則提出要一支毛筆、一瓶墨汁和一些紙，在另一個當事人的敘述裏：

> 李徵把那些白紙仔細地撫平，然後疊成書本大小，端端正正地擺在桌子上。開始時他寫得很慢，而且持筆的手一直發抖，白髮也跟著哆哆嗦嗦，後來順溜了，依然寫得很慢，幾乎是一筆一畫地寫，而且每寫一個字都要頓上一頓，然後才寫下一個字。老朱不識字，可是眼力甚好，他看見李徵寫的字非常小，蝌蚪一樣，而且他也認得李徵的「李」字，他看見白紙上有一連好幾個「李」字……

這裡的修辭緩慢而沉著，人物舉止從容平靜如水。李徵作為一個迂腐的文化人的絕望，恰恰在無語的書寫中淋漓盡致地表達出來。但李徵那僅僅是抒發無奈的書寫，結果是「字擠著字、字壓著字、字上有字、字下有字。整個一張紙，讓李徵寫得混天黑地，竟然找不出一個囫圇的漢字。」在國家民族的敘事裏，一個被指認為「漢奸」的人，他的書寫只能是一篇無以識辨的、模糊的自我悼詞。類似的修辭，在《特務》、《英雄》、《國家機密》等作品中，都有恰倒好處的表現。

在小說創作的困境日益嚴峻，突圍的可能越來越艱難的時刻，陳昌平異軍突起，他以舉重若輕的文字和機敏的想像、輕喜劇的風格和內在的緊張，書寫了普通人在不同歷史時期的卑微心理和悲涼人生。特別是他近兩年的小說創作，文字從容鬆弛，顯示了飽滿而自信的感覺和狀態。但是，我不能不指出的是，陳昌平的重要作品所倚重的，仍然在國家主義的框架之內，或者說，「漢奸」、「特務」、「英雄」、「國家機密」這些與歷史敘事密切相關的概念，其「政治正確」和合法性的前提，是「講述話語的年代」歷史語境變化所提供的。對「話語講述的年代」而言，當我們還原於具體的歷史語境的時候，那裏還有輕喜劇資源嗎？因此，在貌似輕鬆的話語講述中，陳昌平難以掩飾的是自我欣賞的快意。但面對那嚴酷的歷史，我們的心情無論如何也難以輕鬆起來。因此，修辭從來就不僅僅是風格問題，同時它還是「公開的可辨認

的手段，與作為修辭的小說，即廣義的修辭，整部作品的修辭的方面被視作
完整的交流活動。」〔註4〕沒有讀者參與的交流是不可想像的，作家的「規勸」
如果在讀者那裏遭到了質疑，小說的修辭顯然是出了問題。因此，當陳昌平
以修辭的方式公開了他小說名片的時候，他是否可以考慮對其「身份」——
修辭方式，做某些小小的調整呢？在小說創作遭遇了空前困境的時候，對陳
昌平這樣脫穎而出的小說家竟然提出如此苛刻的要求或批評，也許有些不合
時宜，但在我看來，他是一個值得批評的作家。

〔註 4〕韋恩・布斯：《小說修辭學》，廣西人民出版社 1987 年版，第 100 頁。

文學的仿眞術與作家的心情
——評林白的長篇小說《婦女閒聊錄》

　　仿眞技術的發明，使技術主義霸權如虎添翼。它不僅可以「眞實」地提供立體的三維空間，展示關乎未來的想像；而且在藝術領域，任何一位最偉大的大師，其作品通過它的處理都可以批量的生產，將珍貴的、唯一的藝術以低廉的價格走進千家萬戶。「廉價」解構了珍貴，於是，博物館和收藏家的優越在仿眞技術面前手足無措目瞪口呆。仿眞是平民的節日，是技術主義霸權的里程碑。仿眞技術也從一個方面啓發了作家的靈感，作家也可以以仿眞的形式展開他們的文學敍事。口述實錄小說和我們現在要談論的林白新近發表的長篇小說《婦女閒聊錄》，就可以看做是一部以仿眞術書寫的小說文本。

　　《婦女閒聊錄》確切地標明了「閒聊」的時間、地點和講述者的姓名，這一交代所暗示的是它的「眞實性」。眞實性在這裡不是現實主義的寫作原則和批評尺度，作家已不期許現實主義的文學獎章。它是作爲一種文學敍事策略被林白愉快地使用的，它獲得了意想不到的奇異效果。一方面，作家借助那個被名爲「木珍」的婦女之口，實施了一次有聲有色的話語狂歡，一次爲所欲爲的話語實驗；一方面，林白在實驗中獲得了前所未有的心理快感。這一判斷我們可以在以詩的形式書寫的小說題記中得到證實：

　　　　爲什麼要踏遍起千湖之水

　　　　爲什麼要記下她們的述說

　　　　是誰輕輕告訴你

　　　　世界如此遼闊

在閱讀林白小說的經驗中，還從來沒有發現她的心情是如此輕鬆和舒展。《一個人的戰爭》、《說吧，房間》、《玻璃蟲》、《萬物花開》等長篇小說，都負載著作家沉重的思考和對深度意義的期待。這些小說或是凝重或是遲疑，她不吐不快又疑慮重重心事重重。這一春風得意和麗日明天的心情，是林白發現了文學「仿眞術」之後獲得的。誰都知道，「閒聊」的「婦女」是木珍，但記錄者是作家林白。那貌似眞實的敘述，在作家「後記」的自白中暴露了它的秘密：「《婦女閒聊錄》是我所有作品中最樸素、最具現實感、最口語、與人世的痛癢最有關聯，並且也最有趣味的一部作品，它有著另一種文學倫理和另一種小說觀。」〔註1〕作家的心情決定了作品的敘述語調和修辭風格。《婦女閒聊錄》以拼貼和散點的方式結構作品，它沒有故事主線，沒有貫穿小說始終的人物。它是籍一個農村婦女的「閒聊」來呈現木珍／林白視野所及的底層民眾生活和心靈世界的。「閒聊」爲作家帶來了空前的敘事自由，她信馬由韁無所顧忌信手拈來，自由帶來了自信的愉悅和書寫的快感。

在木珍的敘述中，有一個難以解釋的悖論：在現代化的過程中，王榨村似乎處於一種夾縫之中，他們生存於前現代的狀態中，但對現代生活又充滿了饑渴。結果，前現代的鄉村倫理和平靜的生活被打破了，但現代的生活卻又不屬於他們。王榨村一如既往的貧困、以打鬥娛樂、以偷情爲快、賣妻子、醫治不起疾病夫婦雙雙投河、六年級的學生還不會加減法、日用品多有假貨……，但在木珍的敘述中，她沒有憂愁也不是傾訴苦難，她平靜如水如同講述別人的故事，而且在講訴中似乎還有一種話語的快意。這當然是林白對小說的期待，也是她對底層民眾因日久積累而麻木的一種理解，一種前現代的生存狀態在後現代的書寫方式中得到了闡釋和表達。

民眾並不是生活在意義世界中，世俗生活本身就是他們「意義」的全部，但這個世俗生活對作家林白來說卻重要無比，發現了這一點，她就重新「感到山河日月，千糊浩蕩」。〔註2〕評論家賀紹俊說：在急劇變化的世界面前，作家「親身體會到伴隨著社會秩序瓦解而帶來的文學話語大廈瀕臨倒閉的危機，因此他們需要尋找到闡釋世界的另一套話語系統。」這方面比較成功的，林白就是其中一個。而林白闡釋王榨村民眾生活時，表達的是一種民間世界觀。「這種敘述所構造起來的世界顯然不同於既定文學敘述中的世界。既定文

〔註1〕林白：《後記：世界如此遼闊》，見《十月‧長篇小說‧寒露卷》100頁。
〔註2〕林白：《後記：世界如此遼闊》，見《十月‧長篇小說‧寒露卷》100頁。

學敘述中的世界服從於公理和邏輯,而公理和邏輯代表著社會的權威。但在木珍的敘述中,公理和邏輯遭到了蔑視,王榨村的人以自己的世界觀處理日常生活。」〔註3〕這一看法是非常有見地的。民眾的日常生活並不是按著既定邏輯展開的,在木珍╱林白展示的鄉村中,它既是經過作家剪裁的,同時也是一種以仿真的原生態的表現的,民間世界觀在作家的話語框架中得到了應有的重視。因此,在閱讀這部作品的時候,我們常常不知道究竟那些是來自木珍的敘述,那些是作家刻意修剪和提煉的。重要的是作家林白在雜亂無序的生活片段中發現了文學性,在木珍的講述中,王榨生活的豐富性得以充分的展現,生老病死、家長里短、情愛性事等交替出現,他瑣屑、枝蔓甚至不值一提,但民眾的日常生活就是如此,他們習以為常並樂此不疲。同時,在小說中,講述者木珍的聲音就不再單調,它是作者有意為之或追求的。

在當下的文學處境中,林白的這一努力和實踐意義非凡。當文學被無數次地宣告死亡之後,2003年美國批評家希利斯‧米勒再次訪問了北京,他在帶來的新作《論文學》中,對文學的命運作了如下表達:「文學的終結就在眼前,文學的時代幾近尾聲。該是時候了。這就是說,該是不同媒介的不同紀元了。文學儘管在趨近它的終點,但它綿延不絕且無處不在。它將於歷史和技術的巨變中幸存下來。文學是任何時間、地點之任何人類文化的標誌。今日所有關於『文學』的嚴肅思考都必須以此相互矛盾的兩個假定為基點。」〔註4〕這確實是一個悖論,一方面我們為文學的當下處境憂心忡忡,為文學不遠的末日深感不安和驚恐,另一方面,文學日見奇異和燦爛的想像,又為文學注入了前所未有的活力和魅力。在社會生活的結構中它即將成為潛流,但那些值得閱讀的作品還將默默流傳並永駐人心。

林白是 90 年代以來中國文壇最重要的作家之一,《一個人的戰爭》無可爭議地奠定了她作為中國作家重鎮的地位。此後,在文化市場上她並不是大紅大紫有「轟動效應」的作家,她的作品也不是風行一時的暢銷讀物。但批評界都知道,林白不出手則已,出必有方。她的每部作品在批評界幾乎都引起過極大的反響,因此,批評界對林白似乎也理所當然地懷有更高的期待。但是我不能不指出,就《婦女閒聊錄》而言,它需要討論的問題還是存在的:作為一個批評家或職業讀者,可以在閱讀經驗和對林白的瞭解中比較林白的

〔註 3〕賀紹俊:《敘述革命中的民間世界觀》,出處同上 101 頁。
〔註 4〕見金惠敏:《圖像增殖與文學的當前危機》,載《中國社會科學》2004 年。

追求和可能實現的突破，她的這部小說的新鮮感，就是在林白自己的創作歷程以及和其他作家小說敘事的比較中獲得的。我們可以在林白的探索、選擇中解釋這部小說的諸多意義，也明瞭林白「世界如此遼闊」背後的言說。但是，對一般讀者來說，這仿真的生活碎片，每一個片段都是清晰的，但當它們連綴在一起的時候，他們真的能夠明瞭一個婦女「閒聊」了什麼嗎？

男女、生死和情義

——2004 年葛水平的中篇小說

　　2004 年至今，在三年左右的時間裏，葛水平連續發表了 20 多部中篇小說。這些作品，以「原生態」的方式，在緩慢流淌的物理時間裏，充分展示了太行山區「賤民」生活的殘酷和艱窘，在極端化的自然和社會環境中，在簡單又原始的人際關係中，揭示了社會最底層和最邊緣群體的生存狀態和精神狀態。在她舒緩從容波瀾不驚的敘述背後，聚集了強大的情感力量，表達了她對文學獨特的理解，同時也表達了她堅韌不拔的文學意志和勃勃雄心。因此，葛水平是近年來批評界關注和議論的最多的作家之一。

　　山西是中國現代革命重要的區域之一，無論是抗日戰爭還是解放戰爭，那裏都發生了無數可歌可泣的英雄故事。因此，現代文藝的表達為這個地區奠定了最初高亢、壯美和理想的基調，為「紅色文藝」作出了典範性的貢獻；進入共和國之後，聲名遠播的「山藥蛋派」在新的文化環境中獨樹一幟，在以「階級鬥爭」為主調的「農村題材」的寫作中，他們專事「中間人物」的塑造，固執於鄉土中國的描寫和發掘，成就了文學卻毀滅了自己；80 年代，「山西作家群」異軍突起，他們握珠懷玉氣象萬千，文學成就在那個大時代裏屈指可數。葛水平就生活在這樣一個有輝煌文學傳統的區域裏，偉大的傳統讓一個青年女作家出手不凡，起點就是高端。但我們也知道，要超越那個傳統是何等的艱難。但我們在葛水平的創作裏，看到了她在粗礪、惡劣的自然環境中，在簡單、貧瘠的物資生活中，對人性發覺所能達到的深度。黃土高原在這裡不僅是一個地理概念，不僅是一個自然環境，同時，對於葛水平來說

它更是一個精神概念和精神環境。因此,發生在葛水平小說中的事件,與其說是生活故事,毋寧說是精神事件。在葛水平的小說世界中,那尋常的日子裏所發生的一切,男女、生死、情義等,就這樣超越了地域而與我們有關。

男女關係是人類生活最基本的關係。在有其他精神訴求的社會環境中,會衍生出許多別的關係,如同志關係、朋友關係、情人關係、上下級關係、同事關係等。但在葛水平的小說世界中,最要緊的關係往往只是男女關係。當別的關係都不存在的時候,惟有男女關係是必須存在的。在這個最基本的關係中,暴露出的也恰恰是最基本的人性。人性的善與惡、文明與野蠻、理性與非理性等,都會在男女關係中赤裸地表達出來。葛水平在揭示這一關係的過程中──從抗日戰爭、解放後一直到當下,社會歷史發展的時間幾乎是激越跳動的,但在那地老天荒的黃土高原和太行山區,物理時間幾乎是凝滯的。她在巨大的社會歷史變動中發現了「不變」。現代文明雖然也緩慢地浸潤了那些封閉的所在,男女關係也發生了細微的變化,但男女關係中的命運似乎仍然是宿命式的。我們發現,在揭示這一關係的過程中,葛水平在憂憤中懷著巨大的悲憫,兩性關係是如此地攫取人心欲罷不能。

《狗狗狗》的故事發生在 1945 年光復前夕,窮兇極惡的日本鬼子在垂死掙扎,他們殺害了山凹裏無辜的平民。這不止是故事發生的背景,同時它還是女主人公「秋」與男人關係的重要起因。秋十歲時被栓柱的爹用五尺布買來給栓柱做童養媳,但成婚圓房只是個形式,栓柱沒有正常男人的功能。不僅如此,在鬼子進凹時,栓柱的行為更讓秋所不齒。如果說栓柱沒有男人的功能,秋還可以忍受的話,那麼栓柱的節操則是秋不能忍受的。於是,秋與青皮後生武嘎的私情就不僅僅是男女關係了。當武嘎從軍之後,劫後餘生的十二歲的少年虎慶就是秋最後的慰藉和希望。這個驚魂未定的少年夜晚不能自己入睡,他必須附在秋的身上才有安全感。一個只比秋小五歲的孩子,天長日久將會發生什麼是可以想像的:

虎慶側著身子,那地方像一個快樂羞澀的魚時起時躍試圖想去摸高處的岸。岸沒有探到,探了一下樹梢就縮了回去,縮回來又不死心地探了出來。這麼著一探出來,似乎不明白是怎麼回事,挺著腦袋不敢走近。虎慶就開始大口喘氣了,一些羊膻味兒,狗皮的酸臭味兒,秋的肉味兒,趁這夜的風一起湧來,在他嘴裏一起做著一件事,弄的虎慶就想咳嗽,一咳嗽就不斷頭了,越咳越厲害,以至喘不上氣,臉憋了通紅。秋坐起來用手在他的胸口上往下

搓了幾下，虎慶就不咳嗽了。還有些羞澀的小鐘錘不敢再探了，歪過腦袋平靜地睡去。

「生命缺失的體驗讓她的仇恨不斷增生而不是消滅」，對鬼子屠殺的仇恨在這裡轉移爲對靈性延續的渴望。因此，栓柱的功能性缺失在這裡也具有了政治的含義。虎慶終於走出了少年，秋也終於變成了「大肚子女人」。她一直生育到五十二歲。在這裡兩性關係與政治密切地縫合在一起，但如果濾去抗日戰爭的政治背景，男女關係的本能要素仍然是第一位的，這在葛水平「後期歷史」的敘述中仍然可以得到證實。不同的是，《狗狗狗》是以女性爲主體的，她還沒有眞正成爲男性爭奪的對象，男性在這裡還處於弱勢：一個是沒有男性功能，一個是未成年，成年的男人已遠走他鄉。

《甩鞭》的故事發生在解放前後。王引蘭是晉王城裏李府的一個丫頭。十六歲時不堪李老爺和太太的凌辱，鼓動送碳人麻五帶自己逃離了李府，然後被麻五娶了做妾。《甩鞭》中的主體地位是變化的：麻五的存在，男人是主體，但王引蘭因其千嬌百媚和處女身，一直受到麻五的寵愛。要種油菜便種油菜，要吃酸的給酸的，要吃甜的給甜的。於是作家有了這樣的議論：「男人有些時候是很聽話的，他的聽話是需要一個不聽話的女人來媚惑他，就像他的財產要女人來揮霍一樣，歷史只是女人對男人的調教。」這是女人對男人的征服，歷史上這樣的故事不勝枚舉。但落實到王引蘭這裡也許還勉爲其難。從大戶人家走出的女人，終有一些不同，也正是這些不同才讓麻五神魂顛倒。但大歷史的發展卻不是女人調教出來的。土改運動讓「地主」麻五一命歸天。

麻五的死，與大歷史有關，但更與男人對女人的爭奪有關。那個被麻五用兩張羊皮換來的長工鐵孩兒，對王引蘭窺視已久垂涎已久，他不能忍受麻五的佔有。於是，每當他聽到麻五與王引蘭的男女之事後，他都要和母羊發生關係。畸形的性愛必然會導致畸形的心理。於是，當長工可以鬥地主的時候，鐵孩兒便想出了這個滅絕人性的招數。鐵孩兒不僅是從性的角度要閹割麻五，要毀滅他深惡痛絕的所在，事實上他也從肉體上徹底地消滅了麻五。在歷史敘述的關係上，如果說《狗狗狗》是民族的，那麼《甩鞭》就是階級的。但無論民族的還是階級的，都是由女人的身體推動的。麻五死了之後，王引蘭嫁給了李三有，李三有也被鐵孩算計摔崖死了。爲了王引蘭鐵孩兒不惜殺掉她兩任丈夫，本能的驅使足以讓一個男人瘋狂：

我說我爲了你就是爲了你。當然，我不說誰也不知。今兒說了是我想和

你說，都和你說了吧。你不知道我有多想你。為了你什麼都敢幹。我要真說
了？還是說了吧，不說怕什麼事也幹不成。你以為給麻五墜蛋容易？我是費
了一番心思的，我說麻五你日能啊，為了兩張羊皮你要我給你當十年長工，
我不幹了，他哄我說，你等著啊鐵孩兒，我要到城裏搞一個粉娘回來，我先
耍她，要是她早被破了身，肚裏有了旁人的種，就讓給你。我等啊，麻五這
個老王八死龜孫咬住你就不放了，讓我夜夜空想，我也是人，我和麻五沒有
兩樣，他想幹的我也想幹，和誰？誰不知道我是寡漢條子，窰莊女人多，哪
個有你好？沒奈何我就和羊。羊讓我盡興，羊不是你，羊是畜生啊！……

　　說麻五欺騙了鐵孩兒也成立，但鐵孩兒的邏輯顯然是混亂的。尤其是他
將單相思轉化為仇恨繼而殺害麻五和李三有，是原始欲望極度失控後釀成的
惡果。這裡和階級仇民族恨沒有關係，它是初民原始欲望宣泄仇恨的極端形
式。

　　《喊山》的歷史又切近一些，它應該是當下生活的一部分。岸上坪的韓
沖和發興媳婦琴花有男女私情，而且是交換關係充滿了庸俗氣，是經不得事
情的，因此乏善可陳。果然，當韓沖因麻煩來借錢時，琴花與丈夫沆瀣一氣
夫唱婦隨果真斷了韓沖的念想。但這卻並非閒筆，它是反襯後面男女情緣的。
新來的人家男人名臘宏，帶著個啞巴媳婦和孩子。臘宏突然被韓沖炸獾的雷
管炸傷死去了。孤兒啞母今後的日子可以想像。韓沖「犯了事」拿不出錢「一
次了斷」，但他不委瑣，立了字據負責養活她們母子三人。韓沖果然踐行承諾，
「一日三餐，吃喝拉撒」，沒有半點不耐煩。於是日久生情，啞巴紅霞這個被
拐買的農村婦女，和殺人逃犯臘宏過的不人不鬼的日子終於過去了，她愛上
了這個不曾經歷過的、有情有義有擔當的青皮後生。《喊山》是一部充滿了浪
漫氣息的小說，韓沖和啞巴紅霞沒有身體接觸，但這裡的兩性關係比身體接
觸過的韓沖與琴花要動人得多。紅霞是因為韓沖開口說話的，當韓沖被警察
帶走的瞬間，一句「不要」刻骨銘心，甚至比啞女的「喊山」還要動人。

　　葛水平的男女關係敘述，不是當下流行的肉欲橫流欲望決堤般的書寫和
宣泄，不是電影《色戒》式的誇張的情色渲染。當然，她的人物和環境沒有
提供這樣的條件。更重要的是，葛水平的出發點不在這裡，她要揭示的是在
男女關係中表達出的最基本、也是最根本的人性。

　　生死，是葛水平小說反覆出現的主題和場景。生離死別陰陽兩界是人生
必須面對的大限。但葛水平的小說裏，生死大多與男女關係有關。《甩鞭》中

的麻五在爭奪女性中是死的最慘的，蓄謀已久的鐵孩兒在憎恨中等來了復仇機會，這是歷史提供的機會：

> 等到了土改鬥地主，我想總算翻身了，我領麻五上茅廁，我說麻五你欠我的！麻五說欠你的可是還不了了。我說把王引蘭給了我你就不欠了。麻五說我是趁火打劫，他現在什麼也沒有了就是不能沒有你。我看沒戲就想了一個惡招，我說麻五你不讓我好活是不是？我也不讓你好活，我給你雞巴上栓個秤砣，你要能經受住一後晌鬥你也算不欠我了。他想了想不同意，我就說你要不同意我就讓農會關了你禁閉，我去強行搞你的小老婆。他就同意了。他自己給自己繫上了秤砣他要我看，我看他繫的蠻緊就說行。沒有想到一個時辰沒下來他就死了。我也不是有意害他，真的不是。你聽我說完了，你說我不是為了你我是為了誰？！

鐵孩兒有他的理由是因為麻五確實欺騙了他——麻五忘記了鐵孩兒男大當婚的年齡，麻五沒有把鐵孩兒當人對待。於是鐵孩兒不僅用十倍瘋狂百倍仇恨消滅了麻五，而且是奇恥大辱的方式。這裡有階級仇恨的性質，但本質上還是一場爭奪女人的情殺。李三有之死屬於同樣的性質，只是手段略有不同。鐵孩用「激將法」將李三有引入了死亡的懸崖，同樣是情殺性質。最後，當一切真相大白的時候，鐵孩兒也慘死在王引蘭的刀下。但值得注意的是，在葛水平這裡，不是在讚美或宣揚「暴力美學」，而恰恰是通過死亡來揭示暴力的惡及其來源。於是，葛水平小說中的死亡就別有深意了。貧困和性資源的匱乏，導致了本能戰勝理智、非理性戰勝理性。鑲嵌於民族或階級的大歷史背景下的敘事，顯然有策略性的考慮，它使葛水平的「男女之情」在「正史」中演進，敘事便獲得了「政治正確」的通行證，否則就是愛恨情仇的通俗文藝了。

但在葛水平的男女、生死的背後，最為動人的還是情義。惡人心裏積聚的是怨恨、憎恨和仇恨，恨最後一定導致暴力和死亡。情義是恨的相反一極，它是善的情感表達，是動人心魄的溫暖和愛，是恨的化解力量。情義在女性那裏要更多更充分。《甩鞭》中的麻五將王引蘭從李府救出，王引蘭理應感謝他，但他娶王引蘭就是乘人之危了。但麻五死後，農會讓王引蘭控訴麻五，王引蘭不控訴，而是用別人不懂的方言講述麻五的好處；她告訴女兒新生的話是：「跪下，給你爹磕頭。沒有他就沒有你娘。」她對第二任丈夫李三有說：

「既然說開了，我也就明人不做暗事，人是嫁過去了，到末了我是要回來窯莊和麻五合葬的。人總得懂個情義吧，麻五死時不明不白，怕也聽說了吧。」即將二婚出嫁的人，在未婚夫面前如此的表白，可見其意志的堅決。對李三有的殘酷卻是對麻五的情深似海。但李三有摔崖死後，王引蘭又用自己備用的楠木棺材下葬了李三有。她想了幾天，「她的決定有一種不爭的氣度，她懂得人處於世間時，情分的重要。」情分和情義是王引蘭的生活信條，她不能背叛。這時我們才有可能理解為什麼她親自手刃了鐵孩兒：鐵孩兒是一個只有憎恨而無情無義的人。

《狗狗狗》中的栓柱是一個沒有節操也沒有男性功能的「狗」，但對虎慶說的卻是：「他是我的男人，我現在要不理他了，他活著還有個啥意思。」「你還小，有些事情不懂，人是懂情分的，恨一個人，只要和這個人在一起睡了就不會恨一輩子。」這個邏輯有點張愛玲定理的味道，但在具體運用上，葛水平修正了它。包括《喊山》中的啞女紅霞，她是臘宏拐買的，她不僅忍受著兇殘的暴力，裝扮成啞女幾近失語，甚至牙齒也被臘宏用老虎鉗拔掉了兩顆。因此，啞女紅霞無論怎樣怨恨、仇恨臘宏對讀者而言都是可以接受的。但是，葛水平仍然設計了紅霞在臘宏墳前的最後訣別，儘管紅霞複雜的心緒讓人難以把握。

韓沖大概是這些作品中為數不多的有情有義的男人。他對啞女紅霞一家的照顧，自然有履行合約的義務，有意外炸死臘宏的歉疚和贖罪的意味。但日久天長，韓沖一如既往，就不能不說是情義了。值得注意的是，韓沖是這些作品中一個唯一面對女人沒有非分之想的男人。從一開始接觸啞巴一家，給他們住房、接濟糧食一直到負擔起啞巴母女三人的全部生活。當然，男人的情義和女人是不同的，紅霞是真的「熱愛」了韓沖，而質樸的韓沖想的是在真情義中贖罪和拯救啞巴母女的生存。

男女、生死和情義，是最要緊的文學元素，沒有這些關係、場景和情感，文學就無以存在。葛水平以自己獨特的經驗和想像，在生死、情義中構建了說不盡的男女世界。於是，那封閉、荒蕪和時間凝滯的山鄉，就是一個令人迷戀的樸素而斑斕的精神場景，那些性格和性情陌生又新鮮，讓人難以忘記。

2008 年 1 月 22 日

都市深處的魔咒與魅力
——評須一瓜的小說創作

　　鄉村文明的崩潰與新文明的崛起，是這個時代最為明顯的文化症候。作為現代文明表徵的都市，像魔咒一樣吸引著來自四面八方的外鄉人。外鄉人不知道城市是什麼，他們只知道城市在吸引著他們。於是，不同的人群湧入城市之後，一種尚不明確的文明形態就這樣被不斷地塑型。沒有藍圖也沒有目標，因此也沒有人知道今後的城市將會怎樣。我們不知道今後的城市，但在須一瓜的小說中，我們卻部分地看到了當下的城市：在越來越光鮮的外表後面，城市的另一幅面孔被不斷地呈現出來。當然，城市只是須一瓜展開故事的環境或背景，她著意書寫的還是城市生活和人性的豐富性和複雜性，她著意挑戰的是文學的「不可能性」。因此，須一瓜的小說大都迷宮般地撲朔迷離亂花迷眼。讀她的小說在很大的程度上是一種智力的較量。

　　須一瓜在八十年代中期就開始了小說創作。但她真正成名還是在新世紀。具體地說，2003 年對須一瓜至關重要。這一年她因個人的創作成就獲得了「華語傳媒文學大獎·年度最具潛力新人獎」。授獎詞說：

　　　　須一瓜的小說是二〇〇三年度最為生動的文學景觀之一。她在該年度發表的《淡綠色的月亮》、《蛇宮》等優秀作品，清晰地為我們描繪出了她複雜的寫作面影，並由此展現出她燦爛的未來。她深厚的寫作積累，豐盈的小說細節，銳利、細密的敘事能力，使她得以洞悉生活路途中那些細小的轉折和心碎。她重視雕刻經驗的紋路，更重視在經驗之下建築一條隱秘的精神通道，使之有效地抵達

現代人的心靈核心。她的寫作如同破譯生活真相，當飾物一層層揭
開，生活的尷尬圖景就逐漸顯形，在她的逼視下，人生的困境和傷
痛已經無處藏身。須一瓜把寫作還原成了追問的藝術，但同時又告
訴我們，生活是禁不起追問的。

這一評價，從一個方面肯定了須一瓜的小說創作，她當之無愧。十年過去之
後，須一瓜已經成為一個相當成熟炙手可熱的作家。她一直堅持對城市的書
寫，一直對「荒誕感」興致盎然情有獨鍾。她的小說總是帶有巴赫金意義上
的狂歡意味。《地瓜一樣的大海》、《第三棵樹是和平》、《回憶一個陌生的城
市》、《淡綠色的月亮》等，在敘述上有一貫的獨特追求，特別是後敘事視角
的方法，為中篇小說藝術上的突破帶來了可能。須一瓜城市題材的小說寫得
複雜，閱讀時需時時用心，假如錯過某個細節，閱讀過程將會全面崩潰，或
者說，遺失一個具體的細節，閱讀已經斷裂。另一方面，須一瓜的小說還有
明顯的存在主義的遺風流韻，她對人與人之間的難以理解、溝通和人心的內
在冷漠麻木，有持久的關注和描摹。《第三棵樹是和平》很像是一篇霧裏看花
的小說，它有精密的細節構成的內在邏輯。犯罪嫌疑人髮廊妹孫素寶的殺夫
案似乎無可質疑，她年輕漂亮卻無比殘忍，她的殺夫與眾不同，她肢解了丈
夫，而且每個切口都整齊得一絲不苟，就像精心完成的一個解剖作業。法官
對這樣一個女人的不同情順理成章。但年輕的法官戴諾卻在辦案過程中的細
微處發現了可疑處，這個倍受摧殘的女人並不是真正的兇手，她是一個真正
的受害者：不僅在日常生活中她沒有尊嚴，即便在丈夫那裏她也受盡淩辱。
丈夫被殺後她被理所當然地指認為殺人兇手。但通過一個具體的細節，法官
發現了真正的案情。小說雖然以一個女性的不幸展開故事，但它卻不是一個
女性主義的小說。它是一個有關正義、道德、良知和捍衛人的尊嚴的作品。
對人與人之間缺乏憐憫、同情和走進別人內心的起碼願望，作家表達了她揮
之不去的隱憂。須一瓜的小說中確實經常出現女性，但她並不是一個「女性
主義」者。她自己曾經說過：「在我看來，一個成熟的作家，或者說一個手藝
很好的作家，應該是中性的。他能滲透——準確滲透到不同性別、不同年齡
身份的角色裏面，性別、處境、年齡、不應該成為障礙。否則沒辦法寫好小
說。對於我，如果讀者通過作品，無法斷定須一瓜是男是女，我把它理解成
一種表揚。」事情的確如此，通過她的小說我們可以認為，面對男人女人共
同面臨的問題，女性問題還沒有解決的優先權。

《回憶一個陌生的城市》，有須一瓜一貫的後敘事視角，沒有人知道事情的結果甚至過程，即便是當事人或敘述者也不比我們知道的更多。於是，小說就有與生俱來的神秘感或疏異性：因車禍失去記憶的「我」，突然接到了外地寄來自己多年前寫的日記，是這個日記接續了曾經有過的歷史、情感和事件，最重要的是一九八八年九月我製造的那起「三人死亡、危機四鄰的居民區嚴重爆炸案」。「我」決定重返失去記憶的陌生城市調查這起爆炸案。當「我」置身這座城市的時候，「我」依然斷定「是的，我沒有來過這裡。」這注定了是一次沒有結果的虛妄之旅，荒誕的緣由折射出的是荒誕的關係。一些不相干的人因這起事件被糾結在調查的過程中，但彼此間沒有真正的理解和溝通，甚至連起碼的願望都沒有。對都市超級現代生活的嚮往，曾是我們並不遙遠的一個夢。當這個夢境已經兌現爲現實的時候，我們陡然發現，現代都市生活並不是天堂。存在主義的遺風留韻和荒誕小說的敘述魅力，在《回憶一個陌生的城市》中再次得到呈現。

須一瓜的小說不僅荒誕，同時也有玄疑。《大人》一改往日風範，小說以童年視角再現了並不遙遠的歷史。那是一個充滿激情和動盪的時代，空氣中彌漫的都是革命的氣息。但孩子們的內心卻是無邊的寂寥和無助，沒有人有走進他們的內心，沒有人真正願意關心過他們。童蓓的美麗、畸形的手臂和寂寥的內心，與那個革命的年代形成了巨大的反差。她渴望被理解和關注，當她被大人忽視甚至略去的時候，是小弟親吻了她畸形的手臂。那一刻無論於童蓓還是我們，該是怎樣的觸目驚心都不爲過。另一方面，革命像戰爭一樣，總有一些心懷叵測的人，被壓抑了的欲望隨時可以極度膨脹。於是，「大人」對童蓓的侵犯並沒有因爲革命時代而收斂或節制。「革命」傷害了孩子的身心，他們受到的是靈與肉的雙重迫力。最後這個孩子不得不遠走他鄉，讓人感傷不已。對那場革命的認識還沒有成爲過去，「大人」製造的這一切給孩子帶來的創痛從來也沒有被關注。但《大人》正是在這個邊緣區域發現了塵封經年的疤痕，卻原來，那一切並沒有消失在歷史深處。在寫法上相似的還有《火車火車娶老婆沒有》。小說以一個交通警察與一個摩的司機的較量作爲敘事主線，展示了法律與人倫之間的某種困境。面對私自拉客的摩的司機童年貴，「我」不止一次地試圖給予以懲罰。但是，隨著調查的不斷深入，童年貴不得已而爲之的艱難逐漸呈現在我們面前，也將「我」引入了道德與法律的兩難之地。小說題材的奇崛和對人物的塑造顯示了作家的想像力和虛構能

力。一個法律的邊緣人物與警察的碰撞以及對小說氣氛的營建，令人歎爲觀止。

另一方面，須一瓜一直在尋求小說的變化。比如《蔦蘿》，開篇就令人震動不已，父親的去世居然讓女兒欣喜。在小岡的講述中我們看到了父親王衛國的形象，在父親那裏我們看到了女兒的童年，他是女兒小岡的痛苦之源。父親的離去才是女兒新生的開始。新生不是過去的「弒父」故事，其背後隱含著更爲慘痛的普遍性生活。小說融懸疑、寫實、象徵於一體，構思奇巧，立意奇崛；而短篇小說《國王的血》，看題目會以爲是一篇驚悚恐怖小說。小說在類型上與驚悚恐怖無關，但內在的人物關係或情感關係的確又與驚悚恐怖有關。這是一場意外的交通事故，沒有駕照的小慶在一場酒會後開車送所有醉酒的同事時，釀成了一場惡性車禍，他不僅要負刑事責任，還要承擔鉅額經濟賠償，被房貸壓得透不過氣的家庭雪上加霜。雖然有母親、奶奶的疼愛，不能改變的是父親製造的陰霾般的家庭氣氛，難以承受的小慶最後割腕自盡。這是一篇「逆向」的弒父小說，儘管死去的不是父親，但小慶的死亡從倫理的意義上殺死了父親。小慶精心培育的那株黑鬱金香在小慶死去時盛開怒放，以象徵和隱喻的方式祭奠了弱小和善。須一瓜的小說一向講求敘事技法，《國王的血》用交錯敘事營造的小說整體氛圍，一如下了千年的雨，亦如嚴冬緊縮的湖。

多年來，中短篇小說曾是須一瓜的主打文體。《太陽黑子》應該是她的第一部長篇小說，依照她的經驗和積累，對這部長篇處女作我們深懷期待。這是一部險象環生的小說，是一部關於人性的善與惡、罪與罰、精神絕境與自我救贖的小說，是一部對人性深處堅韌探詢執著追問的小說。在人性迷蒙、混沌和失去方向感的時代，須一瓜借助一個既撲朔迷離又一目了然的案件，表達了她對與人性有關的常識和終極問題的關懷。一椿滅門的驚天大案，罪犯在民間蟄伏十四年之久。但須一瓜的興趣不是停留在對案件的偵破上，不是用極端化的方式沒有限制地誇大了這個題材的大眾文學元素，而是深入到罪犯犯案之後的心理以及在心理支配下的救贖生活。楊自道、辛小豐和陳比覺犯的是姦殺滅門罪。他們犯罪的因由並不複雜，罪犯辛小豐後來回憶說：一天「阿道帶我們去水庫釣魚，要回來的時候，我們看見了山下一幢小別墅，比覺很好奇想下去看。下去阿道被院子裏的黑色淩志車吸引，我們進了院子，我又被屋子吸引。我從後門進去的時候，那個女孩濕著長髮，赤裸著剛走出

浴室。可能是地上濕，她滑了一下，抓著牆，那個姿勢，讓我徹底失控了。我毫無經驗，不知道她心臟病突發，我很野蠻瘋狂。我不能理解她怎麼死了。比覺阿道進來的時候，已經發生了，我們想跑，可是她外公進來了，不能讓他看見，只好掐住他，她外婆又進來了，接著是她父母。我們沒有一點時間退出，越陷越深」。無論出於什麼樣的理由，這都是有一樁罪行滔天的命案。犯案之後他們亡命天涯。逃亡隱匿的過程，也是他們力圖洗滌罪惡心靈自我拯救的過程、是他們悔不當初竭盡全力補償罪過的過程。他們分別做了協警、的哥和魚排工，並收養了一個在犯案同一天出生的棄嬰「尾巴」。十四年的時間，他們不曾婚娶、形同一入，他們做了許多好事，為了醫治「尾巴」的心臟病共同竭盡了努力。對罪犯這種心理分析和表達的視角，顯示了須一瓜的與眾不同。她從事「政法記者」多年，積累了深厚的我們不曾瞭解的這一領域的獨特經驗。但是，重要的不是她對一個充滿了奇觀和隱秘角落的展露與揭示，不是為了滿足我們的好奇心。她涉足這個領域除了文學的考慮之外，更著眼於當下的精神狀況或世道人心。與這三個逃亡者形成比照的是他們的房東卓生發。這是日常生活中常見的普通人，他陰冷、自私、目光短淺、心理陰暗。他眼見自己的妻兒、岳父岳母葬身火海而不救。他雖然也有隗疚，但沒有觸犯法律，因此，他的自我療治的方式就是發現和窺探別人的隱秘或惡，以證明這個世上所有的入都比他更惡。他將竊聽裝置放到了的哥和「尾巴」的房間，最終告發了他們。不同的是處在法律兩界的不同心理和人性，在逃亡者這邊：「十幾年過去了，警察一直沒有出現。這個驚悚一方的強姦滅門大案，在他們逃離家鄉、阻斷老家信息後，真的越來越像個夢境。但隨著時間推移，這個希望是夢境的現實，卻在他們自己的記憶裏越來越鮮明越確鑿。比覺有次醉後痛哭，說，我的頭上發涼啊，那柄劍、那柄從天而來的達摩克利斯懸劍，就在我頭上，越來越近了，我感到它的劍鋒了，我頭皮涼颼颼，我的頭髮都豎起來了，你們就沒有感到嗎？」罪惡感從來也沒有從這些入的心頭消失。他們不是懼怕真相大白，也不是懼怕死亡。他們甚至是在等待這一天的到來；而卓生發這個一直祈望神的寬宥的人，但在伊谷夏看來卻是：「你從來就沒有光明磊落過，你沒有責任感、不敢擔當，沒有犧牲精神、沒有勇氣也沒有人心美好的真情！除了挑剔別人，熱衷發現別人的惡，你什麼都沒有！我就是來告訴你，你是好人，陰暗的好人，到處都有你這樣陰暗的好人，而我討厭你！」這裡，須一瓜提出了一個極為尖銳和挑戰性的問題：

我們究竟如何判斷罪犯的人性、如何認識那些在日常生活中滋生肆虐又與法律無涉的仇恨心理。這兩種人性都因隱秘而咫尺天涯，罪犯的心理是一個獨特的領域，需要專門的知識；但卓生發的心理卻與民族劣根性和當下的精神生態不無關係，只要我們敢於面對自己的內心稍加檢討或審視，經得起的大概沒有多少人。這就是須一瓜的眼光：一如利刃劃過皮膚。文學是觀念的領域，但文學首先是文學。《太陽黑子》作爲小說，須一瓜一直貼在邊界上行走。它的敘述極爲特殊：三個犯有彌天大罪的人，就這樣每天在眾目睽睽下生活，每天與警察、警察的妹妹以及芸芸眾生打交道，近在咫尺的邊界隨時有穿越的可能，我們就像觀看一部電影，沒有秘密可言。但這個邊界在規定的時間內又固若金湯：兩個人群表面上就這樣相安無事又洞若觀火地平行前進。這個設置一方面爲逃亡者隱秘的靈魂和人性的展現提供了充分的時空；另一方面表面的平靜下掩蓋著激烈的對決，它的路向不斷在變化。在伊谷夏看來：「太奇怪了，這三個人非常要好，好得超出外人想像。我是說，那種彼此的眼神，比親兄弟還貼心。其實，那個魚排那個，骨子裏也很有教養，雖然沒有老頭通透，但也絕不像房東說的那麼冷酷可怕。對我來說，他們實在都太聰明、太引人入勝了；辛小豐你最清楚了，眼神很乾淨。他們對『尾巴』的愛護，看了我都想哭，那是男人內心最美好的眞情。你看，走馬燈一樣，我見了那麼多謀婚的對象，還有五湖四海的客戶，我還是覺得，他們三個人最特別。你看這大街上，隨眼看去，這些都是什麼男人啊，自私自利、猥瑣、無趣、自以爲是、貪婪自大，眼神不是像木頭就是像大糞。這些人啊，開著名車，你立刻不想要那名車了；他渾身是錢，你立刻覺得原來錢多也沒意思；這些人成了名流賢達，你立刻覺得名望原來都是垃圾箱啊；這些人……」；但在哥哥伊谷春看來：「他們這種關係，也許是共同經歷了一件事，那件事可能生死難忘，非常美好或者非常慘烈，所以他們才會形同一人。你等著看吧，謎底會揭開的。」這兩種不同的判斷都是眞實的。在伊谷夏那裏，她經驗和看到的「的哥」楊自道因高尙而迷人，她居然熱戀上了他，甚至不惜冒著風險爲他篡改了一幅重要證據的照片日期。特別是在楊自道臨刑時兩人的訣別，更是感天撼地。一個花季的青年女性如醉如癡地愛上一個罪犯，表明的恰恰是她對生活中某些方面的拒絕；作爲警察的哥哥憑著職業的敏感，一直在秘密偵察，特別是對他的助手辛小豐。但在具體處理上，伊谷春、伊谷夏和三個逃亡者的情感關係極端複雜，他們既在邊界兩側，又不是水火難容。人性的

複雜性在那裏的糾葛或糾纏，在須一瓜的筆下得到了充分展現。這不是對分寸的拿捏，它是須一瓜對當下人性和世道人心一眼望穿的自信，以及在表達上以求一逞的自我期待。這一點她是實現了。在結構上，《太陽黑子》是開放性的，就像一部電影，一切都在眼前沒有秘密，與其說我們在「窺視」，不如說我們在等待，等待一個我們不知所終的時刻；但在敘述上它又是極爲嚴密的，卓生發的告發以及警察哥哥的縝密偵察，在交會處水到渠成。於是，小說就這樣將懸疑、神秘、窺視、有驚無險等諸多元素融會在一起，使我們閱讀心理起伏跌宕欲罷不能。多年來，大眾文學一直在向嚴肅文學學習，包括技巧也包括價值觀。但嚴肅文學多年來對大眾文學不置一詞不屑一顧，這是不對的。事實上，大眾文學可讀性元素只會增強嚴肅文學的可讀性，而不會傷害嚴肅文學對意義和價值的探尋。《太陽黑子》對大眾文學元素的借助，也使這部小說在形式上具有了探索性。

她新近的長篇小說《白口罩》，以一場「疫情」作爲背景，通過「白口罩」這一象徵之物，將社會眾生相、社會風氣、社會流弊以及在危機時刻各種人的心理，做了形象而深刻的描摹和檢討。異常疫情的出現，首先是人們的自我預防。但是由於信息的不確定，人們心理的恐慌可能比疫情更具危險性：它不僅加劇或放大了疫情的嚴重性，而且也引發了未作宣告的、潛伏已久的人與人之間的不信任感和責任的缺失浮出了水面。另一方面，每個人在問題面前似乎都可以質問、推委，而擔當本身卻成了一種被懸置的不明之物。如此看來，《白口罩》既是一種對社會缺乏信任的揭示，也隱含了她對人性詢喚的良苦用心。

須一瓜的小說基本以都市背景展開故事。都市既是魔咒也魅力無窮：那荒誕不經的人與事，就這樣亦眞亦幻地展現在我們面前。作爲現代化表徵的都市，卻如此的匪夷所思；但作爲藝術表現對象，它又充滿了成爲小說元素「不可能性」的取之不盡的豐富源泉。對都市的愛恨交織，就這樣統一在須一瓜的小說創作中。可以說，面對都市生活的不確定性和不規則的形狀，須一瓜提供了都市生活書寫的重要範型。她是我們正在積累的都市文化經驗的一部分。而她含而不露的都市批判立場，顯然也是應該得到支持和贊許的。

2013 年 7 月於瀋陽寓所

世風世相、女性與家國
——評邵麗的小說創作

　　邵麗的文學創作，如果從 1999 年發表第一篇作品算起，至今只有十餘年。十餘年的時間不算短，但作爲作家來說，用十餘年的時間和百餘萬字的作品將自己打造成有廣泛影響的著名作家，並不是一件容易的事情。特別是當下文學生產、傳播和接受都遭遇了巨大挑戰的環境裏，一個作家能夠並敢于堅持下來，如果不是一場人生賭博的話，那麼就可以理解爲內心對自己有一種強烈的召喚或期待。幾年間，她先後出版了《紙裙子》、《碎花地毯》、《騰空的屋子》等小說集。這些作品，與許多剛出道的女性作家多有相似之處——更多地源於個人經驗，基本是在情感或婚姻領域展開。雖然講述了不同的女性經驗或情感體驗，但其視野的封閉性和內循環性質，還沒有產生廣泛的影響。眞正產生廣泛影響的創作，是 2004 年人民文學出版社出版的長篇小說《我的生活質量》。這部小說讓她獲得了人民文學出版社「『年度中華文學人物』最具潛質的青年作家稱號」，入圍了第七屆「茅盾文學獎」。此後的邵麗一發不可收，不僅佳作迭出，而且因《明惠的聖誕》獲得了第四屆魯迅文學獎。邵麗的小說從此面貌大變：她對世風世相的生動描繪，對女性命運、情感和心理的深切同情，對當下生活的積極介入表達出的家國情懷，使她成爲一個值得關注的重要作家。

一、文化記憶與人的宿命

　　長篇小說《我的生活質量》於邵麗說來重要無比，它不僅讓更多的讀者認識了作家邵麗，而且重要的是，這部作品奠定了邵麗作爲作家的地位，並在某種意義上爲她帶來了信心和鼓舞。可以說，在讀過了許多「官場小說」

之後，再讀邵麗的《我的生活質量》，我相信有過官場經歷和官員身份的人，既可能心情舒暢也可能憂心忡忡。原因是，在過去的官場小說中，官場幾乎就是人性的墓場：爾虞我詐、欺上瞞下、魚肉百姓、貪污腐敗，最後，或者亡命天涯或者苦海餘生。這些小說在「反腐敗」的主流話語或生活的淺表層面，確實獲得了不證自明的依據。但它的文學性始終受到懷疑，總讓人感到文學力量的欠缺。這與這些小說對官場生活追問的不徹底、對人性深處缺乏把握的能力是大有關係的。我們在這些小說中看到的還只是官場奇觀，或者是誇大了的畸形黑暗的生活。邵麗的小說《我的生活質量》，也描摹或書寫了官場人生，但這不是一部僅僅展示腐敗和黑暗的小說，不是對官場異化人性的仇恨書寫。在某種意義上，這是一部充滿了同情和悲憫的小說，是一部對人的文化記憶、文化遺忘以及自我救贖絕望的寫真和證詞。

小說的主角王祈隆是一個傳統的農家子弟，他在奶奶的教導下艱難地成長，終於讀完大學，並在偶然的機遇中走上仕途。他並不刻意為官之道，卻一路順風地當上了市長。這個為世俗社會羨慕角色的背後，卻有許多不足為外人道的人生苦衷和內心煎熬。他惡劣的生活質量不是物質的，而是精神和心靈的。一個人的生活質量幸福與否，不是來自外在世界的評價，外在的評價只能部分地滿足一個人的虛榮心和成就感。特別是一個人的虛榮心和成就感已經獲得滿足的時候，其他方面欠缺就會強烈地凸現出來。王祈隆的生活質量之所以成為問題，就在於他已經實現的社會地位、社會身份和未能忘記的文化記憶的巨大反差。王祈隆先後遇到了幾個青年女性：舊情人黃小鳳、妓女戴小桃、大學生李青蘋和名門之後安妮。如果小說只寫了王祈隆與前三個女人的關係，也就是並無驚人之處的平平之作。王祈隆的欲望和對欲望的剋制，與常見的文學人物的心理活動並沒有本質區別。邵麗的過人之處恰恰是她處理了王祈隆與安妮的情感過程。

王祈隆與安妮都是當下的「成功人士」、社會精英，按照一般理解，他們的結合是皆大歡喜情理之中。但面對安妮的時候，王祈隆有難以克服的心理障礙：他腳上的「拐」——那個「小王莊出身」的標記，是他深入骨髓的自傳性記憶。這個來自底層的卑微的徽記，即便他當上市長之後仍然難以遺忘，難以從心理上實現他的自我救贖。他見到安妮就喪失了男性功能，而面對相同出身的許彩霞他就勇武無比。文化記憶的支配性在王祈隆這裡根深蒂固並不是他個人的原因，哈布瓦奇在《論集體記憶中》區別了「歷史記憶」和「自

傳記憶」兩個不同的範疇。他說：歷史記憶是社會文化成員通過文字或其他記載來獲得的，歷史記憶必須通過公眾活動，如慶典、節假日紀念等等才能得以保持新鮮；自傳記憶則是個人對於自已經歷過的往事的回憶。公眾場所的個人記憶也有助於維繫人與人的關係，如親朋、婚姻、同學會、俱樂部關係，等等。無論是歷史記憶還是自傳記憶，記憶都必須依賴某種集體處所和公眾論壇，通過人與人的相互接觸才能得以保存。記憶的公眾處所大至社會、宗教活動，小至家庭相處、朋友聚會，共同的活動使得記憶成爲一種具有社會意義的行爲。記憶所涉及的不只是回憶的「能力」，而且更是回憶的公眾權利和社會作用。不與他人相關的記憶是經不起時間銷蝕的。而且，它無法被社會所保存，更無法表現爲一種有社會文化意義的集體行爲。哈布瓦奇的集體記憶理論強調記憶的當下性。在他看來，人們頭腦中的「過去」，並不是客觀實在的，而是一種社會性的建構。回憶永遠是在回憶的對象成爲過去之後。不同的時代、時期的人們不可能對同一段「過去」形成同樣的想法。人們如何建構和敘述過去，在極大程度上取決於他們當下的理念、利益和期待。回憶是爲現刻的需要服務的。

「回憶」當然也是一種社會資源和爭奪的對象。在過去的歷史敘事中，農民因在革命歷史中的巨大作用，這個身份就具有了神聖和崇高的意味。但在當下的語境中，在革命終結的時代，農民可能意味著貧困、打工、不體面和沒有尊嚴、失去土地或流離失所。它過去擁有的意義正在向負面轉化。這樣，農民——尤其是帶有「小王莊」標記的農民，在王祈隆這裡就成爲一種卑微和恥辱的象徵，面對安妮，這個具有優越的文化歷史和資本的欲望對象的時候，王祈隆就徹底地崩潰了，他不能遺忘自己小王莊的出身和歷史。這是王市長的失敗，也是傳統的鄉村文化在當下語境中的危機和失敗。因此王祈隆／安妮就成爲傳統／現代衝突的表意符號，他們的兩敗俱傷是意味深長的。

《我的生活質量》是目前邵麗出版的唯一一部長篇小說，此後她的主要精力集中在中、短篇小說創作。這既可以看做是她的興趣所在，亦可以看做是她的集聚能量臥薪藏膽，爲日後以求一逞的文學雄心積累準備。

二、女性的情感、心理和命運

「女性主義」曾一度成爲這個時代最強悍的文學之音，「女性文學」也因此成爲這個時代重要的文學現象。但是，當「風頭正健」已成往事、「女性主

義」業已塵埃落定之後，我們發現，「女性」性別遭遇的問題，與兩性共同面臨的問題並不具有解決的優先地位。甚至可以說，女性的問題在這些作品中以誇張的方式放大了。邵麗不是「女性主義者」，她沒有咄咄逼人的女性立場。但是，在紛亂複雜的社會環境中、在日常生活的兩性關係中，她的小說無可避免地有女性視角，這個視角也無可避免地有個人經驗和體悟隱含其間。在我看來，邵麗對女性的關注，更多的是在女性情感、心理和命運的範疇中展開，她對女性更多的是同情、悲憫和束手無策的關愛。但是，當她一旦將女性的這一切展現在我們面前的時候，我們在深感震撼的同時，也爲她細微的體察和尖銳的發現所打動。

《明惠的聖誕》是獲魯迅文學獎的作品。小說講述的是明惠不甘屈辱最終訣別人世的慘烈故事。曾經驕傲的明惠因高考落榜，被迫更名圓圓做了按摩女，這是這個時代沒有著落女孩常見的謀生手段。在這樣的環境裏討生活，圓圓有過怎樣的經歷是可以想像的。但是，圓圓似乎駕輕就熟處亂不驚，無論客人有怎樣輕薄的舉動，甚至被「表哥」帶走付出了第一次，也沒有痛不欲生尋死覓活。讓明惠放不下過不去的是她遇到了一個名叫李羊群的人：

> 圓圓第一眼看到李羊群就覺得他不是一個好色的男人，她就是這樣感覺的。李羊群那天顯然是喝過酒，他洗完裏著一條浴巾進按摩間的時候，透過屋頂玻璃射進來的陽光突然間逆著打在他乾淨的身體上，圓圓的感覺有些模糊起來。這個生得很體面的人的臉上是透著絲絲縷縷悲傷的，當然，這悲傷別人是看不出的。圓圓那一刻覺得那悲是從她自己的心底湧出，卻寫在了這個男人的臉上。圓圓的心動了一下，又動了一下。但不是那種被打動的動，是被震動的動。

這個細節是圓圓與李羊群有交往願望的開始。而「那次按摩結束後，李羊群是第一次在按摩間裏打量一個女孩。他覺得這個年輕的女孩子臉上有一種成熟鎮定得讓他驚心動魄的東西」。「他遇到了一個和他一樣懷有委屈的人」。這是心和心的對接，或者說是「心有靈犀」。於是，圓圓開始了和李羊群的交往。李羊群確實不是一個壞人。他的前史是：一個國家公務員，有漂亮的、青梅竹馬的夫人。因一次豔遇，丟了夫人也丟了兒子。他主動辭了公職辦起了文化傳播公司。李羊群對圓圓出手大方，久而久之，圓圓覺得自己應該付給李羊群應該付出的東西。事情的轉折發生在另一個聖誕夜裏。圓圓和李羊群遇到了李羊群的一群朋友。這些人在圓圓面前的優越毫不掩飾——

　　圓圓是有自知之明的，坐一會兒就說要先走。圓圓說完走就拿眼睛去看李羊群的反應，李羊群這隻羊好像回到自己的羊群就把圓圓給忘記了，剛才還精神頭十足地盯她的那雙眼睛，現在一下子散了。他這樣的神態與這幫人在一起才是合轍押韻的。圓圓以爲，李羊群不陪她一起走，至少會挽留她。李羊群那時候正忘情地和他們追憶起一椿往事，他彷彿忘記了自己先前的角色，他本是爲了她出來玩的。可他現在陷在另外一個角色裏，他不想讓任何無關的人在這個時候穿插到他們的往事裏。他頭都沒扭就揮了揮手說，那好吧，你先回吧！

　　第二天，圓圓逛過商場、喝過雞湯後，穿上盛裝，躺在床上再也沒有醒來。在這個聖誕之夜，圓圓不僅是感覺受到了羞辱，不僅是曾有過的幻覺在瞬間幻滅。更重要的是，這個羞辱轟毀了她的整個世界，剝奪了她所有的尊嚴。她只能以死維護自己最後的尊嚴。在此之前，她一心一意渴望成爲一個城裏人。她在成爲城裏人的過程中，可以不惜一切，甚至賣身。但是一旦身份變了，感覺到自己是城裏人了，別人的一句玩笑，或者是冷落，她就受不了，甚至不惜犧牲生命來維護——想想看，一個人的身份哪怕稍稍變化一點點，就會有截然不同的結局——這種東西過去是沒多少人關注的，對「城市化」，人們只是習慣於用數字說話，城市化率達到多少多少，新農村建設如何如何。從來沒人會想到，在這個數字後面，是活生生的生命和尊嚴的喪失，更不要說文明的衰落和歷史的失重了。怎樣重拾人文關懷與城鄉和諧，這是自一九四九年新中國成立以來我們所面臨的重大問題，只是過去沒人正視過，在謊言裏把它遮蔽了——但是，即使是死，明惠也沒有找到自己的眞實身份，對於城市給他們的語言和表情，他們根本消化不了。中國的農民有著對城市的深度「乳糖不耐」。

　　這就是小說撼動人心的地方。小說沒有用道德化的方式譴責批判李羊群或肖明惠。而是撕開了這個司空見慣的生活方式和場景的背後，將這致命的隱形之手暴露給世人。明惠的死不僅李羊群不明白，更多的人可能不屑一顧。因此，明惠的悲劇很可能是在明惠之死的後面。當邵麗將明惠的悲劇呈現出來的時候，表達的是對人的顧惜、不平和關愛。她曾說：「生活中充滿了愛。儘管我並不認爲人僅僅是爲愛而活著，但我覺得沒有愛的生活不能算是有意義的生活，至少我不會爲沒有愛的生活而寫作。」〔註1〕她踐行的是承諾。

〔註 1〕見《鄭州日報》2007 年 10 月 30 日。

　　《寂寞的湯丹》是一篇深入探究女性心理的小說。湯丹偶然遭遇了宣傳部長李逸飛。在湯丹看來，李逸飛的迷人是因他的「風采」。第一次見面：「湯丹無端想起『小喬初嫁了，羽扇綸巾』這樣的詞句來，後來的思想跑得就更遠。再後來，她就不知道講的是什麼了，只顧著揣測這個男人的方方面面。」於是兩人開始了心照不宣的交往。

　　青年男女即便是已婚，對異性偶發幻想也不是什麼值得大驚小怪的事情。但是，當湯丹因工作的事情需要李逸飛幫忙，帶著丈夫小袁到李逸飛家之後，李逸飛對湯丹的態度陡然發生了變化。告別時「李逸飛和小袁握手道別，看都沒看湯丹一眼就關了門。出來院子坐在車子裏，小袁說，事情辦得太好了。他一副開開心心的樣子，湯丹也覺得從頭到尾都沒什麼不妥，神情卻是恍惚得要命。」湯丹和丈夫一起去李逸飛家的舉動，使湯丹與李逸飛兩人還沒開始的關係注定無疾而終。這裡，丈夫小袁的用心是尤其值得注意的。他對男女之間關係的敏感以及處理得了無痕跡，足以證明他的城府和老練。此後，無論是小袁還是湯丹，各自經歷了不同的情感遭遇，但「湯丹還得沉沒在生活裏。」小說沒有大起大落疾風暴雨式的情節，它寫的是日常生活中湯丹的落寞和無助。湯丹的寂寞貌似死水微瀾，但小說卻寫出了她內在波濤洶湧。它有歐洲浪漫主義時期小說的遺風流韻。

　　《城外的小秋》，是一篇有鮮明當下性的小說。城鎮化是當下生活的基本趨勢，它的歷史合理性已經有過無數的闡釋。但是，歷史的邏輯不能置換生活的邏輯。歷史邏輯的合理性發生在講述中，生活的邏輯卻是在感受裏。小秋不喜歡城裏生活，奶奶帶她回到了鄉下。鄉下的小秋──

　　養了一條叫大黃的狗，上學放學都跟她形影不離。小秋後來不上學了，大黃就跟著她和奶奶下地。家裏還有兩畝多地，爸爸早就不讓她們種了，奶奶堅持種，主要是因為小秋堅決要種。收了麥子，叔叔們幫著把地整理出來，她們就一粒一粒地點上玉米。地頭還會種一小片花生，幾棵甜瓜，還有長豆角，幾根棍搭個架子，爬得枝枝蔓蔓的，結的豆角比小孩子都高。小秋在她的玉米地裏，快樂得像個公主，大黃就是她的僕從。

　　這是小秋的鄉下生活，也是她後來揮之不去的鄉村記憶。但是，離開了城市並不意味著小秋就走進了不變的世外桃源。老村子還是要拆了，村子已經劃為市區範圍。就在開發商的推土機開進玉米田的時候，小秋滑進了埂下的水溝裏，小秋癱瘓了。小秋失去了玉米田，也永遠失去了和玉米田有關的

生活。當然，失去這一切的還有奶奶、郝強和郝晴天。小說提出了一個悖論性的問題：城市化是現代化的表徵。現實生活裏，進了城的農民無論遇到怎樣的困難，他們都很難再回到鄉下。因此，現代性是一條不歸路。但在小秋這裡，她對鄉下的眷戀幾乎無可替代。無論是安居房、推土機還是城市規劃，在小秋這裡不啻爲洪水猛獸。每個人對生活的理解不同，他們本來有選擇的權利。但在小秋的時代，現代化將一切都格式化、統一化。「現代」成爲另一種冠冕堂皇不由分說的具有權力關係的另一種說法。這既是現實當然也是隱喻。小秋未來的生活是可以想像的，她沒有能力改變這一切，她只能接受這樣的現實。承受這樣的現實當然不止小秋一個人，它可能是我們這個時代所有矛盾的一部分。如果是這樣的話，失去玉米田的顯然還有無數個小秋和他們的家人。

邵麗寫了許多與女性生活有關小說。上述三篇作品遠不是全部。重要的也許不在於邵麗身爲女性寫了女性，重要的是她寫出了女性在現實生活中不同的糾結、矛盾和無奈。一個作家如果沒有這些心理感受和對女性的認知，這樣的小說是斷然難以完成的。

三、家國情懷與新的創作實踐

十餘年的時間，邵麗嘗試著各種題材和寫法。近年來她連續發表了《村北的王庭柱》、《老革命周春江》、《掛職筆記》、《劉萬福案件》等一批寫基層幹部生活的作品。這些作品與邵麗的掛職經歷有關。她在一篇小說的開頭說：

作爲一個小說家，當我被派往一個一百多萬人的大縣掛職副縣長體驗生活時，內心是非常糾結的。我常常融不進這種「生活」之中，但又覺得忽然之間失去了自己的生活。那時候我顯然以爲，掛職的意義不在於職，而在於掛。我是確確實實被掛在生活之外了。〔註2〕

這是一份難得的清醒。正是有了這份清醒，邵麗才將王庭柱、縣委副書記周春江、祁副縣長、劉縣長等寫得躍然紙上。那裏的生活氣息彌漫四方讓人如臨其境。讀這些小說很容易聯想到「山藥蛋派」作家筆下的生活和人物。這些小說爲邵麗贏得了新的聲譽。《劉萬福案件》，也是以一個掛職作家視角講述的故事。故事的主體是劉萬福的今生今世，是一個普通農民的生存狀況和不幸遭遇；另一條線索是縣委書記、經濟學家對當下中國、特別是中國基

〔註 2〕邵麗：《掛職筆記》，《人民文學》201 年 8 期。

層發展的言論和看法。小說內部結構極其複雜，猶如當下中國的社會生活，剪不斷理還亂。

小說在劉萬福糟糕的命運上展開。礦難情節寫得一波三折驚心動魄，礦工的堅忍和危難中的真情催人淚下。班長閻濤過人的膽識和處亂不驚的風範，與礦工的生死與共的情義，給人留下了深刻的印象。但是，一條「瞞報重大礦難偷運屍體」的信息，以及「美國總統奧巴馬就西弗吉尼亞州礦難發表聲明」的對比，使小說在不經意處起了波瀾：「人與人之間的不平等體現在生上，既無可否認又無法改變。如果還體現在死上，那就只有令人扼腕可惜了。同樣是煤礦工人，有人死得那麼有尊嚴，他們的名字像英雄一樣被惦記和懷念。有人只是死成小數點後面的一個數字，只是活在統計年鑒裏。」當然，小說不只是表達了作家批判的姿態，重要的是，她還是在人性的複雜性上下足了工夫。劉七是一個鄉間無賴，與劉萬福家有「世仇」。劉萬福與劉七的仇怨緣於劉七對劉萬福妻女的欺辱，在忍無可忍的情況下，劉萬福手刃劉七和一個同夥。「劉萬福相信黨和政府的有關政策，立即去派出所投案自首了。法庭根據他犯罪的性質和投案自首的情節，判了他死緩。」後來又改為「無期徒刑」。「劉萬福案件」只是一個個案，或者說只是這個故事的「外殼」。作家真正要表達的，是一個經濟學家和縣委書記如何面對複雜多變的基層中國的現實，如何講真話、敢擔當的問題。但是，對這些問題的處理，比處理「劉萬福們」遇到的問題還要複雜的多。

邵麗寫完這篇小說之後說：「劉萬福在他那個階級裏，靠勤勞節儉能在多大意義上改善生存環境？楊子龍如果不堅持以退為守的活命哲學會不會全身而退？周啟生如果不是木秀於林怎麼會砰然倒下？其實，如果我們仔細觀察，會發現這些現象根本不是『這一個』，它甚至是普遍的、先驗的、宿命的，這才是它的悲劇意義之所在。所以我覺得這應該是作家，社會學家以及更多的人需要共同關注的問題。」〔註3〕我驚異邵麗對生活的熟悉和理解。劉萬福們生存在極其艱難的環境中，這個艱難不只是大環境的問題，同時也有鄰里鄉親間的問題，有這個階層自身存在的問題。它的複雜性只用同情或悲憫無濟於事。另一方面，「底層」有底層的生活方式，即便在礦難最危急的時刻，他們也沒有忘記開最「葷」的玩笑以緩解驚險和緊張。因此，底層書寫只用眼淚和無邊的苦難來表達顯然是太簡單了。在這個意義上，邵麗有了很大程度的超越。

〔註3〕邵麗：《傾斜的姿態》，《小說選刊》2012年1期。

　　如果說上述小說表達了邵麗對外部世界、抑或是國家民族關懷的話，那麼《糖果兒》則從外部世界轉向了自己的內心生活，這是一篇溫潤如玉蒼茫如海的小說。小說以「我」與女兒麼麼的情感關係為主線，旁溢出「我」與敬川、蘇天明與金地以及麼麼、姥爺姥姥、父親母親等愛情和婚姻生活。這個時代的愛情和婚姻大概都乏善可陳，因此，當「我」回憶起與敬川的婚姻生活時竟是如此的失落：「我們長達十幾年不在一個城市生活，我們每天早晚都按約定時間通電話，所涉及的話題總是身體，鍛鍊，少喝酒。有時候我們也表達愛情，感情豐沛，話說著說著就柔軟起來。他幾乎常常說他很愛我很想我，可當我一個人待在家裏為一桶礦泉水放不到機器上而哭泣的時候，他在什麼地方呢？有一次他晚上回來，發現我們家的十六隻燈泡只剩下一隻了，癔症了半天，說，這日子過的！我也常常說我愛他，可過了這幾十年，我為他洗過幾次襪子呢？有一次我告訴他，他有白頭髮了，他吃驚地瞪著我說，已經白了好幾年了，你才發現？」其實大多婚姻大抵如此，英雄救美的時代過去了。這是一個莫名忙碌的時代，居家過日子的夫妻誰都難以做到戀愛時代的恩愛或體貼。小說畢竟還是講述了一種聖潔的情感的存在，這就是「我」與女兒麼麼的沒有條件的愛，或許只有這種愛才稱得上大愛無疆刻骨銘心。比照了這些情感生活後，「我」終於釋然：當女兒的孩子要出生時，「我」堅持要給孩子取一個小名——「糖果兒」。

　　邵麗曾自白說：「我更傾向於在苦難裏發現美好，在荊棘裏發現花朵，在陰霾裏學會看到陽光。文學的神聖在於，它始終使我們的精神掙脫沉重的肉體，以獨立和自由的姿態，存活在另一個可以抵達永恒的世界裏。」《糖果》不是這一觀念的詮釋，但沒有這樣的觀念就不會有《糖果》這樣的小說。

　　邵麗還有一篇受到普遍好評的短篇——《北去的河》。這篇小說從另一個角度回應了《城外的小秋》。「進城去」當年也許是一個口號，今天卻早已風起雲湧。但是，城市真的是天堂嗎？《北去的河》從大別山鄉下寫到北京城，這既是小說展開的空間場景，也會是前現代與現代的隱喻。哥哥劉春生把女兒雪雁送到北京弟弟家裏，希望女兒從此離開鄉下生活在北京，弟弟秋生也說了，「跟他們三五年，給她在北京安排個工作，再找個婆家，等他們老了也去北京。」父親劉春生對女兒可謂用心良苦，弟弟秋生也絕無虛情假意。但是雪雁很快就打電話給家裏，和娘哭鬧說想家，要回家。父親劉春生為此專門跑了一趟北京見到了秋生和雪雁。但是，北京是劉春生想像的北京嗎？秋

生的苦衷和雪雁的感受是劉春生能體會的嗎？劉春生在北京雖然喝了十五年的茅臺酒，吃了不曾吃過的酒店大餐，喝了不曾喝過的咖啡，但他回到大別山家裏的時候，他想的卻是「『家』並不是光指房子、床鋪和鍋竈，它是土地，是樹木，是水，是氣味兒」。因此，想像的「現代」並適於所有的人。要超越自己熟悉的事物是多麼艱難。在短小說中，邵麗寫出了轉型時代的心理難題。

多年來，邵麗通過對世風世相的描繪，對女性心理、情感和命運的狀寫，通過對國家民族的關懷與憂患，建構了屬於她自己的獨特的文學世界。她的勤奮和抱負已經結出了豐碩的果實，對她的文學未來，我們完全有理由懷有更高的期待。

小敘事與大傳統
——評歐陽黔森的短篇小說

　　歐陽黔森自從事文學創作以來，在小說、詩歌、散文、電影、電視劇等不同領域裏展開，並且都取得了令人矚目的成就。特別是在影視領域，他幾乎囊獲了所有的國家獎項。但在歐陽黔森自己看來，他最看重的還是短篇小說。短篇小說在今天是一個相當邊緣的文體，這個文體逐漸淪為小眾文學，不僅在於它難以走向市場，重要的是，短篇小說一直保有它精英品格和它的藝術高端性。在一個文化消費形式越來越豐富的時代，短篇小說讀者的分流，也自有它的合理性。但是，作為一個作家，不為世風左右，堅持他的文學理想和文化信念，更多的顯然來自他內心的自我要求。如果是這樣的話，作家個人的選擇就沒有理由對閱讀環境不解乃至抱怨。在我看來，歐陽黔森就是敢于堅持自己文學理想和文化信念的作家。

　　貴州是一個有偉大文學傳統的地域。從蹇先艾到何士光，他們是現代、當代具有代表性的重要作家之一。對貴州鄉土文化和邊地多彩風情、淳樸民風的書寫，一直是一個綿延不絕的文脈。歐陽黔森的小說創作、特別是短篇小說創作，就在這個譜系之中。可以說多年來歐陽黔森的小說，寫法傳統，既不先鋒也不「後現代」。他還以舒緩從容姿的態講述他那多少有些「老舊」的故事。因此，他的小說在小敘事中隱含著一個大傳統。這樣的評價會讓許多作家感到不快甚至「憤怒」。在一個不斷「追新」的時代，「傳統」就意味著保守、意味著與時尚無關，當然也與「落伍」、「守成」等脫不了干係。但是，時至今日我們卻也越發覺得，「新」固然好，但傳統也自有它的價值。事

實上文學無論怎樣在形式上花樣翻新，它終有不變的「核心價值」。這就是對人類普遍價值維護的最低承諾。如果是這樣的話，那麼我認為，當我們度過了那個文學形式的「恐後症」之後，會突然發現那些堅持傳統寫作的作家的膽識是多麼了不起。歐陽黔森就是這樣的作家。

對人性的拷問和批判，是歐陽黔森「冷色調」小說的重要主題。人性的冷酷甚至殘忍，不止表現在人與人的社會關係中，同時也表現在人與自然、人與動物的關係中。《敲狗》是歐陽黔森的名篇，發表在 2005 年 12 期的《人民文學》雜誌上，至今整整十年過去了。很多小說一發表時覺得非常新鮮，好看。但幾年之後再看就截然不同了，經不起時間閱讀的小說不是好小說。但《敲狗》不同，再讀仍然感到震撼。師傅、徒弟和賣狗人三人之間的關係一目了然高下立判。賣狗人因為父親生病不得不把一條大黃狗賣了。但人狗情深，他一百塊錢賣的狗，湊足了一百二十塊錢要贖回這條狗，但殺狗師傅跋扈不從，又找派出所的關係，又抬高狗價。徒弟在師傅不在的夜晚放了這條狗，然後離開了這家狗肉館當然是為了離開這個師傅。賣狗人和徒弟對狗的感情感人至深。利欲薰心的師傅只能淪落為一個孤家寡人。《敲狗》對狗肉館那些等待斃命的狗的描寫，令人毛骨悚然觸目驚心，特別是對殺狗過程的血腥描繪，更從一個方面道出了人性的殘忍和冷酷，它對國人吃狗嗜好的批判幾近悲憤。2009 年，《敲狗》獲「蒲松齡短篇小說獎」。授獎詞說：「小說在無情中寫溫情，在殘酷中寫人性之光，是大家手筆和大家氣派。大黃狗再次綻開的笑臉，狗主人與大黃狗之間難以割捨的真情，使得徒弟冒險放掉了師傅勢在必得的大黃狗。大量生動鮮活的如何敲狗的細節的鋪排，只是為了最後放狗的一筆。在狗的眼淚裏我們看見了人的眼淚，由狗性引申出來的是對人性的思考、對提升人的精神品質的呼喚。小說不僅在結構上有中國古典小說的神韻，在道義和人性的刻寫上也見出傳統文化的底蘊。小說通過寫狗對主人的依戀，廚子對情感的冷漠及徒弟的被感動折射出人性的光芒，把人性解剖這個文學的宏大主題用『敲狗』這個斷面展現得曲盡其妙，稱得上是短篇小說的典範文本。」國內一個重要短篇小說獎項的高度評價，從一個方面證實了《敲狗》的價值。

書寫人對動物的悲憫，是歐陽黔森小說經常遇到的主題。比如《十八塊地》中，有這樣一段文字：

　　　我一驚，定神一看：原來離我們四米遠的地方有一頭很大的動

物！那東西似乎也吃了一驚，我大著膽子仔細觀察，看清了是一頭側臥著的老山羊，身旁還有兩頭小羊。我想一定是一頭懷孕的母山羊進來躲大雨，就在這兒分娩了。我們跑出洞，我叫盧竹兒躲到一邊去，我尋找到一塊大石頭。我說，機會來了。盧竹兒死活不肯放開我，她已經明白，我那個所謂的機會就是向山羊發起進攻。她幾乎用整個身子抱住了我，阻止我的進攻。剎那間，我望見了她那美麗絕頂卻充滿哀傷與企求的目光，好像我馬上要攻擊的不是山羊，而是她。石頭從我手上突然滑落了……我包好柏油條、火柴，離開了山洞也離開了我的恥辱，繼續往前爬，一邊爬，盧竹兒一邊囑咐我，這事不要告訴別人。我知道盧竹兒怕政委他們知道，他們一知道，羊兒就沒命了。

　　……。我們也往下走，終於在一個山脊的平臺上匯合了。政委帶來了五個人，我熱烈地與他們擁抱。這是我此生此世難得的一次熱烈呢！盧竹兒只顧在一邊哭。大家叫盧竹兒別哭，快到家了。也許我熱烈得過了頭，忘記了答應盧竹兒的事，興奮地告訴政委，說那邊半山腰的山洞裏有一頭老山羊在那兒躲雨。政委說，那山洞他去過，現在山羊早走了！我說，它生了兩頭小山羊，不能走啦。政委一聽高興得直叫，接著命令兩個人陪我和盧竹兒回去，他帶其餘人馬上向我們的來路奔去，像一隻夜襲的突擊小隊。我轉身一望，見盧竹兒突然癱倒在地了。我連忙轉身向政委的背影大叫起來，莫去，莫去，我求你們啦……我的叫聲顯得那般的孤寂無援。我第一次感受到背叛的沉重與無恥。

一個鄉村少女對動物生命的維護，是出於善良的本性。但也從另一方面映襯出人對動物的殘忍：「其餘人馬上向我們的來路奔去，像一隻夜襲的突擊小隊」，他們對即將捕獲的美食的興奮，即便是夜色中也難以掩飾。人與動的關係許多作家都寫過，寫動物也是寫人性。時至今日，對人與動物的書寫已不止是一個善惡或道德倫理的拷問，而是關乎到人類自身的存亡。人類如果不善待自然，遲早會為此付出代價。事實上我們已經為此付出了代價。

　　溫婉的愛情故事，是歐陽黔森的重要題材，這當然也是一個最傳統的題材。我驚異的是，歐陽黔森還能夠以 80 年代的情懷對待愛情：它詩性、單純，一如 80 年代的愛情詩歌。《蘭草》是一篇令人感傷的小說。小說的主角也是

講述者第五軍爲了蘭草不僅參軍參戰，而且因她一定要成爲一個詩人。他不斷發表詩歌，也爲蘭草寫詩。他爲蘭草寫詩是「對初戀的祭奠」。蘭草影子揮之難去，第五軍找對象都是按照蘭草的形象找的。蘭草結婚了但很快又離婚了。三十年過去之後，在戰友、朋友的聚會上，第五軍又見到了蘭草。但時過境遷物是人非，當年那個蘭草也面目皆非庸俗不堪了。仍然有詩人情懷的第五軍的心情可想而知。小說寫在世風代變環境下人的變化：詩意的時代就這樣一去不復返，青春時節清純美好的懷念，就這樣在一場混亂的類似歡場的情境中結束了。

《姐夫》寫得是生活的假象與眞情。「我」與一水的戀愛，有貌似的「甜蜜的煩惱」，倆人打打鬧鬧本也正常，但不曾想到的是一水舊情難忘，她想的還是那個叫做李成棟的男人；而眞正愛「我」的恰是一水的妹妹二清。如果從「我」的角度考慮，一水腳踏兩隻船，與「我」談戀愛想的卻是李成棟，非常虛僞。但是，如果站在一水的立場上，一水何嘗不是對愛情堅定執著呢，即便李成棟有了女人，並且兩人的房間「黑了燈」，這樣一個男人有什麼值得愛的呢？但是愛情是一個永遠說不清楚的事情，一水就是愛這個「流氓」一樣的男人，她不需要理由。別人可以不理解，可以惋惜可以遺憾，但別人就是沒有辦法替代。因此，在我看來小說寫得不見得是對一水的批判，我倒是覺得是對愛情複雜性和無限豐富性的絕妙呈現。當然，小說還有一個伏筆，就是一水的妹妹二清對「我」的眞情實意的愛。當姐姐幾天沒回家也不見人，「我」過來尋一水時二清的表情和說話時的神態，其內心已昭然若揭。當然，最後「我」還是與二清皆大歡喜。這是一齣輕喜劇，喜憂參半無傷大雅。其間的眞情還是最動人的要素。

《白蓮》是當下司空見慣屢見不鮮的題材。一個坐臺小姐堅持「不出臺」，堅持「出污泥而不染」，但是「每晚掙三百元，媽咪抽頭一百元，毛利二百元。可除去到夜總會來回的的士四十，再加上租房、吃飯、所剩無幾」的境況，終於讓白蓮放下身段決定出賣初夜權。一個女孩儘管做好了所有的心理準備，但她內心還是渴望是一個白馬王子般的人出現。這個人出現了，他帶著面具，溫柔體貼，不是新婚勝似新婚。這個人就是與白蓮兩情相悅的阿南。事情是媽咪一手策劃的：她要成全白蓮和阿南，要用這個舉動爲自己贖罪：「我原來就走錯了路，傷害了一個人，我不能看著你再傷害一個有情人。」三天後白蓮和阿南雙雙離開了這座城市：

　　一年後，媽咪在一家夜總會看見了阿南，阿南正在臺上吹薩克斯。

　　演湊完，媽咪上臺問阿南，阿蓮呢？

　　阿南莫名其妙了很久，才認出媽咪來說，白蓮不是與你在一起嗎？

　　媽咪一下把阿南推下了臺子，那臺子一米多高，阿南的身子一下墜了下去，腰橫擔在一張椅子上斷裂了。

　　阿南從此再也未站起來。他只能躺在床上了。媽咪因故意傷害人致重殘。法院一審判她賠人民幣二十萬元，判有期徒刑十年。

　　二審因阿南承認媽咪是其情人無結婚證但同居五年構成事實婚姻，中級法院復議爲無意傷害重殘，判處有期徒刑五年，監外執行。

　　最後媽咪成了阿南永遠的監護人。

　一個常見的通俗文學題材，在歐陽黔森這裡處理成了一個絕處逢生的故事。在我看來，白蓮不見了蹤影，是意想不到的處理，也是合乎人物性格的處理。白蓮怎麼還有可能和阿南相處下去？白蓮的初夜儘管給的是阿南，但白蓮的初夜權畢竟是出賣的，今後坦然地面對阿南是白蓮無法想像的。因爲如果不是阿南，白蓮同樣不會拒絕出賣初夜。與阿男偶然的相遇並沒有改變買賣關係，而買賣關係是不能替代愛情的。在這個意義上可以說，白蓮儘管做了錯誤的決定，但她仍然保有內心的尊嚴。所以，歐陽黔森的小說看似簡單，但只要認真追究下去，都大有深意可查。而且都是曲終奏雅，猶如一道亮光，照亮了小說漫長的暗夜。小說於是踏上了深邃和廣闊的道路。這一點，歐陽黔森的小說繼承了歐亨利、都德等作家的遺產。

　　《丁香》則是一篇完全不同的小說。它就像一副樸實無華的地域風情畫，在簡潔的文字中描述出了當下生活最後的詩情畫意。三個雞村在地質小分隊到來之前，彷彿還處於「前現代」的時間裏，時間在三個雞村是凝固的，只有又一個「香姑」的誕生，才會證實時間的流動。正是地質小分隊──這個「前現代」異質力量的侵入，打破了三個雞村和丁香不變的生活。丁香漂亮而質樸，就像那個遙遠的村莊一樣尚未被現代文明污染。小說的感人之處是一個還沒有來得及言說的愛情故事。地質詩人愛丁香是愛在心裏，他爲丁香寫詩，甚至爲維護丁香的尊嚴不惜對夏排骨斥諸拳腳。他發誓得志以後回來

娶丁香為妻，但這一切還沒來得及實現，丁香被一次意外的山體滑坡永遠地
掩埋了。地質詩人終於得志了，但他永遠地失去了丁香。這個悲劇應該說寫
得很青春，很詩意，也很有一種懷舊的意味，確實像戴望舒詩中那個結著愁
怨的丁香一樣。但它確實讓人非常感動，特別是小說中流淌瀰漫的那種憂鬱、
寂寞和惆悵的韻味。

　　在當下的小說創作中，似乎已經告別了浪漫和感動，我們在小說中也很
少與這樣的場景、人物和情節遭遇。我們讀過的許多男歡女愛的故事，也有
很多精彩的情節和想像，但就是不讓人感動。歐陽黔森的小說有一種令人感
動的內在氣質，這種氣質就是不斷式微的理想主義氣質。蕭子北雖然是個商
人，但他的軍人和戰爭經歷，賦予了他一種人格的魅力，他人到中年但生氣
勃勃，他有心計但沒有世俗氣。在「後現代」的世俗環境中，在終極價值已
經不再被追問，意義世界可有可無的今天，蕭子北經常想起死去的杜紅軍，
想起青年時代的友誼，這彷彿成了他一個不能或缺的精神堡壘。這些經歷歷
練了蕭子北理想主義的品格。《丁香》的令人感動則在於敘述者對小說情調的
把握。我隱約感到《丁香》與作家的某種經驗相關，它很可能是作家自己精
神自傳的片段。那種深情和回憶，以及對人物的憐愛之心幾乎躍然紙上。對
一種樸素、詩意的追求，本身就是理想主義的一部分。

　　如前所述，歐陽黔森對貴州古老風情風物的描摹，繼承的是一個偉大的
傳統。蹇先艾、何士光等名家，都對貴州這片古老的土地情有獨鍾。他們對
家鄉風情風物的記憶，是他們熱愛貴州的家鄉情結的文學呈現。歐陽黔森如
出一轍。他的《斷河》早在二○○四年就入圍「魯迅文學獎」，可見這篇小說
的影響之大。小說寫的是七十五年刀客的日常生活和愛恨情仇。我驚異的是
小說的寫法，特別是老刀和老狼的「巔峰對決」，寫得一波三折風生水起。我
非常同意何士光小說在歐陽黔森小說集序中的評論：「當麻老九和鄉親們還生
活在山河大地之間，還種著自家的莊稼、捕著斷河裏的劍魚的時候，人們似
乎還能夠依照人的本來的模樣活著，還是土地和日子的主人。那時候這斷河
邊上，就還是有故事的。人們還能愛，還能恨，愛和恨都那樣真切和深沉。
女人梅朵對老刀和老狼的愛，不為利害，只是真愛。老刀和老狼決鬥起來的
時候，雖然那樣兇狠，卻也那樣磊落。龍老大不和同母異父的麻老九相認為
兄弟，讓麻老九在斷河裏打了幾十年的魚，也只是為了保護這個兄弟，不讓
仇家來向他尋仇。麻老九的女人雖然死在斷河裏了，也仍然會來到麻老九的

夢裏,麻老九因此也守候了這個夢境一輩子。先賢老子說:『失道而后德,失德而後仁,失仁而後義,失義而後禮。』不管怎樣,那時候這斷河邊上的人的形象,也還是由這樣的倫常和情操來塑造的。老子沒有說禮會不會失去,也沒有說失禮之後又會怎麼樣。但斷河的歷史告訴我們,失禮之後,就是丹砂,就是金錢,就是一個利字了。」一個萬字短篇,卻寫出了不同時代的風尚與人心,其手筆既有大時代的風雲際會,亦有日常生活的生動細節。黔森的筆力確實不凡。

另外,這裡我還是要重提歐陽黔森的《白多黑少》。這是一部與當下生活相關的作品,或者說是我們司空見慣耳熟能詳的關於商場的人與事的故事,在瑣屑和險象環生的商場,在由欲望構成支配力量的日常生活中,主人公是如何身不由己無力自拔的。《白多黑少》是一部展現歐陽黔森小說才能的作品。表現商場的小說或電視連續劇已經遍地開花滿目瘡痍,商場加情場、金錢加女色是這類小說最基本的表意符號,《白多黑少》當然也沒有離開這些能指。但不同的是,歐陽黔森在橫流的欲望背後,寫出了人性的複雜性和宿命般的無奈感。無論強者還是弱者,他們彷彿都被一隻隱形之手所控制,然後身不由己地深陷其中。蕭子北是一個有過戰爭經歷的強悍商人,即便在紅塵滾滾的商場上,他仍然保有軍人氣質的遺風流韻。這一經歷不僅使他有一種來自軍營的勃勃野心和理想主義氣息,同時也使他在殘酷的商場和情場的爭鬥中堅持了人性的最後底線。應該說,蕭子北在商場上是一個成功者,他用對今天社會生活和遊戲規則洞穿一切的深刻理解,遊刃有餘地運籌和經營著他的企業,控制著屬下,周旋於官僚之間,玩弄臺灣商人於股掌之間,他有能力解脫企業危機,利用政策發展自己。在應對外部世界上,蕭子北的確充分展示了他的聰明才智,用他自己的話說,他確實是一個「帥才」。但在糾纏不清的感情的漩渦裏,蕭子北卻不在自己的把握之中。他可以犧牲屬下的情人去搞定臺灣商人,也可以用金錢輕易地把自己的情人南嵐打發掉。但面對「潛藏」已久的杜鵑紅時,蕭子北自信的防線徹底崩潰了。杜鵑紅並不是一個情感殺手或情場女戰士,也沒有傾國傾城沉魚落雁之美,甚至與他看著她長大也沒有太多的關係。蕭子北不能逾越的最終障礙是源於她是死去的戰友杜紅軍的妹妹。杜紅軍臨終前有遺言,希望蕭子北能照顧杜鵑紅,也就是娶杜鵑紅為妻。蕭子北對妻子有自己的理解和要求,他娶了一個漂亮又思想簡單的舞蹈演員。但杜鵑紅並不就此罷休,她終於有一天提出了愛的要求並付諸行動。

　　小說結束於杜鵑紅請蕭子北夫婦吃飯，那個驚心動魄的場景成了懸念，但蕭子北一聲無奈而焦慮的歎息，不僅鮮明地突現了兩人此時的心境，同時也完成了兩個不同人物的性格塑造。我們不知道杜鵑紅要做什麼，但她明火執仗成竹在胸，欲奪情郎並光明磊落；蕭子北苦不堪言不得不赴湯蹈火去應對一場鴻門宴。這個戲劇性的場景置人物於風口浪尖，充分顯示了作家的藝術想像力和刻畫人物的能力。這個結尾實在是太精彩了。

　　在當下的小說創作中，似乎已經告別了浪漫和感動，我們在小說中也很少與這樣的場景、人物和情節遭遇。我們讀過的許多男歡女愛的故事，也有很多精彩的情節和想像，但就是不讓人感動。歐陽黔森的小說有一種令人感動的內在氣質，這種氣質就是一息尚存的理想主義氣質。蕭子北雖然是個商人，但他的軍人和戰爭經歷，賦予了他一種人格的魅力，他人到中年但生氣勃勃，他有心計但沒有世俗氣。在「後現代」的世俗環境中，在終極價值已經不再被追問，意義世界可有可無的今天，蕭子北經常想起死去的杜紅軍，想起青年時代的友誼，這彷彿成了他一個不能或缺的精神堡壘。這些經歷歷練了蕭子北理想主義的品格。這是一個文化裂變的時代，也是一個紅塵滾滾、欲望無邊的時代。這樣的時代為我們提供了盡可能的自由，但我們也必須承認，擁有了這個自由的同時，我們卻彷彿更加焦慮，內心更加不平靜。這時我們的思想便常常走向「前現代」，在一個想像的、不可重臨的田園風光和簡單的人際關係中駐足並流連忘返。歐陽黔森的小說就為我們提供了這樣不同美麗的場景。因此，我要強調的是，歐陽黔森雖然在蹇先艾、何士光的貴州文學譜系中，但因時代的差異性和歐陽黔森對文學和對貴州的新的理解，他用虛構和想像的方式，重新建構了他的文學世界。這就是一個溫婉、詩意、人性的世界，一個對自然無比熱愛的世界，一個不斷向傳統致敬的世界。對外部世界而言，一切凝固的當下都煙消雲散了，但在人的精神世界，那不變的一切仍然完好如初，仍然沒有發生本質性的改變。在這個意義上，歐陽黔森小說在小敘事中承傳的大傳統，並沒有成為過去，當然也與「落伍」、「守舊」無關。如果是這樣的話，他就是值得我們認真研究和批評的作家。

2014 年 12 月 16 日於北京

發現城市深處的秘密

——評曉航的長篇小說《被聲音打擾的時光》

　　在我們的閱讀經驗裏，給我們印象深刻和強烈震動的作品，大多是發現了生活或人性秘密的作品。是那些文學巨匠對城市生活的發現，豐富了我們對城市的認知和城市文學的審美經驗，也使文學成爲一種可以信任的認知城市生活的方式和手段。就中國當代文學來說，城市文學一直是一個「欠發達」的領域。這不僅與中國社會——鄉土中國的性質有關，同時也與毛澤東對城市的理解和警覺有關。毛澤東發現了城市是個香風毒霧的所在，是資產階級批發糖衣炮彈的場所。因此，當代文學的目光觸及城市時，也主要是以批判爲主，意圖更多的還是在意識形態的層面。所以，我們的城市文學不發達是有歷史原因的。

　　近些年來，當下文學發生了從鄉土向城市轉移的變局，對城市的書寫逐漸成爲當下小說創作的主流。但是，由於我們成熟的城市文化經驗還沒有形成，我們對城市生活的書寫還停留在相當淺表的層面，很多小說寫的是城市生活，卻難以深入到城市生活的核心地帶，只是淺嘗輒止而已。因此，對城市生活書寫經驗的積累，對我們來說還有漫長的道路要走。作家曉航一直生活在北京，他是眞正的「城市之子」。因此，曉航自從事小說創作以來，一直以城市生活作爲他的書寫對象。他的諸多中篇小說，爲當下城市小說創作提供了重要經驗，也受到廣泛好評。《被聲音打擾的時光》，是曉航新近發表的長篇小說。這部長篇之所以重要，就在於曉航努力探究和發現這個時代城市最深層的秘密，用他的眼光和想像打撈這個時代城市最本質的事物——那是

我們完全陌生的人與事。這是這部小說最重要也是最有的價值的方面——他為我們提供了不曾經歷卻期待已久的閱讀經驗。

這是一部荒誕卻更本質地說出了當下城市生活秘密的小說。小說從建造城市觀光塔寫起。城市觀光塔的建造本身就是一個隱喻：這個荒誕的決定一如這個荒誕的時代，一個突發奇想的官員為了金錢的目的，在酒足飯飽之後發現了天空的價值。因為城市該開發的項目基本都開發了，他在空中看到了希望——他要建造一個城市觀光塔。這個官員落馬之後，接任者不僅完成了觀光塔的建造，並且通過事件化的方式轉移了市民不滿的議論和目光。如此荒誕的決定發生在城市管理階層，那麼，這個城市所有離奇古怪事情的發生就順理成章不足為怪了。

於是，我們看到了最先出現的主人公之一衛近宇選擇的「備胎人生」：「職業備胎」的任務是為婚介所中超白金會員提供專業的陪伴服務，負責為她們在尋找結婚對象的活動中，提供各種建議，解答各種疑惑，談論人生，還包括參與她們的一些休閒、社交和出遊活動，直到她們找到稱心的伴侶為止。衛近宇看著獵頭羅列的條件，他明確地知道，他是一個非常合適的人選。衛近宇的第一單生意的對象是青年女性馮慧桐：24 歲，碩士畢業，身高 1.70 米，是這個時代典型的「白富美」。陪伴這樣一個年輕貌美的單身女性並進入她的個人生活，已經預設了險象環生的過程或結局。事實也的確如此。但是，我們預料的那個結局只是其中的一部分，而且不足以表達這個時代的最大秘密。這個時代最大的秘密，從馮慧桐一開始要求陪伴服務起就公之於眾了。她說：「我很需要男朋友，如果我能找到一個適合的男朋友並且結了婚，我就會騙到一大筆錢，它夠我花一輩子。」馮慧桐需要男朋友是因為她可以得到一大筆錢。於是，「演出就這樣開始了，馮慧桐在衛盡宇的指引下，投入到廣泛的城市生活當中。衛近宇給她指向的並不是權貴們與暴發戶們的生活，而是廣大城市青年樂此不疲的。他讓馮慧桐參與了網上發起的各種各樣的活動，比如，團購，去一個老四合院吃一個老先生烙的餡餅；比如參加某個下午的集體朗誦；比如周末去美術館聽一堂有關現代派美術的講座。當然也包括各種戶外運動，跟驢族們一起划船，遠足，登山，衛近宇還和馮慧桐參與了幾次城市快閃，一次是關於音樂，一次關於環保，還有一次是關於機械的安裝。」但是，當兩人的關係不斷升溫並已經成為戀人關係時，衛近宇突然反悔了：「是我不好，不該拉你去度假村蹚那蹚渾水，我想我們將來還是保持

業務關係爲好。」衛近宇異常艱難地說。衛近宇中斷戀人關係的最終考慮的還是金錢成本。這與馮慧桐後來的性夥伴劉欣沒有區別，劉欣和馮慧桐已經上床了，可劉欣還是按捺不住地向馮慧桐推薦一款理財產品。他們的方式不同，但本質上都與他們的價值觀聯繫在一起。

城市生活最大的秘密，集中地表現在「日出城堡」所有的人際關係上。從城堡的主人萬青一直到秦楓、吳愛紅等，每個人無時不在爲金錢絞盡腦汁。「日出城堡」從打造一直到易主，它的隱形之手就是金融資本，「日出城堡」真正的主人是金錢。而宰制或掌控小說所有人物的主，也從來沒有離開金錢。曉航所揭示的當下城市生活的最大秘密，就是金錢至上的價值觀。當年泰納在《巴爾扎克論》中指出：巴爾扎克的小說，金錢問題是他最得意的題目……他的系統化的能力和對人類明目張膽的偏愛創作了金錢和買賣的史詩。從巴爾扎克時代到今天，城市生活的價值觀和宰制者沒有發生革命性的變化。因此，曉航無論在小說技法上有多少吸收或借鑒，但在這個意義上可以說曉航堅持和延續的還是巴爾扎克的傳統——通過對金錢的態度，他洞穿了當下城市生活最隱秘的角落。

《被聲音打擾的時光》也是一部感傷的小說。情感的挫敗、人生的挫敗是彌漫小說的整體情緒，小說中沒有成功的人物。在曉航以往的小說創作中，我們總是能夠隱約感到他浪漫主義和理想主義的遺風流韻，這部小說同樣如此。在處理人物關係時，曉航爲了更本質地表達他對人物性格當下性的理解，不得不更真實地呈現他們的價值觀，呈現他們對金錢的迷戀和貪婪。但是，當他的人物進入到情感領域時，曉航還是抑制不住地要表現他們對美好情感的嚮往並駐足良久。衛近宇雖然不能免俗地熱愛金錢，但是，當他與馮慧桐不由自主地進入角色後，曉航由衷地贊美了他們的情感。馮慧桐公主般的形象和個性，具有難以抵禦的殺傷力是無疑的。衛近宇的妻子剛剛不辭而別遠走他鄉沒了消息，這爲衛近宇在靈與肉親近馮慧桐掃除了外部障礙。於是，當馮慧桐要求衛近宇背她穿過鬧市時，「這個夜晚就忽然變成了一個特別興奮特別難忘的私人夜晚，兩人痛飲了兩瓶紅酒之後，來到這個城市最繁華的地方——月亮港灣的中央大道上，在無數紅男綠女湧動中，在各種燦爛的燈光下，在喧鬧的歡叫的包圍中，衛近宇背著馮慧桐奮勇奔跑起來。馮慧桐像個將軍一樣指揮著，衛近宇如同一匹歇了很久終於勇往直前的野馬一般左衝右突，人們驚訝的看著這一對不靠譜的男女，發現他們的歡樂確實發自內心，

在這個時時充滿悲情的城市，這種沒心沒肺的精神是特別被讚賞的，而對於衛近宇與馮慧桐來說，這本來只是個玩笑，但他們倆誰也沒想到這個夜晚似乎成爲了一種意外的新的開始，衛近宇的身上湧動著年輕時的激情，他好像回到了永遠奔跑的青春時代，馮慧桐輕盈的身體伏在他身上，她柔軟的胸部緊緊貼著他的後背，經過長久的摩擦，衛近宇身體裏那種無法阻止的最原始的力量悄悄被激發了起來，他幾乎難以剋制自己的某些欲望。馮慧桐也很高興，她感到這個夜晚十分不同，它來得如此偶然，如此不經意，她伏在一個男人身上，而這個男人給予她的正是她尋找了很久的一種可靠，踏實，值得依賴的力量。」接著，他們順理成章地有了身體的深入接觸。然後「衛近宇不經意地想起了他的青春歲月，想起了那些無拘無束無憂無慮的日子。他總是認爲那樣的日子已經遠去了，但是就在今晚，他好像在某一瞬回到了過去，當他緊緊擁抱住身下那個散發著無限活力的年輕的身體時，他發現自己有一種回歸，一種重生的感覺，一種活在最好的時光裏的感覺。馮慧桐徹底清醒了，她也被周圍的環境所吸引，在這個黑黑的夜裏，在樹林包圍以及溪水的流動中，她似乎產生了某種幻覺。她覺得此刻就是一個魔法時刻，在這一刻，整個世界中只有他們兩個，一切是那麼寧靜，時光悄悄停止，生命中的依靠無限廣大，她感到安詳感到幸福感到踏實，感到她追尋了很久，終於可以停留下來，享受那種純粹的喜悅和安寧了。」這一書寫方式在傳統「純情小說」中是常見的。但此時此刻，我們都會相信衛近宇和馮慧桐是眞心相愛沒有其他動機。也正因爲如此，當衛近宇執意離開馮慧桐時，我們眞爲他們愛情的終結感到難過了。小說中類似的情感關係有很多，比如秦楓與季明蕊，青哥、秦楓、耿譯生與楚維卿等感情糾葛，都寫得深情而傷感，尤其是楚維卿，這個藝術家似乎就是爲愛情而生。於是我們發現，曉航在處理男女情愛關係時，還是意屬傳統的愛情美學。不幸的是，小說中的主角們都相繼退出了那感人至深的場景，古典愛情是只可想像難再經驗的愛情，我們締造了現代，就必須接受現代的饋贈──那愛情感人至深，但也必定煙消雲散。這就是「現代」的悖論。

《被聲音打擾的時光》也是好看的小說。小說好看與否是不是應該成爲衡量小說的一個尺度，很長時間一直莫衷一是。最近這個問題再度被關注，緣於邵燕君和吳玄的兩篇文章。一個批評家一個作家，事先並未約定。文章前後發表在微博上。吳玄在《告別文學恐龍》的文章中講述了他曾經對先鋒

文學的迷戀。吳玄熱愛先鋒文學，並不是出於真的喜歡，而是「它在相當長的一段時間內，給我帶來了很好的自我感覺，那感覺就是總以為自己比別人高人一等，常有睥睨天下的派頭。因為閱讀先鋒文學實在是不那麼容易的，不好看通常是先鋒文學的標準，它一般可以在五分鐘之內把大部分讀者嚇跑。最經典的先鋒文學，往往是最不好看的，它代表的據說是人類精神的高度，或者是心靈探尋的深度，很是高不可攀又深不可測。這樣的經典被生產出來，其實不是供人閱讀的，而是讓人崇拜的。」他談到了一次參加《尤利西斯》討論課的情況：課堂發言的只是教授一人。後來，我和教授成了朋友，我們又研討起《尤利西斯》來，我不想再裝了，我老實說，《尤利西斯》我根本沒看完。教授高興說，是啊，是啊，老實說，我也沒看完。教授的回答很是出乎我的意料，我說不會吧。教授說，就是這樣，我估計，全世界真看完《尤利西斯》的讀者不會超過一百個。我說，可是，你沒看完，卻闡釋得那麼好。教授笑笑說，這就對了，《尤利西斯》就是專門為我們這些文學教授寫的，拿它當教材再好不過了，反正學生不會去看，我可以隨便說，既使有學生看了，也不知所云，我還是可以隨便說，而且顯得高深莫測，很有水平。

邵燕君在《你的任性與我何干——一個職業批評者對作者與讀者關係的思考》（後文章題目改為《讀者與作者的關係》）中說：「讀者願意進入作者的世界，但是在這裡找的是自己。所以，一部作品要引人，兩個世界必須發生關係。發生關係的方式主要有兩種，一種是通過對我們共處世界的「真實」反映——現實主義是最典型的方式，而各種超現實主義也僅是鏡子類型的差別。另一種則是通過欲望的投射。所謂粉絲就是與作者趣味相投的讀者，他們組成一個情感共同體。」而「自戀的「純文學」寫作純粹是一種任性的寫作。有錢才能任性。有人買帳才能任性。難看不是你的錯，但逼人看就是你的錯了。在一個「注意力」經濟的時代，真正有權任性的是讀者，沒錢都可以任性。作為一個職業批評者，我已被逼多年。如今我也任性起來了——有本事你就把我勾引起來，不管是「高雅欲」還是「世俗心」，專業興趣還是非專業興趣。要麼你幫我認識這個世界，要麼你幫我對付（renshou）這個世界。否則，你的文學世界與我無關，就像你的存摺與我無關一樣。」兩篇文章都在講述一件事情，那就是小說應當寫得好看、有趣。這是一件正本清源的工作。曉航沒有用文章參與討論，但他用小說創作實踐回答了這個問題。

小說裏的各色人等，都是有棱有角的「人物」。特別是秦楓，這個學體育

出身又一事無成的帥哥，空有一副好皮囊。他不是法蘭西的於連‧索黑爾，於連靠著自己的聰明才智和堅韌不拔的毅力，爲了實現自己的巨大野心而孤身一人在那個等級森嚴的社會裏堅忍地奮鬥著，他不擇手段只爲以求一逞；他也不是來自中國鄉村的高加林，高加林爲了離開土地的宰制拋棄了天使般的巧珍也同樣被黃亞萍拋棄。他努力奮鬥最終還是失敗，但他的性格中有東山再起捲土重來的雄心和力量，他表現出了那個時代青年的典型氣質。秦楓既不是於連也不是高加林，我們幾乎難以找到與他有關的人物譜系——他是曉航創造的這個時代典型的獨一無二的城市「屌絲」形象。

秦楓畢竟受過高等教育，他的放浪形骸也不是與生俱來的。他與女人接觸後發現：當他眞正靠近她們時，她們之中的大部分併不是像她們宣稱的那樣純潔、善良、可愛、堅貞，她們其實相當自私相當物質，不僅愛慕虛榮，更崇尚奢華，她們似乎更重視愛情之外的其他東西。於是秦楓懷疑起來：這個世界上有純粹的愛情嗎？這是秦楓玩世不恭的起點和理由：他開始了沒有休止的泡妞和被泡的人生。舞廳是秦楓最樂於光顧的場所，這裡可以邂逅各種心儀的青年女性。這次秦楓看上了後來知道名字的季明蕊。爲了引起季明蕊的注意，秦楓居然在舞廳做起了俯臥撐。季明蕊見怪不怪地說：再做五十我出一百。本來是幫助秦楓的哥們兒這時反水了，支持秦楓再做五十俯臥撐；秦楓勉強做完。這時季明蕊說再做五十我出五百，秦楓失敗了，他做到三十七個的時候倒在了水泥地上。但他從此認識了這個紅衣女郎——季明蕊。然後是他們不停地喝酒、運動、床上運動，秦楓與季明蕊比較起來皆不如人。被季明蕊拋棄之後，秦楓的無底線終於得到了「回報」，這就是成了吳愛紅的「性奴」。吳愛紅是一個蠱蟲式的女性，她的性欲和她對金錢的欲望一樣沒有止境。秦楓無法忍受只能不斷逃跑，吳愛紅與秦楓便有了逃跑與追捕的鬥爭。後來吳愛華漸漸適應秦楓的逃跑，她漸漸把這件事做出了喜感，她把自己當做獵人，把秦楓當做獵物，心中充滿一種把玩的激情。每當她抓到秦楓，她就逼迫他去找當地的舞廳，然後一起去跳舞，跳完之後就回來長時間的做愛，直到秦楓求饒爲止。有一天，她告訴秦楓別怕，她是不會要秦楓騙走的二十萬塊錢，但她會把這筆錢折算爲陪伴費，她的目的就是讓秦楓永遠陪著她，成爲終生的性夥伴。秦楓聽了簡直痛不欲生，他明白自己就這樣成爲傳說中的性奴了。

再比如楚維卿——一個平凡的被傷害與被侮辱的女人，少年時代有夢想

而又家庭不幸的女人。她是未來日出城堡靈感的提供者和未名的總設計師。她是那個幽靈式的青哥一直尋找卻不期而遇的一個女人。她不止是青哥性愛的對象，同時還是一個潛在的、未被發現的極具商業價值的女人。這個人物的傳奇性注定了她性格的複雜性。曉航講述他這些人物和故事的時候，一直在人性的核心區域展開。這也是他的小說具有文學性的最重要的表現。比如新的生活規則——那不是潛規則而是明規則：即每個男人都可以明目張膽與幾個女人保持關係，不忌諱也不嫉妒，女人也亦然。一切都可以重來彷彿什麼也沒有發生。這是關於城市的新生活和新情感運動，幾乎所有的人都無師自通。但是，個性可以張揚，人身有了自由，沒有隱秘也沒有負擔，就是心靈沒有地方安放。慌亂和焦慮無時無處不在，沒有安全感，大家都是城市病人，心理疾患帶來的是精神焦慮和難以自控的各種問題。這是城市深處未名的真相。瞞和騙是生活的主旋，大家都這麼做又都覺得理所當然毫不愧疚。一個精神的亂世就這樣一覽無餘。

《被聲音打擾的時光》也是一部具有鮮明批判意識的小說。「日出城堡」是一個無所不有的地方，也是一個欲望的集散地。無論城堡內外，資本是掌控這個世界的主，利益是永恆原則。情感在今天已經淪落為不堪的愚昧之舉，沉迷於兒女情長就是不可雕的朽木，就是難成大器的萬惡之源。小說與現實的關係在似與不似之間，但它比我們感知的現實世界更本質地接近現實。它有一股籠罩於現實之上未名的氣韻——形象而深刻地昭示了現實究竟是什麼樣子。這就是曉航的小說；對拜金主義尖刻而辛辣的嘲諷，是小說從未妥協的承諾。另一方面，小說又不止是簡單的批判。簡單的批判雖然站在道德制高點佔據了道德優越性，但是，它還沒有能力回答城市現代性帶來的全部疑難問題，包括它的複雜性和混雜感。因此，這樣的批判是沒有力量的。在我看來，恰恰是曉航表達出的束手無措的無奈感，更深刻體現了我們面對當下的困境——我們已經沒有能力改變這個現實。這才是讓我們感到驚訝和震動的所在。

最後，我不得不說，《被聲音打擾的時光》這個小說題目並不切題。馮慧桐在破題時說：「我告訴過你，那些真話恰恰是我痛苦的根源，它們也許每一句都是對的，但合起來就是噪音，一個充滿真話的世界並不是一個真正美好的世界，真相有時會讓人更痛苦，它就像尖刀一樣真實而毒辣。我現在覺得只有似是而非欲言又止，充滿包容的世界才是真正美好的，能讓人活下去的

世界。」馮慧桐後來成了日出城堡的主人：在這裡她消滅了心目中的萬聲之源──「那種她不喜歡的無窮無盡的眞話，她使用的方法很簡單，就是暫時關閉了城堡，讓一切停止，這樣，沒有人再來傾訴，聲音也就不再聚集，日出城堡變爲一個徹底寧靜的世界。」馮慧桐最後的破題也幾乎是詞不達意勉爲其難。事實上，小說呈現的是城市生活最極端的某些方面，因爲沒有人可以立體地呈現當下城市生活的全部。這是與鄉土文學最大的不同。鄉土文學展現的風情畫都是公開的，是所有人可以共享的；但城市生活最深刻的部分都發生在隱秘的角落，它既不可以共享，也不能共同佔有。因此這些困惑不是來自馮慧桐認爲的那些「聲音」所致，而是與城市的現代性與生俱來的──人類創造了城市的同時也爲自己締造了麻煩。生活在城市就是與魔共舞，這也是現代性兩面性的必然結果。在這一點上曉航要尋找原因的訴求是對的，但他確實有些著急了。總體來說，我還是非常欣賞曉航的小說。曉航的小說是最具「現代感」的。他面對的是當下的書寫，表現切近的現實是難的，面對當下的精神難題和困局更是難上加難。但是，一個眞正的小說家，就應該是如此地「任性」執拗──他應該有與「難的」較勁和挑戰的勇氣。唯其如此他的小說才和我們有關。

2015 年 2 月 11 日於香港嶺南大學

在新文明的崛起中尋找皈依之路
——評吳君的小說創作

　　都市文明的崛起是當下中國最重要的文化現象，也可以將其稱爲正在崛起的「新文明」。但是，這個「新文明」的全部複雜性，顯然還沒有被我們所認識。我們可以籠統地、曖昧地概括它的多面性，可以簡單地做出承諾或批判。但是，這沒有意義。任何一種新文明，都是一個不斷建構和修正的過程，因此，它的不確定性是最主要的特徵。這種不確定性和複雜性對生活其間的人們來說，帶來了生存和心理的動蕩，熟悉的生活被打破，一種「不安全」感傳染般地在彌漫；另一方面，不熟悉的生活也帶來了新的機會，一種躍躍欲試、以求一逞的欲望也四處滋生。這種狀況，深圳最有代表性。這當然也爲深圳的小說家提供了機會和可能性。吳君，就是在這樣的環境和背景下出現的小說家。

　　吳君的深圳敘述與我們常見的方式有所不同、或者非常不同。在不長的時間裏，她先後創作了《我們不是一個人類》《城市小道上的農村女人》《海上世界》《福爾馬林湯》《親愛的深圳》《念奴嬌》《陳俊生大道》《複方穿心蓮》《菊花香》《幸福地圖》《皇后大道》等長篇和中短篇小說。這些作品引起了讀者和評論界的關注。說「好評如潮」可能有些誇張，但對一個出道不久的青年作家來說，能做到這一點絕非易事。讀過吳君的作品後，我強烈地感到她是一個對深圳生活——這個「新文明」的生活有眞切感受、也矛盾重重的作家。在一篇創作談裏吳君說：

　　　　十二歲之前我一直生活在農村……回到城市，仍會經常夢見那
　　裏。即使現在，每每想家，滿腦子仍是東北農村那種景象，如安靜

的土地和滿天的繁星，還有他們想事、做事的方法。當然想不到，
我會在深圳這個大都市與農民相遇。他們有的徘徊在工廠的門口，
有的到了年根還守在路邊等活，他們或者正值年少，或者滿頭白髮，
或者再也找不到回家的路。那種愁苦的表情有著驚人的相似。

吳君在農村的生活經歷並不長，但一個人的「童年記憶」對文學創作實
在是太重要了，它甚至會決定一個作家一生的文學視角和情感方式。回到城
市的吳君和移居到深圳的吳君，無論走到哪裏，這個記憶對她來說都如影隨
形、揮之難去，這當然也是吳君從事小說創作最重要的參照。於是，我們在
吳君的作品中看到最多的，是不同的移民群體、流散人群的生活寫照。在北
方他們被稱爲「盲流」，在深圳他們被稱爲「打工者」。無論是「盲流」還是
「打工者」，他們大多數的原居生活已經破碎，就如當年的「闖關東」、「走西
口」一樣，除了個別「淘金者」、「青春夢幻者」之外，背井離鄉是生活所迫，
與羅曼蒂克沒有關係。吳君筆下大多是這個階層的人物。

值得注意的是，吳君這些作品中的人物、生活以及情感方式，與時下流
行的「底層寫作」既有聯繫又有區別。有關係的，是這些人物都來自底層並
且仍然在底層，他們的生存方式、精神狀況與其他底層人沒有本質區別；不
同的是，吳君在呈現、表達、塑造她的人物的時候，已經超越了左翼時期或
「底層寫作」初期模型和經驗，已經不再是苦難悲情痛不欲生，悲天憫人仰
天長嘯。在她的作品中，底層生活在現代性過程中出現的問題的全部複雜性，
也日漸呈現出來。這種狀態在吳君的中篇小說中表達尤爲充分。《親愛的深圳》
是吳君的名篇，在這篇小說中，程小桂和李水庫爲了生存，既不能公開自己
的夫妻關係，也不能有正常的夫妻生活。在現代性的過程中，在農民一步跨
越「現代」突如其來的轉型中，吳君發現了這一轉變的悖論或不可能性。李
水庫和程小桂夫婦所付出的巨大代價，是一個意味深長的隱喻。但在這個隱
喻中，吳君卻發現了中國農民偶然遭遇或走向現代的艱難。李水庫的隱忍和
對欲望的想像，從一個方面傳達了民族劣根性和農民文化及心理的頑固和強
大。在《念奴嬌》中，貧困的生活處境使姑嫂二人先後做了陪酒女，然後是
妻離子散家庭破碎。這本是一個大眾文學常見的故事框架，那些場景也是大
眾文學必備的元素。但這篇小說的與眾不同，就在於吳君將這個故事處理爲
姑嫂之間的心理和行動較量：先是有大學文化的嫂子輕蔑小姑的作爲，但嫂
子一家，包括父母、哥哥都是小姑供養的，小姑在不平之氣的唆使下，將無

所事事的嫂子也拉下了水。不習慣陪酒的嫂子幾天之後便熟能生巧，一招一式從容不迫。它揭示的不僅是「底層」生活的狀態，更揭示了底層人的思想狀況——報復和仇怨。更值得注意的是嫂子楊亞梅的形象，這個貌似知識分子的人，墮落起來幾乎無師自通，而且更加徹底。

《複方穿心蓮》與我們常見的都市小說不同。嫁給深圳本地人是所有外來女性的夢想，這不僅意味著她們結束了居無定所的漂泊生活，有了穩定的日子，而且還意味著她們外來人身份的變化。但是，值得注意的是，女主人公方立秋自嫁到婆家始，就沒有過上一天開心的日子。婆家就像一箇舊式家族，無論公婆、姑姐甚至保姆，對媳婦這個「外人」都充滿仇怨甚至仇視。於是，在深圳的一角，方立秋就這樣過著暗無天日的生活。小說更有意味的是阿回這個人物。這個同是外地人的 30 歲女性有自己的生存手段，她是特殊職業從業者，與婆家亦有特殊關係。你永遠不知道她在想什麼，她對人與事的態度也變幻莫測。你不能用好或壞來評價她，深圳這個獨特的所在就這樣塑造了這個多面人。這個人物的發現是吳君的一個貢獻。但無論好與壞，方立秋的處境與她有關。在小說的最後，當方立秋祝賀她新婚並懷孕時，她將電話打過來說：

> 方立秋，其實我也有個事情對不起你。如果不是我多嘴，他們不會知道你在郵局寄了錢回老家，包括那封信也是我說給他們的，也害得你受了不少苦。這兩件事，一直壓在心裏，現在，說出來，我終於可以好受了。

在這裡，吳君書寫了「底層的陷落」。她們雖然同是外地人，同是女性，但每個人的全部複雜性並不是用「階層」、「階級」以及某個群體所能概括的。他們可能有某些共性，但又有著道德以及人性的差異性。

《菊花香》中的主人公仍是一個外來的打工者，王菊花年近 30 歲還是單身一人。這時王菊花的焦慮和苦痛主要集中在了情感和婚姻上。工廠裏不斷擁入「80 後」或「90 後」的新打工妹，這些更年輕的面孔加劇了王菊花的危機或焦慮。這時的王菊花開始夢想有間屬於自己的宿舍，有一個屬於自己的獨立的空間。王菊花不是城裏的有女性意識的「主義者」，也不會讀過伍爾夫。因此她要的「自己的房間」不是象徵或隱喻，她是爲了用以戀愛並最後解決自己的「終身大事」。爲此她主動提出到公司的飯堂只有一個女工的地方上班，這樣她便可以有間單人房間了。儘管是曾經的倉庫，但被王菊花粉刷一

新後，仍然讓她感到溫馨滿意。就是這樣簡單的空間，讓一個身處異鄉女孩如此滿足。讀到這裡我彷彿感到讀《萬卡》時的某種情感在心裏流淌。

這個完全屬於王菊花個人的空間，不斷有人過來打擾或是利用，甚至女工的偶像——年輕老闆也要利用這個簡陋的地方進行特殊的體驗。值得注意的是，人們只對房間感興趣，而對單身女工王菊花視而不見。但王菊花對個人情感和婚姻有自己的看法。她最值得驕傲的是：「我還是個黃花閨女呢。」她儘管「嘴上不說，可在心裏她看不起那些隨便就跟男人過夜的女工。過了夜如果還沒結果，有什麼意思呢。她有自己的算盤。別的優勢沒有，卻有個清白的身體。作爲女人，這是最重要的東西。也就是說，她擁有的是無價之寶。有了這個，談戀愛，結婚，什麼程序都不少」。但是，可憐的王菊花就是找不到如意郎君，儘管老傅他們都說「誰也沒你好」，這又怎樣呢？寂寞而無奈的王菊花就這樣身不由己地與老王走進了房間：

不知過了多久，老王一張臉色變得慘白，酒也醒了，因爲他見到了床單上那片細弱的血印。

面對王菊花曾經的處女之身，守更人老王居然表達了莫名的厭惡。這個時代到底發生了什麼呢？《菊花香》已經超越了我們談論許久的「底層寫作」。她寫的是底層，是普通人，但關注的視角發生了根本性的變化。過去的這一題材大多注重生存困境，而難以走進這一群體的精神世界。《菊花香》對女工情感世界的關注，使這一作品在文學品格上煥然一新。

多年來，吳君一直關注普通人的日常生活，並在普通人的尋常日子裏發現世道人心，或者說在日常生活中，是什麼樣的價值觀支配著這個時代，支配了普通人的行爲方式和情感方式。《幸福地圖》中，水田村阿吉的父親在外打工工傷亡故，爲了一筆賠償金，王家老少雞飛狗跳，從阿公到三弟兄、三妯娌明爭暗鬥、飛短流長。小說的敘事從一個一直被忽略的留守兒童阿吉的視角展開，這個不被關注的孩子所看到的世間冷暖，是如此的醜惡，伯伯、伯母們猥瑣的生活和交往情景不堪入目。縣長、村長和村民，一起構成了王家生活情景的整體背景：

「是啊，村裏人不知多羨慕王屋呢。這回看明白了，工傷還是沒有死人合算，沒拖累，幾十萬。還了債，蓋房子，討老婆，供孩子上學全齊了。」

另個說，「也不是全都這樣，是王屋人有頭腦，大事情不亂陣腳。假使有一個不配合都騙不來這麼多賠償費，也不會這樣圓滿啊，現在王屋每個人都

有份，那女人也無話可說，還把名聲洗乾淨了。換了別人家你試試，除了犯傻，啥事也搞不清。」

這些對話將「時代病」表達得不能再充分，這就是水田村人的日常生活、內心嚮往和精神歸屬。那個憎恨「俗氣」的阿叔曾是阿吉的全部寄託所在，她甚至愛上了自己的阿叔。但就是這個「憎恨」俗氣的阿叔，同樣是為了錢，變成了阿吉的新爸爸。當新婚的母親和阿叔回到水田村並給她買回了「一件粉紅色的小風衣」，另隻袖子還沒等穿上的「阿吉便流了淚，下雨般，止不住」。吳君憤懣地抨擊了當下的價值觀，「拜金教」無處不在深入人心，難道這就是這個時代「幸福的地圖」嗎？不屑的恰恰是一個冷眼旁觀的孩子，世道的險處只有她一目了然。那個自命不凡的阿叔的虛假面紗，在阿吉的淚水中現出了原形。

在這些作品中，吳君不是以想像的方式書寫「底層」生活，在她看來，底層人也有自己的快樂，思想空間、處理日常生活的智慧、觀照問題的方式方法等。這些情景是想像不出來的，特別是那些具體的生活細節，沒有切身的體悟或經驗，是無法編織的。這些作品所關注的人群和具體場景，表達了吳君以文學的方式觀照世界的起點。無可否認，吳君接續了現代文學史上「左翼」的文學傳統，但她發展了這個傳統。她的「底層」不僅是書寫的對象，同時也是批判的對象。在「左翼」文學那裏，站在民眾的立場上甚至比表達他們更重要，但在吳君這裡不是這樣。「底層」所傳達和延續的民族劣根性、狹隘性、功利性和對欲望的想像等，是普遍人性的一部分，不因為他們身處「底層」就先天地獲得了免疫力，也不因為他們處在「底層」就有了被批判的豁免權。在這個意義上，吳君的創作就是我所說的「新人民性」的文學。吳君曾自述說：

> ……一個寫作者避開這一切去建立自己的文學空中樓閣，顯然是需要勇氣的。他要有對生活熟視無睹的勇氣，對生活掩耳盜鈴的勇氣。這樣講，並不是說我喜歡完全的寫實，喜歡對生活照搬，對自己以往的寫作完全否定。
>
> 只能說，我走到這裡了，我再也不能迴避——用我的一孔之見來詮釋生活，用我的偏執或者分解重整眼前的生活圖形，是我此時此刻的想法。

吳君的這些說法好像是信誓旦旦，但是，在她的具體作品中，那些進入

新文明的人們，其皈依的道路幾乎沒有盡頭。進入了都市，他們彷彿都有一腳踏空的感覺，在雲裏霧裏不知所終。吳君的身份應該說不在這個群體之中，但她的目光、她關注的事務一刻也沒有離開過這個群體。不是說吳君對底層興致盎然居高臨下，而是說，在都市新文明崛起的過程中，吳君顯然也遇到了內心真實的困惑和矛盾，她同樣需要尋找心靈的皈依之地。與其說吳君從外部描摹了新文明中尋找生存和心靈皈依的人群，毋寧說那也是她內心惶惑的真實寫照，而我們何嘗不是如此呢！這也正是吳君小說打動我們的要害所在。

吳君的故鄉曾經產生過蕭紅這樣偉大的作家。蕭紅後來也離開了那裏，但在她的《生死場》《呼蘭河傳》等作品中，故鄉原生的場景一刻也沒有離她遠去。那也是蕭紅尋找心靈皈依的一種方式。於是才有了魯迅所說的「北方人民對於生的堅強，對於死的掙扎卻往往已經力透紙背；女性作品的細緻的觀察和越軌的筆致，又增加了不少明麗和新鮮」。吳君是蕭紅的同鄉，在她的作品中，我似乎也總能隱約讀到蕭紅曾經書寫過的情感和人物，我也相信她的創作具有廣闊的前景。

日常生活中的光與影
——新世紀文學中的魏微

　　魏微的小說——特別是她的中、短篇小說，因其所能達到的思想的深刻性和藝術的疏異性，已經成爲這個時代中國高端藝術的一部分。魏微取得的成就與她的小說天分有關，更與她藝術的自覺有關——她很少重複自己的寫作，對自己藝術的變化總是懷有高遠的期待。從 1998 年《喬治和一本書》開始，《在明孝陵乘涼》，《情感一種》，《夜色溫柔》，《姐姐和弟弟》，《尋父記》，《到遠方去》，《儲小寶》一直到《大老鄭的女人》，《石頭的暑假》，《化妝》，《家道》等，每篇小說都有變化。這個變化不僅是題材、結構或修辭，同時也包括小說內在的旋律、情緒色彩或聲音等。這些變化就是感染我們的不同方式。

　　《化妝》是魏微的名篇，它一發表就好評如潮，連續獲獎。從發表至今已經多年過去。在淘汰和遺忘不斷加速的時代，一個作品能夠經受五年的檢驗不是一件簡單的事情，多年我們忘記了多少作品已經不能記得，但我們記住的作品實在有限。《化妝》是我們記住的作品之一。多年後《化妝》不僅仍然經得住重讀，而且可以判斷它是多年來最好的短篇小說之一。《化妝》由三個跳躍式的段落結構而成：十年前，那個貧寒但「腦子裏有光」的女大學生嘉麗，在一家中級法院實習期間愛上了「張科長」。張科長雖然穩重成熟，但相貌平平兩手空空，而且還是一個八歲孩子的父親。但這都不仿礙嘉麗對他的愛，因爲嘉麗愛他的是「他的痛苦」——是「誰也不知曉的他的生命的一部分」。這個荒謬無望的不倫之戀表達了嘉麗的簡單或涉世未深；然後是嘉麗的獨處十年：它改變了身份——一家律師事務所的主人，改變了經濟狀況—

一可以開著黑色的奧迪「馳騁在通往鄉間別墅的馬路上」。一個光彩照人但並不快樂的嘉麗終於擺脫了張科長的陰影。但「已經過去的一頁」突然被接續，張科長還是找到了嘉麗。於是小說在這裡才真正開始：嘉麗並沒有以「成功人士」的面目去見張科長，而是在舊貨店買了一身破舊的裝束，將自己「化裝」成十年的前那個嘉麗。這個想法是小說的「眼」，沒有這個化裝就沒有小說，一切就這樣按照敘述人的旨意然而卻是出人意料在發展。前往的路上，世道人心開始昭示：路人側目，曖昧過的熟人不能辨認，惡作劇地逃票，進入賓館的尷尬，一切都是十年前的感覺，擺脫貧困的十年路程在瞬間折返到起點。我們曾恥於談論的貧困，這個剝奪人的尊嚴、心情、自信的萬惡之源，又回到了嘉麗的身上和感覺裏，這個過程的敘述魏微耐心而持久，因為於嘉麗說來它是切膚之痛；這些還不重要，重要的是當年的張科長，這個當年你不能說沒有真心愛過嘉麗的男人的出現，暴露的是這樣一副醜陋的魂靈。嘉麗希望的同情、親熱哪怕是憐憫都沒有，他如此以貌取人地判斷嘉麗十年來是賣淫度過的。這個本來還有些許浪漫的故事，這時被徹底粉碎。

在我的印象裏，魏微似乎還沒有如此殘酷地講述過故事，她溫婉、懷舊和略有感傷的風格，特別有《城南舊事》的風韻，我非常喜歡她敘事的調子。但這一篇不同了。她赤裸裸地撕下了男性虛假的外衣，不是愛你沒商量，那是「抽你沒商量」。這個時代的世道人心啊！

現代文化研究表明，每個人的自我界定以及生活方式，不是來自個人的願望獨立完成的，而是通過和其他人「對話」實現的。在「對話」的過程中，那些給予我們健康語言和影響的人，被稱為「意義的他者」，他們的愛和關切影響並深刻地造就了我們。我們是在別人或者社會的鏡像中完成自塑的，那麼，這個鏡像是真實或合理的嗎？張科長這個「他者」帶給嘉麗的不是健康的語言和影響，恰恰是它的反面。嘉麗因為是一個「腦子裏有光」的女性，是一個獲得了獨立思考能力和經濟自立的女性，是她「腦子裏的光」照射出了男人的虛偽和虛假。這個「對話」過程的殘酷將會給嘉麗重大的影響，她的腦子裏有光，那勢力的男人還有光嗎？如果說嘉麗是因為見張科長才去喜劇式的「化裝」的話，那麼，張科長卻是一生都在悲劇式的「化裝」，因為他的「妝」永無盡期。

小說看似寫盡了貧困與女性的屈辱，但魏微在這裡並不是敘述一個女性文學的話題，這是一個普遍性的問題，是一個關乎世道人心的大問題。在這個問題裏，魏微講述的是關於心的疼痛歷史和經驗，她發現的是嘉麗的疼痛，

但那是所有人在貧困時期的疼痛和經驗。當然，小說不能回答所有的問題，就像嘉麗後來不貧困了但還是沒有快樂。那我們到底需要什麼呢？就是這個不能窮盡的問題才使我們需要文學並滿懷期待。

讀魏微的小說，總是懷著一種期待，她是能夠給人期待的作家。特別是讀她故鄉記憶的小說，那種溫婉如四月洵風拂面春雨無聲潤物。這篇《姊妹》同樣是一篇優秀的短篇小說，不同的是她溫婉中亦隱含了一份淩厲。故事發生在文革期間：被稱爲三爺的許昌盛「是個正派人，他一生勤勤懇懇，爲人老實厚道」。這樣人過的應該是循規蹈矩波瀾不驚的日子，與尋常百姓沒有二致。但三爺許昌盛卻不鳴則已一鳴驚人：他居然一妻一妾有兩個老婆。

性格內斂並不張揚的許三爺，是和黃姓三娘結婚十一年後才發現愛情的。他愛上了一個二十一歲的溫姓姑娘。這個重大的事變與其說在家庭內部掀起了軒然大波，毋寧說改變了當事人的生存狀態和性格：三爺婚後曾「破例變成了一個小碎嘴」，現在「嘴巴變緊了」；溫和的黃三娘兩年後才知情，她的第一個反應是：「再也按捺不住了」，她不罵三爺，而是跑到院子裏，把上上下下罵了一遭。「這次酣罵改變了三娘的一生，在由賢妻良母變成潑婦的過程中，她終於獲得了自由，從此以後她不必再做什麼賢婦了」；而溫姓三娘當時如火如荼的愛經過兩年之後，也「心灰意冷，她說，愛這東西，還有什麼好說的呢？」時間改變了一切，但這個過程卻一波三折驚天動地。兩個三娘有了正面衝突並不斷升級之後，三爺逃之夭夭了。三爺的逃逸不僅沒有平息這場爭鬥，反而加劇了爭鬥的激烈。溫三娘公開參與到尋找三爺的行列激怒了黃三娘，於是他帶領娘家的兄弟找到了溫三娘：

> 溫姑娘坐在地上，她蓬頭垢面，起先她也還手，後來她就不動了，任著三娘胡抓亂撓、拿指節在她的額頭上敲得咚咚作響。溫姑娘是那樣的安靜，偶而她抬頭看了一眼三娘，直把後者嚇了一跳。她的神情是那樣的堅定、有力量，充滿了對對手的不屑和鄙夷。三娘模模糊糊也能意識到，這女人是和她干上了，從此以後，誰都別指望她會離開許昌盛。三娘突然一陣絕望，坐在地上號啕哭了起來。

在愛情這件事上，女性比男性決絕得多，男性惹上事情之後的不堪、卑微、猥瑣，在三爺這裡淋漓盡致地表達出來。當三爺逃逸之後，事實上，三爺已經出局了，兩個女人對他的不屑剝奪了一個男人最後的尊嚴。鬥爭只在兩個女人之間展開。我驚異魏微對人物心理的把握和洞察：兩個三娘這時都

不在乎三爺了，而是彼此之間在心氣和意氣之間的鬥爭。溫三娘沒有名分，本來處於心理上的劣勢，但此時的溫三娘鎮靜無比：

> 是什麼使溫姑娘變得這樣堅強，我們後來都認定，她的心裏有恨——其時三娘正在四處活動，想把她告到牢裏去，可是這麼一來，很有可能就會牽連到許昌盛，三娘就有點拿不定主意了；溫姑娘聽了，也沒有說什麼，淡淡地笑了笑。我們不妨這樣說，溫姑娘的下半生已經撇開了三爺，她是爲三娘而活的，事實證明她活得很好，她一改她年輕時的天真軟弱，變得明晰冷靜——她再也沒有男人可以依靠，心裏只有一個目標，那就是活著，要比黃臉婆更像個人樣；隨著小女兒的出生，她身上的擔子重了許多，她在家門口開了間布店，後來她這店面越做越大，改革開放不久，她就成了我們城裏最先富起來的人，當然這是後話了。

如果僅僅寫兩個三娘的爭鬥，小說還是愛恨情仇並無新意，這樣的世俗故事司空見慣。但後半部的轉折使小說峰回路轉柳暗花明。可有可無的三爺死在四十八歲上。三爺的死使兩個女人有了認識各自命運的可能，他們還是相互嫉恨不能原諒。但在具體事情上，他們又無意間相互同情、憐憫、體貼，比如溫三娘的孩子受了欺負，黃三娘看見了不由自主地站在溫三娘的孩子一邊；溫三娘念著黃三娘沒有女孩，囑咐自己的女孩要給黃三娘送終。她們都沒有忘記對方是「仇人」，但在情感上又是五味雜陳一言難盡。她們在三爺死後無意中見了一面。這一面使兩個女人的內心發生了變化：

> 我們族人都說，兩個女人大約就是從這一面起，互相有了同情，那是一種骨子裏的對彼此的疼惜，就好像時間毀了她們的面容，也慢慢地消淡了她們的仇恨；我不太認同這種說法，我以爲她們的關係可能更爲複雜一些，她們的記恨從來不曾消失，她們的同情從開始就相伴而生，對了，我要說的其實是這兩個女人的「同情」，在多年的戰爭中結下的、連她們自己都沒有意識到的情誼；命運把她們綁在了一起，也不爲什麼，或許只是要測試一下她們的心裏容量，測量一下她們闊大而狹窄的內心，到底能盛下人類的多少感情，現在你看到了，它幾乎囊括了全部，那些千折百轉、相剋共生的感情，並不需要她們感知，就深深地種在了她們的心裏。

小說寫了兩個女人不幸的人生，但小說不只是在外部書寫她們永無天日的苦

難，而是深入到人物內心，在人性的複雜性上用盡筆力。兩個女的關係永遠糾纏不清但又彼此依存。

如果從三爺這個角度看，也可以認為這是一篇相當「女性主義」的小說，它是一種「逆向」的性別書寫：作為男性的許三爺，唯唯諾諾小心翼翼，沒有擔當沒有責任，自己闖了禍最後的選擇竟是逃逸。與兩個女性比較起來他可憐到了可恨的地步。他早早地死去，在小說中也有一種被「放逐」的意味——他真的不重要了。而女性在這裡就完全不同了。她們敢於捍衛自己的利益或愛情，沒有名分也敢於將懷孕的身體招搖過市，男人死了也將「一日夫妻百日恩」演繹的撕心裂肺感天撼地；為捍衛名分堅決拒絕了「妾」在葬禮上出現。女性的凜然、坦蕩和義無返顧躍然紙上。但我並不認為這是一篇「女性主義」的小說。魏微在這裡要表達的還是與人性相關的東西，特別是女性的愛恨交織、剪不斷理還亂的情感、心理的複雜或微妙。家庭的破碎、身份的曖昧使兩個女性度過了悲慘了時光，這應該是一個絕望的主題，但魏微讓人心在絕處逢生，在絕望的盡頭讓我們看到了光。人心善惡的變化，以及沒有永久的憎恨，沒有不變的仇恨等，被魏微表達得真切而細微。她不急不躁從容不迫款款道來的敘述耐心，使她當之無愧地成為一個成熟的小說家。更值得注意的是，這是一個發生在文革時期的故事。但小說中，文革只是一個背景，那些大是大非並沒有進入尋常百姓的日常生活。他們按照自己的生活軌跡度過的也是不平常的歲月，但這個不平常只與情感、人性的全部複雜性相關。

魏微這些年來聲譽日隆。她的小說逐漸形成了魏微可以識別的個人敘述和修辭風格。她的小說溫暖而節制，款款道來不露聲色。在自然流暢的敘述中打開的似乎是經年陳酒，味道醇美不事張揚，和顏悅色沁人心脾。讀魏微的小說，很酷似讀林海音的《城南舊事》，有點懷舊略有感傷，但那裏流淌著一種很溫婉高貴的文化氣息，看似平常卻高山雪冠。《家道》是近來頗受好評的小說。許多小說都是正面寫官場的陞降沉浮，都是男人間的權力爭鬥或男女間的肉體搏鬥。但《家道》卻寫了官場後面家屬的命運。這個與官場若即若離的關係群體，在過去是「一人得道雞犬昇天」，如果官場運氣不濟，官宦人家便有「家道敗落」的概歎，家道破落就是重回生活的起點。當下社會雖然不至於克隆過去的官宦家族命運，但歷史終還是斷了骨頭連著筋。《家道》中父親許光明原本是一個中學教師，生活也太平。後來因寫得一手好文章，鬼使神差地當時了市委秘書，官運亨通地又做了財政局長。做了官家裏便門

庭若市車水馬龍，母親也徹底感受了什麼是榮華富貴的味道。但父親因受賄入獄，母親邊也徹底體會了「家道敗落」作爲「賤民」的滋味。如果小說僅僅寫了家道的榮華或敗落，也沒什麼值得稱奇。值得注意的是，魏薇在家道沉浮過程中對世道人心的展示或描摹，對當事人母親和敘述人對世事炎涼的深切體悟和歎謂。其間對母子關係、夫妻關係、婆媳關係、母女關係及鄰里關係，或是有意或是不經意的描繪或點染，都給人一種驚雷裂石的震撼。文字的力量在貌似平淡中如峻嶺聳立。小說對母親榮華時的自得，敗落後的自強，既有市民氣又能伸能屈審時度勢性格的塑造，給人深刻的印象。她一個人從頭做起，最後又進入了「富裕階層」。但經歷了家道起落沉浮之後的母親，沒有當年的欣喜或得意，她甚至覺得有些「委頓」。

還值得圈點的是小說議論的段落。比如奶奶死後，敘述者感慨道：「很多年後我還想，母子可能是世界上最奇怪的一種男女關係，那是一種可以致命的關係，深究起來，這關係的悠遠深重是能叫人窒息的；相比之下，父女之間遠不及這等情誼，夫妻就更別提了。」如果沒有對人倫親情關係的深刻認知，這種議論無從說起。但有些議論就值得商榷了，落難後的母女與窮人百姓爲鄰，但那些窮人「從不把我們當作貪官的妻女，他們心中沒有官祿的概念。我們窮了，他們不嫌棄；我們富了，他們不巴結逢迎；他們是把我們當作人待的。他們從來不以道德的眼光看我們，——他們是把我們當作人看了。說到他們，我即忍不住熱淚盈眶；說到他們，我甚至敢動用『人民』這個字眼。」這種議論很像早期的林道靜或柔石《二月》裏的陶嵐，切不說有濃重的小「布爾喬亞」的味道，而且也透著作家畢竟還涉世未深。

魏微曾自述說：「我喜歡寫日常生活，它代表了小說的細部，小說這東西，說到底還是具體的、可觸摸的，所以細部的描寫就顯得格外重要。當然並不是所有的「日常」都能夠進入我的視野，大部分的日常我可以做到視而不見，我只寫我願意看到的『日常』，那就是人物身上的詩性、豐富性、複雜性，它們通過『日常』綻放出光彩。」[註1] 這就是魏微的目光或心靈所及。她看到的日常生活不是「新寫實」小說中的卑微麻木，也不是「底層寫作」想像的苦難。她的日常生活，艱難但溫暖，低微但有尊嚴。尤其那古舊如小城般的色調，略有「小資」但沒有造作。魏微對生活複雜性和豐富性的發現，使她的「日常」有了新的味道和體悟——她看到了日常生活中的光與影。

[註1] 魏微：《讓『日常』綻放光彩》，見《一刀文學網》2005 年 7 月 2 日。

歷史、主體性與局限的魅力
——評魯敏的小說創作

關於 70 年代作家與歷史的關係，似乎已經成爲一個問題被反覆提及。普遍的看法是，這是處於歷史夾縫中的一代人：他們既沒有五、六十年代出生的作家明確的歷史記憶，也不像「80 後」作家沒有任何歷史感。這個看法是否成立還需要討論或證實。在我看來，關於任何代際的總體性評價都是可疑的，這就如同黑格爾、盧卡奇關於歷史的總體性理論受到質疑一樣，在歷史發展越來越呈現出不確定性的時候，歷史越出了總體性的把握也已經成爲共識。如果是這樣的話，那麼懷疑 70 年代作家歷史意識的判斷也同樣是可以被懷疑的，特別是對具體作家而言。

現在，我要評論的魯敏，就是 70 年代出生的作家。近年來，魯敏的小說創作聲譽日隆，特別是她的中、短篇小說。在「文學已死」或「向死而生」的各種議論中，魯敏固執己見不爲所動，她堅持要接近或靠近她希望得到和看到的東西。於是，就有了她百餘萬字的小說創作。在魯敏的中、短篇小說創作中，歷史是一個隱約可見的線索或參照：它似乎不那麼明確，但從來也不曾消失。它像幽靈一樣若隱若現又無處不在。於是，歷史對於魯敏來說，因神秘而揮之不去，小心翼翼又興致盎然。《白圍脖》可以看作是魯敏的成名作。也可以看作是一篇關於欲望的敘事：人物自身的欲望、敘事者窺探人性的欲望。人世間最隱秘的角落撕開了面紗，一切就這樣赤裸裸地暴露在光天化日之下。世風代變，曾經有過的刻骨銘心，在今天完全成了沒有責任的身體大戰。對人性的揭示，也是對世風的不屑：人的內心深處竟如此的齷齪不

堪。在「惡」的意義上，魯敏把人是看到骨子裏了：再也沒有隱秘，再也沒有隱痛。在這部小說裏，婚外情就如同社會查貪官，不查則已，查誰誰有問題。崔波、憶寧、王剛、崔波太太都是如此，甚至母親也在偷偷地看黃碟。一個情慾泛濫的時代、一個身體空前解放的時代，就這樣在魯敏的筆下被殘酷又眞實地呈現出來：無須迴避、沒有歉疚、相互報復、破釜沉舟，一切都可以隨心所欲登峰造極，可以不計後果，因爲沒有後果，每個人都是施加者也是承受者。

但是，這也是一個隱約地向父親致敬的文本。是情感傾斜父親的小說。父親的時代畢竟還有情天恨海、有義無返顧和刻骨銘心的情義。母親是受害者，但她的不值得同情不是因爲她應該受到傷害，而是因爲她的虛僞。她對丈夫和性事的虛僞，對女兒和道德的虛僞。小說在人心最隱秘的角落展開，把世間最私秘的東西撕破了給人看。但這裡沒有快意，只有「暗疾」。父親／母親是歷史的表意符號，但被小說放逐的父親更具歷史意味，遙遠的往事因他的缺席顯得更班駁和迷離，他對「小兔子」致命誘惑的猶疑、矛盾以及「案發」之後「屢教不改」的決絕，不僅表達了那個時代眞誠的「愚頓」和情感方式，同時也使後來憶寧們的肉體搏鬥索然無味。母親同樣也意味著「過去」，但歲月使她更像是一個歷史的「遺民」。如果說父親的離去是嘎然而止恰倒好處的話，那麼母親則因長久孤寂的舉止變形，使她成爲一個名實相符的卑瑣的多餘人。在這裡，魯敏無意識地擺脫了「歷史崇拜」的羈絆，而沒有成爲一個危險的「懷舊病」患者。

《牆上的父親》，可以理解爲一個戀父的故事。有趣的是，這也是一個缺席而又無處不在的父親。他被掛在牆上的那一刻起，他的歷史就已經停止，他成了女兒們只可想像而難以親近的遙遠存在，就像一個幻覺。他就那樣在牆上注視著妻女們的庸常生活。小說對日常瑣屑生活無比厭倦，但在精細的細節敘述中似乎又表達了作家深切的迷戀。柴米油鹽、婚配嫁娶、家長里短，將庸常無比的生活在眞實犀利甚至尖刻的話語敘述中徹底撕裂。但惟有父親不能遺忘，他那難以復原的歷史如影隨形，在與現實的比較中神秘而久遠。

在魯敏的許多小說中，都有意無意地接觸到諸如文革、赤腳醫生、老三篇、歡呼最高指示等歷史事件。這些事件魯敏不曾經歷，在現實中也已了無痕跡，但魯敏還是興致盎然地一再觸摸，她難以深入其間又欲罷不能。於是，歷史對魯敏來說，就像一個經久不息的未了心願、一個揮之不去的巨大情結。

　　在魯敏的小說創作中，對人性「暗疾」有過長久的關注，曾是她頑強探索的重要主題。對人性「暗疾」的文學興趣，使她對此窮追不捨，不依不饒。《暗疾》將最尋常生活中普通人瑣屑不堪的日子和卑微的希望，淋漓盡致地書寫出來。小說的細部荒誕而誇張，父親「神經性嘔吐」一觸即發、姨婆對「大便」的關注樂此不疲、母親對「記帳」興致盎然、小梅的「退貨強迫症」一直延續到婚禮等等，每個人都有「暗疾」，它的普遍性構成了生活的整體荒誕。這是先鋒文學的遺風流韻。

　　值得注意的是，這些「暗疾」不是抽象的，魯敏對其描述的細緻耐心又刻薄：

> 　　父親總在最不該嘔吐的時候突然發作，比如，梅小梅帶同學回家聚會，在商場挑選彩電，送外地親戚趕火車。好好的，父親突然捂起嘴，快速地跑向最近的衛生間或馬路邊的大樹下，黃褐色的汁液等不及地從他的指縫間流出，他不得不就近蹲下來，姿勢難看地用手把著門框或路牙子，把頭儘量地往前伸，像個暈車的人那樣孱弱地嘔吐。

> 　　母親清晨從早市回到家，她總坐在光線不足的小客廳裏，一樣樣仔細回憶：菜秧，1.5，尾骨肉，9.3，生薑，0.8，洗衣粉8.9……若是去了超市，收銀條兒上的明細也要加以抄錄……接著，她會計算出當天的用度總和，再算出與總錢數之差，填在最後一欄，相當於會計帳裏的「餘額」，她把小錢包翻出來，紙上的餘額與錢包裏的錢數一碰。平了。她心滿意足，面呈安詳之色。一天最完美的開始。

　　更荒誕的是婆姨對大便的持久興趣，她甚至可以和客人像討論其他問題一樣討論大便的次數和時間。但小說溫和中有鋒芒，庸常中有節操，姨婆、父親、母親、梅小梅等，呼之欲出躍然紙上。結尾處，在小梅幸福溢滿的婚禮上，突然晴空響雷，炸碎了精心鋪陳的所有瑣屑和無聊：小梅要求和堅守的底線還是不可洞穿或出讓的。

　　像《取景器》、《跟陌生人說話》等作品，都對人性中不堪或幽暗的角落做了痛快淋漓的揭露或批判。在《取景器》中，無論在怎樣的角度上藝術地再現「人物」，表達情感，魯敏仍然不能掩飾她對人類特有的精神現象的失望：「我知道幾乎所有的男人、包括一部分女人，都認為愛情必定要跟性有關，性，可如明鏡鑒忠心、如烈火烹熱油。可是，人是多麼古怪而不知惜福的動物，愛情

這種活動，它只適合走上坡路，比如，向肉體走去，卻永遠抵達不了。肉體關係，在情愛之中，就相當於至高點，只要抵達彼處，肯定的，事情就必然要往下走了。神秘感、追慕心，一切都將如鹽入水，漸次化於無形，最終消逝了。」

即便像《牆上的父親》這樣的作品，也仍然流露出作家慣性的筆致：

> 王薇愛吃。這愛好由來已久，或許從父親去世時就開始了，那幾年，家裏確乎慘淡，伙食比較粗陋，她反倒對「吃」一事興趣異常，有股子「搶」的勁頭，就算是稀飯搭鹹菜，她嘴裏手裏忙著，兩隻眼睛同時還在小菜碟子和別人碗裏轉來轉去，生怕給漏了什麼好東西……家裏沒有零食，她饞起來，照樣四處翻箱倒櫃，恨不能掘地三尺。二年級那年，有一次，不意竟眞給她發現半瓶紅酒，不知誰留下的，也不知放了多久，她嘗了一口，甜津津的嘛，就偷偷喝起來，等晚上母親發現，她已小臉微紅，快活而遲鈍，笑嘻嘻地聽任母親罵她。

事實上，這人性醜陋的一面，正因被不斷遮蔽而瘋狂生長。但魯敏在書寫這些生活中人們無意識的表達時，不是「原生態」的呈現或欣賞，而是被視爲一種精神「疼痛的歷史」。如果只存在一部作品中，可以看作是偶然事件。但在多部作品中反覆出現，同樣也構成了魯敏的一種歷史表達，那幽暗的色調和宣泄般的冷眼，本身就蘊涵在歷史之中。因此這不是消極的文學，它的內驅力是批判性的，是魯敏的「底層的批判」，是「哀其不幸，怒其不爭」的民族劣根性批判的當代延續。

當然，這只是魯敏小說創作中的一部分。對這一「類型」的創作，她後來檢討說：

> 我這幾年的閱讀與寫作，有一個漸變的軌跡。在創作初期，由於從小的閱讀經驗，我對西方式的敘事手法、結構處理、探索性等較爲迷戀，體現在創作中，則是對人性中渾濁下沉的部分非常敏感，喜歡窮追不捨，看世間爲人爲事，如何失信、失德、失眞，力圖寫得惟妙惟肖、不依不饒，似乎那種刻薄與刺刀見紅便是功德圓滿的寫作。但這幾年，可能是年歲漸長，我對中國的傳統情懷越來越珍重了，那來自民間的貧瘠、圓通、謙卑、悲憫，那麼弱小又那麼寬大，讓我無法擺脫。這體現在我的創作上，題材與風格都略有變化。因爲我發現，人性風景中，既有渾濁下沉，則必有明亮與寬容，何

　　不眷顧於後者？想到一個寓言故事：狂風與太陽，都想剝了農夫的
衣衫，一個是勁吹，一個是暖照，到最後，反是太陽得勝。所謂惡
與善，幾可比之於狂風與太陽，如果真想有所圖謀，真不若選擇一
輪暖暖之日。〔註1〕

　　作家是創作的主體，對創作方向的修正是作家主體性的一部分。同樣是
社會生活或心理經驗，但當作家轉換了視角或方式之後，另外一種「生活」
或景象就被建構起來。這些寄託了作家「心目中『溫柔敦厚』的鄉土情懷」
的作品，是指魯敏新近創作的《顛倒的時光》、《逝者的恩澤》、《思無邪》、《風
月剪》、《紙醉》等一批「東壩」背景的小說。東壩既是一個虛構之地，也是
作家心中的「原鄉」。它飄渺又切實，虛幻又真切。在魯敏的主體思想中，它
是一個即可想像亦曾經驗的精神故鄉。在現代性的過程中，東壩古老的文化
精神正在遭受來自都市文化的羞辱，但東壩卻沒有放逐它，它仍然彌漫在東
壩的街巷、田間、土地和空氣裏。於是，同樣是民間生活，過去那密不透風
的醜陋和卑微逐漸隱去了，我們在鄉間或小鎮看到的是另一種情形和人物：
這是沒有怨恨、沒有敵意、沒有瑣屑不堪，是只有善與親和的鄉土中國。

　　《思無邪》，幾乎是一篇平靜如水的小說，真正的人物只有蘭小和寶來。
蘭小是癡呆，寶來是聾啞。聾啞照料癡呆，難以想像會發生什麼故事。但魯
敏在最細微的想像中，通過來寶的視覺和嗅覺，將一個人的友善無比生動地
刻畫出來。超乎想像的是，即便是聾啞和癡呆，對人的自然生理要求仍能無
師自通。十八歲的寶來終於讓三十七歲的蘭小懷孕了。突如其來的事件沉重
地打擊了蘭小年邁的父母，但他們並沒有指責寶來。短暫的愁緒很快被喜悅
替代，他們真心想成全兩個不幸的人。但一切未果蘭小已因大出血死去了。
值得注意的是，魯敏在這個有些殘酷的故事裏，通過細節表達了寶來超越俗
世的大愛。即便是一個聾啞人，在他的情感世界裏，仍然有揮之不去的寄託
或歸宿。而那一切，與世俗世界的標準沒有關係。

　　《逝者的恩澤》，是一部浪漫的小鎮故事，在別人終結的地方成為魯敏的
起點；它是對當下世風的有意對抗，是化腐朽為神奇的奇妙想像。她在有意
略去了一些場景和情景的同時，構建了另外一種文化，儘管是一種新烏托邦
文化。我們不得不承認，在社會各種文本的書寫中，有一種強大的、難以抗
拒的壓抑力量，這就是關於性的慾望表達。「小蜜」、「二奶」、「網聊」、「婚外

_____

〔註 1〕見 2007 年 11 月 16 日《文學報》。

戀」、「一夜情」等，在誇張的敘述中已經建立了關於性的文化政治。在當下中國，似乎再也沒有比肉體欲望更重要的東西。我們都知道，在這些表達中，關於男女、關於性，和情感、和愛情再也沒有關係。《逝者的恩澤》潛隱了這樣的社會生活內容：那個已經死去的男人陳寅冬，因常年在新疆修鐵路，與維族姑娘古麗同居。但是，這不是小說的主旨所在。小說奇崛的想像、苦澀淒婉的浪漫情調，無論是趣味還是內在品格，在當下的中篇小說中都可謂是不可多得的上品。小說可以概括爲「兩個半男人和三女人的故事」。那個不在場者但又無處不在「逝者」，是一個重要的人物，一切都因他而起；小鎮上一個風流倜儻、有文化有教養的男人，被兩個年齡不同的女性所喜愛，但良緣難結；一個八歲的男孩，「聞香識女人」，只因患有嚴重的眼疾。女人一個是「逝者」陳寅冬的原配妻子紅嫂，一個是他們的女兒青青，還有一個就是「逝者」的「二房」——新疆修路時的同居者古麗。這些人物獨特關係的構成，就足以使《逝者的恩澤》成爲一篇險象環生層巒疊嶂的作品。值得注意的是，這些通俗文學常見的元素，在魯敏這裡並沒有演繹爲愛恨情仇的通俗小說。恰恰相反，小說以完全合理、了無痕跡的方式表達了所有人的情與愛，表達了本應仇怨卻超越了世俗倫理的至善與大愛。紅嫂對古麗的接納，古麗對青青戀情的大度呵護與關愛，青青對小男孩達吾提的親情，紅嫂寧願放棄自己乳腺疾病的治療而堅持醫治達吾提的眼疾；古麗原本知道陳寅冬給紅嫂的匯款，但她從未提起等，使東壩這個虛構的小鎮充滿了人間的暖意和陽光。在普通生活裏，那些原本是孽債或仇怨的事物，在魯敏這裡以至善和寬容作了新的想像和處理。普通人內心的高貴使腐朽化爲神奇，我們就這樣在唏噓不已感慨萬端中經歷了魯敏的化險爲夷絕處逢生。這種浪漫和淒婉的故事、這種理想主義的文學在當下的文學潮流中有如空穀足音。

《顛倒的時光》裏的木舟——一個木納誠實的鄉下人。專事勞作，爲人善良。第一道瓜最能賣上價錢，他卻分送給鄉親們幾百斤；鄉下人不洗澡，年前他卻開放了大棚，讓鄉親們喜氣洋洋清清爽爽地過年。他不知道還價，瓜賣不上價錢時但也不沮喪。一個隨遇而安的本分人。鳳子，一個勤勞單純的鄉間婦女，心無旁騖一心和木舟勞作。但是，魯敏將現代性進程是以鄉土中國作爲代價的悲愴，鑲嵌於傳統中國男耕女織的太平景象，在不動聲色中書寫了傳統中國最後的溫良敦厚，在致敬中也表達了深切的無奈和淒婉。

在我看來，魯敏至今最成功和值得稱道的，還是《鏡中姐妹》和《紙醉》

兩部作品。《紙醉》的情節在年輕人的「心事」上展開，在沒有碰撞中碰撞，在無聲中潮起潮落。時有驚濤裂岸，時如微風扶柳。面對開音，大元的一曲笛聲、小元的幾個故事，都是項莊舞劍意在沛公。在尋常的日子裏，筆底生出萬丈波瀾。最後，還是「現代」改變了淳樸、厚道、禮儀等鄉村倫理，鄉村中國的小情小景的美妙溫馨、但在大世界的巨變面前幾乎不堪一擊轟然倒塌。當然，魯敏還不是一個純粹的「鄉村烏托邦」的守護者。對她對鄉村的至善至美還是有懷疑的，啞女開音的變化，使東壩的土地失去了最後的溫柔和詩意。小敘事在大敘事面前一定潰不成軍。就作品而言，我欣賞的還是魯敏對細節的捕捉能力，一個動作或一個情境，人物的性格特徵就勾勒出來。大元愛著開音，他的笛聲是獻給開音的，但是，大元總是「等開音低下頭去剪紙了，他才悄悄地拿出笛子，又怕太近了扎著開音的耳朵，總站到離開音比較遠的一個角落裏，側過身子，嘴唇撅住了，身子長長地吸一口氣，鼓起來，再一點點慢慢瘦下去。吹得那個脆而軟呀，七彎八轉的，像不知哪兒來的春風在一陣一陣撫弄著柳絮。外面若有人經過，都要停下，失神地聽上半晌。」

小元也愛著開音，但他心性高遠，志氣磅礴，上了高中以後，「小元現在說話，學生腔重了，還有些縣城的風味，比如，一句話的最後一個兩個字，總是含糊著吞到肚子裏去的，聽上去有點懶洋洋的，意猶未盡的意思。並且，在一些長句子裏，他會夾雜著幾個陌生的詞，是普通話，像一段布料上織著金線，特別引人注意。總之，高中二年級的小元，他現在說話的氣象，比之伊老師，真可謂出於藍而勝於藍了，大家都喜歡聽他說話，感到一種撲面而來的『知識』。」這些生動的細節，顯示了魯敏對東壩生活和人物的熟悉，她的敏銳和洞察力令人歎為觀止。

《鏡中姐妹》，是魯敏寫於 2005 年的作品。它是一部典型的成長小說，張家五姐妹生活在同一個環境，但不同的心理和性格，造就了她們不同的心路歷程和生活景況。社會的影響遠遠大於家庭的影響，沒有人可以逃離社會環境想入非非。在時代的交叉口上，他她們命運竟是如此的不同。

大概很少有人意識到，幾乎所有的孩子都是和自己的同代人一起成長的。那個時代的家長並不真正瞭解自己的孩子。即便是今天的那些獨生子女們，又有多少家長真的瞭解他們？《鏡中姐妹》中最讓人感動的是大雙、小雙的姐妹情誼。她們朦朧地共同愛上了一個高年級同學，這是她們共同擁有的秘密。這個秘密使她們的情誼不能言說又無可替代。不諳世事的孩子們沒

有能力處理這個突然來臨不期而遇的青春事件。終於，當「髮卡」出現之後，決絕的小雙選擇了死亡：她要把髮卡和那個男生一起留給大雙。這個悲劇遠遠超出了姐妹情誼，它是人類面對愛情時至今無法解開的難題。小雙那純潔、幼稚的選擇不是拒絕而是放棄，她是送給大雙的幸福的祝願。也只有情竇初開的朦朧愛情才有如此的詩意，就像煙雨中的荷蓮，隱約盛開的是讓人心碎的愛意。也惟有這樣的情懷，才有決絕的小雙，才有親自將髮卡戴在小雙頭上的大雙。這無聲也無比感人的一幕，是魯敏獻給我們的關於愛情的神話。

但我同時不能不指出的是，魯敏在結構小說時的「模式化定勢」。比如《白圍脖》、《牆上的父親》、《逝者的恩澤》等，都有一個死去的「父親」，他們雖然在作品中國功能和作用不同，但在小說結構方式上卻如出一轍；比如《鏡中姐妹》和《思無邪》的高潮，都是人物的死亡。小雙被大雙別上髮卡、蘭小被寶來在棺木中放平屍體，是兩部小說最感人的地方。但在處理方式上是一回事情。先於故事死去的「父親」和在故事中死去的人物，雖然是兩種不同的「放逐」方式，但在本質上並沒有區別。因此，當魯敏對自己的「主體性」選擇深懷自信的時候，她也踏上了一條自己設定的「模式化」思路。她那「頓悟」式的自白確實別有新意，但也挖了一個先入為主的「主題先行」的危險陷阱。雖然她擁有了新的寫作視角和資源，但也結構的同一性中暗含了危機的存在。

即便如此，我仍然高度評價魯敏已經完成的小說創作。她的小說，是沒有任何英雄氣味的小說，她在平白如水的日常生活裏，耐心地尋找著新的文學元素。事實上，越是我們熟悉的生活越是具有挑戰性，而最難構成小說的，恰恰是對生活的正面書寫。就像在戲劇舞臺上，反面人物容易生動，正面人物更難塑造。如果說，魯敏前期小說窮追不捨地深究人性的「沉濁」，專注於人性的幽暗，接續的是啓蒙主義和現代主義文學傳統的話，那麼，魯敏「轉型」之後，執意發掘人間的友善和暖意，承繼的則是沈從文、孫犁、汪曾祺的文學傳統。人物的複雜性和豐富性為一種相對單一或單純的傾向取代，這也許是一種局限，但這一局限卻也同樣放射著迷人的魅力。特別是在惡貫滿盈、欲望橫流的文學人物無處不在的時代。魯敏的具有濃重浪漫主義特徵的文學人物，就具有了文學史的意義：她重建了關於「底層生活」的知識和價值，提供了另外一種我們不曾經驗的民間生活。她對這種生活的體認，也從一個方面修正或彌補了當下「底層寫作」苦難深重的「絕望文化」帶來的極端化問題。正是在這樣的意義上，2007 年的魯敏，是一個重要的文學人物。

信河街上的「反譜系」寫作

——評哲貴的「信河街系列」小說

　　哲貴是當下風頭正健的青年作家。他先後出版過《金屬心》、《信河街傳奇》、《施耐德的一日三餐》小說集以及長篇小說《迷路》等。應該說哲貴的小說產量並不高。但是，就這為數不多的小說作品，使哲貴在文壇聲名鵲起炙手可熱。他應該是「70 後」作家被關注和討論最多的作家之一。哲貴之所以能夠在當下的文學環境中異軍突起，在我看來，最總要的是他改寫了一個司空見慣耳熟能詳的社會觀念以及文學本質化書寫的傳統。這就是對商人「為富不仁」、「無商不奸」、「商人重利輕別離」、「唯利是圖」、「錢權交易」、「錢色交易」等不變的成見的改寫。在哲貴之前，對商人那種本質化的觀念預設已經被普遍接受。因此，古今中外的文學作品，凡與商人有關的形象大多不怎麼樣，更遑論可愛了：莎士比亞筆下的夏洛克、莫里哀筆下的阿拉貢、巴爾扎克筆下的噶朗臺、果戈理筆下的潑留希金等，幾乎窮盡了守財奴的嘴臉；中國古代文學經典中的著名人物西門慶，在《水滸傳》中還只是一個惡霸、富商、官僚，但到了《金瓶梅》，西門慶不僅是一個以經商為生斂財發家的「為富不仁」者，更重要的是他因金錢而膨脹的對女性佔有的無邊欲望。商人形象的不堪和最後的悲慘結局，幾乎是文學作品一以貫之的「譜系」關係。這一觀念不是沒有道理，特別是在階級論盛行的時代，「錢」成為一個與道德相關的概念。但有趣的是，一方面人們在痛恨地批判「金錢」的罪惡，一方面，金錢又成為這個時代最具支配力、最讓人神往的東西。

　　應該說，在資本主義萌芽過程中，商人不擇手段對利益的攫取和各種欲

望的膨脹是不爭的事實。但是，在這樣一個「不爭」的事實裏，同樣隱含著商人的商業活動對推動人類歷史走向現代文明巨大價值和作用。當然，這是一個歷史學家或社會學家思考的問題。而文學在「徵用」商人這一符號時卻先在地賦予了它既定的含義。哲貴的小說既沒有傳承這一社會觀念和文學譜系，當然也沒有刻意反其道而行之。他有自己的世界觀和打量世道人心的眼光，他是以「不懷偏見」的心態書寫了信河街上的富人們的。

朱麥克是一個常年「住酒店的人」。這個風度翩翩的成功人士是一個四十出頭的中年男子。他有良好的個人生活習慣，也經常不乏自戀地將自己「脫得精光站在鏡子前，側著身打量自己，鏡子裏的身材勻稱，筆直，身上的皮膚白裏透紅，細膩，光滑，紋路清晰，沒有明顯的瑕疵，幾乎是一件完美的藝術品。」而且他為人低調，無論住店還是開車，從未奢求過份。這樣一個幾近完美的男人，按照一般的思路，「豔體想像」將是朱麥克故事無可逃脫的路向。但是，哲貴卻在他險象環生甚至只差一步之遙的邊界止步。朱麥克既沒有和酒店老闆的女兒柯巴綠順水推舟，亦沒有與美女記者佟尼婭兩情相悅。他曾應邀去看望離婚後在南國開酒吧的佟尼婭，但最後也只是在自己的房間裏望著坐在酒吧門口的佟尼婭而終未走向前去。朱麥克又回到了他的酒店，「他發現不安的心這時突然安靜了下來」。這就是哲貴式的處理人物的方式，在哲貴看來，朱麥克規則之外的男女之事，或許只可想像而不可經驗：《住酒店的人》表達了人性的詩意是可以超越男歡女愛的。所以哲貴說：「我所有小說的主題都跟探尋自我有關」「不管是窮人還是富人，我寫我的理解和希望，以及理想。」

《陳列室》是一個悲苦的情感故事：情侶保健用品廠的老闆魏松與朋友許大遊的表妹林小葉一見鍾情。半年後林小葉不辭而別去了加拿大。十年後，經歷了兩次失敗婚姻的林小葉又回到了信河街。盲目結婚的魏松重新喚醒了當年的「味覺」和感覺：林小葉身上的「牛奶味」和尚未發達時用自行車馱林小葉的情景，又如詩如畫地映現在魏松的眼前。兩人在賓館相見，在一個私密的空間裏又是都有過男女經驗的人，情形可想而知。但是，事情卻在一個邊緣地帶戛然而止，他們沒有發生床上的故事。林小葉又回加拿大了。故事的感人之處也是兩人各自天涯處。林小葉獨處時用的是魏松的產品，而魏松所有的「塑料女人」都是按照林小葉的形象設計的。兩人各在對方心中。魏松與朱麥克，是哲貴理解的成功人士的另一面。

　　對成功人士的詩意想像和書寫，是哲貴小說的一個方面。另一方面，哲貴也從更複雜和多樣的角度書寫了這個階層的精神亂象和困境。《雕塑》是哲貴的名篇。小說就三個人物：唐小河、董麗娜和徐婭。唐小河和董麗娜是夫妻，徐婭是董麗娜的同學。徐婭因董麗娜介紹給唐小河學習雕塑而建立起了三人關係。這是一個典型的「三角關係」，這個關係為後來故事奠定了無盡的可能性。但哲貴沒有走豔俗路線，而是在馬桶經營過程中，鑲嵌進了一個男性與職業相關的無意識行為。三人起初是合作關係，倒閉後各行其是，唐小河與董麗娜創辦了「痛快」馬桶品牌，後在市場大行其道；徐婭用「盜版」方式同樣獲得了市場成功。這些故事如果沒有後來的敘事將平淡如水。有趣的是，唐小河也用仿造的方式鼓勵妻子董麗娜「裝修」身體，董麗娜也樂此不彼。但是，這一人體「裝修」的背後隱含的無盡寓意以及夫妻間的心腹事，卻令人揮之難去。

　　《金屬心》是哲貴重要的小說之一。霍科有先天的心臟病，他因此難以實現當乒乓球運動員的理想。他「炒樓盤」致富後去英國換了一顆金屬心臟，但並沒有為霍科帶來新生。他不僅依然不能打乒乓球，不能沐浴，而且也沒有改善與妻子蘇妮娜的關係。周邊人爾虞我詐的交易更使霍科身心俱滅。霍科的起死回生是遇到了蓋麗麗之後。霍科不僅在蓋麗麗那裏以幻象的方式實現了自己壓抑已久的乒乓球夢想，更重要的是他獲得了久違的愛情。愛情使他那顆趨於冰冷的心重新勃動起來，重新有了溫度。此外，哲貴的《走投無路》、《跑路》、《空心人》、《牛腩麵》、《責任人》等，都書寫了富人階層不為人知的煩惱、麻煩和各種糾結。因此李敬澤說：哲貴小說的「人物有了苦惱，這種苦惱是雙重的：一重是苦惱本身，另一重是，苦惱於不知道這苦惱是怎麼回事，在他們的觀念和詞語中，沒有為這苦惱做出準備，留出位置。雖然作為讀者的我們通常會輕易地看出，他們的苦惱無非就是，生命意義何在？人生是否另有可能？」此言甚是。

　　當然，哲貴的筆下的信河街也不都是成功人士。比如《安慰》中的黃乾豐，父親因一場大火賠付客戶「傾家蕩產」，他無論外形還是氣質，都像廢墟一樣「都消沉著，都在慢慢地沉寂下去」。他唯一的寄託或面子，就是兒子黃乾豐能夠在武會上奪取勝利。「我」——黃徒手和黃乾豐的最後爭鬥難分高下，但同時獲得了冠軍。當黃乾豐將獎牌遞給他爸爸時：「他爸爸的手抖了一下，好像要抓，又停下來了。但是，我看見了他爸爸又直又硬的眼神，很快

就柔和了下來。慢慢的，他的眼睛紅了起來，眼珠子也跟著亮了起來」。黃徒手父親親傳黃乾豐武術，他沒有什麼大義凜然或豪言壯語，但他的良苦用心；黃徒手不逞一時之能雖然倍感委屈，但一個少年的善良感人至深。這些人物讓我們看到了哲貴對人性書寫的水準達到怎樣的深度和高度。

另一方面，哲貴小說幾乎都有寓言性質。比如《倒時差》，這個時差與物理時間有關，與地球兩側的黑白顛倒有關，但小說的寓意顯然不在物理時間這裡，而是對情感與資產「時差」的顛倒，「情感」與「資產」同是欲望範疇卻有著及其不同的社會與文學內涵；還有，哲貴對氣味的敏感是他小說一大特徵。各種氣味散發在不同人物的身上，氣味與人的性格、氣質和情懷互為表裏，使小說有了一種別有的氣息的同時，也使氣味具有了隱喻性質；而他反覆出現的人物如黃徒手、某某「尼婭」等，也使「信河街」上的人物以「仿真」的形式出現在我們面前。

如何理解和書寫今天的成功人士和富人，看法歷來不一。即便今天仍然壁壘分明。陳應松說：「我討厭城市、富人，有著華麗居所的電影和小說，我認為他們的所有表演都是矯情的。他們的痛苦極不真實，他們神經質、變態、令人噁心。只有農民和小人物的感情才是真實的，他們的痛苦優美無比，幸福催人淚下。」之所以有這種比較絕對或偏激的看法，作者自己分析說：「我之所以如此，可能與我的生活，我出生在鄉下有極大的關係。這也許是一種寫作的宿命吧。」「我雖然走向了很遠，但沒有走出我的內心，沒有走出我堅持的東西，我依然一如既往，熱愛農民和下等人，也就是說，熱愛我童年接觸到的一切，熱愛我的階級。」（──陳應松：《松鴉為什麼鳴叫·後記》，長江文藝出版社 2005 年版）陳應松的表達自由他的道理，他按照自己的邏輯確實也寫出了很好的小說。在一個觀念多元化的時代，重要的也許不在於作家表達了怎樣的觀念，關鍵是他對自己的表達是否真的懷有誠懇並且相信。

哲貴說：「2006 年，我開始有意識創作「信河街系列小說」時，並沒有考慮她屬於城市文學還是鄉土文學，但有兩點已非常明確：一，信河街是地理意義上的一個名稱，泛指一條街道、一個社區、一座有濃鬱特點的城市甚至是一個飛速膨脹的國家，也就是說，她從地理概念上屬於城市。二，我要描寫和刻畫的是一個從事商業活動的成功群體，這些人被稱為時代英雄，而我要探討的是這些英雄生活背後所要面對的巨大精神問題」。這不僅與哲貴的自我期許有關，同時也與他的生活環境和經歷有關：

我生在溫州，長在溫州，我親眼看著這三十多年來溫州的飛速發展，我親眼看著我身邊的一批朋友成為百萬、千萬甚至億萬富翁，我知道他們是怎麼富起來的，在很多時候，我其實也參與其中，我知道他們所有快樂，他們的快樂其實在很多時候也是我的快樂。我跟他們沒有隔閡。但是，這些都是表面的現象。普天下的人都知道溫州人有錢，知道溫州富翁多，溫州的別墅多，而且貴。可是，誰看見溫州的富翁們的哭泣了？沒有。誰知道溫州的富翁們為什麼哭泣？不知道。誰知道他們的精神世界裏裝著的是什麼？也不知道。但是，我知道他們的人生出了問題，他們的精神世界也出了問題。這個問題是他們的，也是我們的，可能是中國的，也可能是全人類的。因為誰都知道，這幾十年來，中國發生了什麼，改變了什麼。這些改變，首先體現在這些富人身上。我想，作為一個土生土長的溫州人，一個寫作者，我有責任把我的視角伸到他們的精神世界裏，把我的發現告訴給世人。所以，起碼在這一階段，我的寫作視角會一直關注這個領域，當然，我以後的寫作視角會拓寬，但對富人階層精神的探究依然會是我的保留節目。（見《身份遷徙與心靈蛻變——我對城市文學的理解》，載《當代作家評論》2014 年 5 期）

哲貴對成功人士或富人階層的「逆向」或「反譜系」寫作，不僅是一種觀念，同時也是一種膽識。他敢於以同情、悲憫的心情去書寫這一階層的苦惱、混亂乃至疼痛，以平實、溫婉但也正面強攻的姿態面對過去的階級論或流行的「仇富心理」，顯然是有充分準備的。

但是，我稍有疑問的是，當哲貴書寫這個階層當下的時候，他有意略去了這個階層的「前史」，而他們所有的精神層面的問題，是否也與這個「前史」有關呢？如果哲貴所表達的一切都是合理的，那麼，我們將如何理解過去曾經建構起來的歷史呢？除了觀念層面的問題外，我也覺得哲貴的小說在語言方面還需要進一步考究，他常有缺乏表現力的語言出現，行文還略顯隨意。如果哲貴有能力在觀念層面回答這些問題，並在語言方面在精緻些，他的文學前景我們完全有理由懷有更高期待。

2014 年 12 月 11 日於北京

幻滅處的慘傷與悲憫

——評蔡東的小說

　　蔡東是「80後」作家，同時也是「傳統」作家。蔡東生於80年代，但她和那些通過網絡迅速躥紅並所向披靡的作家判然有別。蔡東是一位仍然堅持「傳統」寫作的「80後」作家。這一選擇自有蔡東的教育背景和精神依據。在不到十年或間或中斷的創作中，蔡東作品的數量非常有限。但是，就在這數量不多的小說創作中，蔡東體現出了最年輕一代作家新的風貌和特點。我們都瞭解，當白話文學發展到今天，要想在這個領域脫穎而出是何等艱難，更何況當下的文化語境更意屬「快感文化」而並不舉薦眞正的作家。但是，蔡東的小說像一縷文學的炊煙在清晨的田野嫋嫋升起彌漫四方，然後幻化在大地與天空之間。她寫的是人間煙火，是人間無盡的矛盾、憂傷、艱難、跋涉、隱忍、委屈以及無奈；她對女性命運和生活處境有新的理解和書寫；她發現了這個時代仍有「多餘人」的存在。她的小說是在別人結束的地方重新開始；她的慧眼發現了諸多的「不可能」。更重要的是，她以悲憫的情懷發現了幻滅處的慘傷，並將這慘傷在險象環生中書寫得「燦爛逼人」。這當然得益於她的文學素養、得益於她對古今中外小說的學習和吸納，她注意講述者和小說節奏、張馳的關係。這就是蔡東的小說。

一、悲情女性的幻滅與重生

　　百年來，中國特殊的歷史語境決定了文學的悲情多於歡樂，特別是女性形象。因此，像《祝福》中的祥林嫂、《明天》中的單四嫂、《二月》中的文嫂等女性形象，集中地表達了那個時代女性的生存景況和精神地位。她們逆

來順受，無助無奈，悲慘的一生只為注釋一生的悲劇。她們已經成為那個時代的文學經典。蔡東小說中多有類似這些人物的形象。比如《往生》中的康蓮，《斷指》中的余建英，《無岸》中的柳萍等。這些人物是在現代經典作品結束的地方出發，是用一種極端化的方式寫出了生活的「不可能性」。這些人物一出現幾乎就陷入絕境：《往生》的開篇便是「老頭的軀體，康蓮越來越熟悉了，此刻已不再慌亂，也沒有了羞恥。她低下頭，尿騷味噴了她一頭臉，熱撲撲的。褲襠晾開了，老頭愜意地扭動身體，她唬起臉喊著別動，撕拉一聲把紙尿褲扯下來。這會兒，不願看也看得很清楚，老頭胯下褐色的一嘟嚕，軟塌塌地垂落著。」這個癱瘓的老頭是康蓮的公公，伺候老頭的康蓮是兒媳。在傳統觀念中，公公與兒媳的接觸是最為忌諱的。將公爹命名為「公公」，從一個方面隱喻了公爹與兒媳的關係。但是，已經 60 多歲的康蓮必須用這種方式與 80 多歲的公爹接觸。康蓮一出場就陷於萬劫不復的「幻滅」或絕望中。她不僅要被癡呆的公爹一會兒喊「娘」一會兒喊「姐」，一日三餐外出遛彎，而且還要親自動手摳出老頭肛門裏石頭般的糞球。老頭摔了一跤大胯粉碎性骨折後，康蓮的日子雪上加霜。疲憊不堪的康蓮被信徒們發現並勸誘其「信主」或「信佛」，康蓮謝絕了信徒們的好意卻也意外地與「一個特別的詞語」不期而遇並「深深打動了她。那個詞叫『往生』，死亡的另一種說法，卻穿透深重的黑暗，擊破內心的絕望，用繽紛美妙替代陌生可怖，是動感的、充滿希望、無比美好的起點，令康蓮靈魂出竅，神往不已。」於是，「往生」這個詞便成了康蓮與公爹關係的文化信念。然而康蓮卻先於公爹撒手人寰。小說中的康蓮處在極端悲苦的境地，但在幻滅中康蓮實現了文學人物的重生。康蓮的善良和堅忍是在幻滅中實現的。康蓮是普通人，她也有疲憊、厭倦、不得已的計較。但「往生」的信念平復了康蓮的巨大焦慮，她慘傷的生活就此放射出了博大和人性的異彩。

《斷指》中的余建英「是循著血跡」出場的：自家辦的「鴻運」顆粒廠出了大事：余建英親姑舅姊妹秀俊的孩子小芬的右手在填料時，不慎軋斷了四根手指。而且一根完整的手指也沒有找到，骨頭渣子和肉末都摻到廢料裏了。小芬的事故引起的後果不難想像。但是，更重要的是小說講述的余建英的悲苦命運：內退後的余建英發現了丈夫的婚外情，並且因「風流有價」虧欠了單位 20 餘萬。余建英湊齊丈夫欠款免了牢獄之災。為了還清債款辦了顆粒廠卻禍不單行。於是，余建英步入了不見天日的悲情之旅：她要顧及廠裏

的生產、要照顧斷指的外甥女。更糟糕的是在痛失母親後，親姑舅姊妹秀俊將自己告上了法庭。法庭有自己的規則，傾向小芬也在情理之中。但關鍵時刻，合夥人二妹建珍爲了撇清自己把余建英推上了前臺，秀俊開口要求賠償三十萬。最後，經過法庭判決折合，余建英賠償兩萬餘元結束了這場官司。

　　小說情節複雜多變，多有出人意料之處。但更可圈可點的是蔡東對余建英性格的刻畫。余建英是一個老大學畢業生，但又是一個心地慈善的女性：「這些日子，余建英晚上總失眠，睡著了也容易驚醒，有一次，居然是哭醒的。醒來時，高力強正在身邊抓耳撓腮呢，看樣子是想推醒她又不敢。一看她醒了，他慌亂地摟住她的肩膀。余建英胸口一暖，把下巴抵在丈夫的後背上，笑了。跟許多健忘的女人一樣，余建英也忘了，忘了他尋歡作樂時的嘴臉，忘了他其實是一切厄運的禍根。她總在心底爲丈夫辯解，他有時把握不住自己，但心地確實不壞，他不能吃苦受累，但場面上的事應付自如絕非窩囊男人，他現在體態略微發福，但年輕時也器宇軒昂過。高力強出去鬼混的事，余建英始終瞞著兒子高樹，女人這輩子的福氣，一半修男人，一半修孩子，高樹就是余建英的福氣。小夥子長得人如其名，挺拔英氣，身板直直的，面目的線條剛毅而倔強，這樣的男孩會讓女人想起自己的初戀。家裏四處借債時，她一邊寬慰兒子，家裏能供得起你上學，一邊爲丈夫遮掩，你爸投資生意失敗了，你爸不容易，要多體諒他。」無助無望的余建英此時著想的還是這個既無用又惹是生非的丈夫。

　　更值得注意的是：

　　還清賠償後，余建英總被一個問題糾纏著，假如秀俊一家不告，讓她完全憑良心，她還會不會掏出這些錢來？

　　未必。至少沒有絕對的把握。

　　本來，她心裏有些恨秀俊，恨她絕情，說告就告了。現在看來，秀俊母女與其賭她有良心，還不如自己掙扎幾下。余建英憂鬱地承認，別說她賠給小芬的錢不多，哪怕她給小芬搬來一座金山，也換不來小芬完滿的一生。她的耳邊總響起一個聲音，分明是她自己的聲音：余建英，你罪孽深重，這輩子都不清白了！

　　一個悲情的妻子、一個敢於自我拷問的悲苦的知識分子形象就這樣矗立在我們面前。

　　《無岸》講述的也是生活中的尋常事：「45 歲這年的一個晚上，柳萍宣告

自己的人生失敗。茶几上放著一張入學通知書，來自全美排名第53位的普渡大學，通知書帶來的幸福很快幻滅，與之相伴而來的，是五萬美元的學費。」除此之外還有四年兩百萬的花銷以及「攢了半輩子的錢，忽然全沒了。人生不但歸零，居然還出現了負數」的恐懼與空虛。人生到了這般境地的柳萍，「掩飾住慌亂，沒叫苦，也沒發脾氣」。儘管氣概不凡，但現實需要的是解決的辦法。於是柳萍同樣開始了她漫長的苦難的歷程。她要申請周轉房，理由是買掉房子供女兒留學。但現實那裏是為柳萍準備的，她不僅嘗盡了自取其辱甚至「受辱訓練」的滋味，而且一事無成。蔡東寫盡了一個知識分子無處訴說的苦楚，生活竟是如此的脆弱，沒有盡頭的悲涼感一如萬劫不復的深淵──這就是無岸。

三位不同的女性，她們面對的是不同的生活場景，但相同都是讓她們身心俱疲的生存和精神處境：困境面前各懷心腹事的家人、利益面前分崩離析的親戚以及不斷惡化的社會環境和世道人心。女性的擔當和悲苦是蔡東講述的基本故事，她們真正的苦難是「不能說，沒法說」。蔡東的這一發現，使她有能力走進這些人物的內心深處，並感同身受地懷有巨大的同情和悲憫。如果沒有這一情懷的照耀，這些悲苦的女性形象也就淪為前期「底層寫作」的苦難敘事。有了這樣的情懷，才有了她們幻滅後的重生和人物形象的光彩照人。

二、「多餘人」的再發現

「多餘人」的人物形象，是世界文學普遍關注的現象，法國的「局外人」、英國的「漂泊者」、俄國的「床上的廢物」、日本的「逃遁者」、現代中國的「零餘者」、美國的「遁世少年」等。這些人物生不逢時，他們不被主流社會認同。他們不同於古代中國的魏晉風骨晚明世風，主動或自覺地邊緣化。他們姿態各異，相同的是一事無成百無一用。蔡東稱這些人為「失意的中年男人」。《淨塵山》中的張亭軒，一聽名字就儒雅有古風。他還沒有出場，太太勞玉憶當年說：

> 教曲兒的時候，你爸穿鬆身的白色麻紗上衣，前襟繡著細細的
> 銀色竹葉，褲子是拷綢，煙灰色，那顏色真顯乾淨。你爸站起來，
> 像一絡輕霧升起，坐下去，是慢慢卷起的一幅水墨畫。他端坐在講
> 臺上，一把素摺扇，一枚鹿角扳指，一板三眼地拍曲。

> 你爸最喜歡《孽海記》的《思凡》一折，他倒吸一口氣，小尼
> 姑年方二八，寂寞有多長，「二」字拖得就有多長，聲音化成了水流

出來，一滴連著一滴，叫人聽得心裏直哆嗦，不敢打斷，也不忍打
斷。末了一個滑腔，這音馬上要斷的時候，又放一點精華出來。獨
角戲難唱，上來就要把觀眾勾住了，吸緊了。

但張亭軒顯然是一個背時的人物。他只會坐而論道，喝茶、唱戲，講究
生活品位，做派雅致。母親雖然表面如此欣賞丈夫張亭軒，但在接待女婿潘
舒墨時終還是露了真情。當女兒倩女毫不掩飾地誇耀「舒墨很有才情，興趣
又廣泛，全身都是文藝細胞。他連手指都那麼漂亮，會吹笛子，會畫山水，
對了，還會變魔術。他聰明著呢，下棋一下就是一天，連飯都不吃」時，母
親譏誚地說：「呵，這一身的本領，能出名嗎，能變現嗎？」她又板著臉問：
「除了會吹笛子，會變魔術，你會做家務嗎？」張亭軒雖然斥責妻子「荒腔
走板，太失禮了」，但當然明白這是「準女婿」「代自己受過」。這時的張亭軒
是徹底失敗了——他不僅被社會所拒絕，同時也被相濡以沫大半生的夫人看
得一文不值。

《無岸》中童家羽，四十歲時開始練瑜伽，他的處事哲學是四字真言，「無
欲則剛」。但是，當柳萍要賣房子供女兒讀書、向學校申請周轉房時，他荒唐
地想出讓柳萍接受他「溫馨而勵志的家庭遊戲」，進而提升為「情商口才培訓
課」的招數。他極端可笑地正襟危坐：「既是演員，也是導演，不住地提點：
委婉，平和，女性美，軟和話，別敏感，和風拂面，如沐春風，面帶微笑，
柔化處理，仔細揣摩，小心應對，聽之任之，唾面自乾……」。但是，面對難
以應對的社會，童家羽的「無欲則剛」顯然是虛飾的。那是一個修辭構成的
不堪一擊的虛擬的避難所。他真實的想法是：「我希望自己在精子階段就被淘
汰，我希望游向卵子的那個不是我，我要是沒被生下來該有多好」。一個男人
到了如此境地，其內心的悲涼可想而知。

《木蘭辭》中的陳江流，是職專教繪畫的教師，也是個「在家修行的居
士」。無意間結識了「月下草廬」茶社主人邵琴。這是一個做派優雅氣定神閒
猶如「杜詩顏字，正統，耐讀，格律嚴謹，穩重端方」的女人。只一次吃蟹
的聚會，就徹底征服了陳江流的早已枯萎的心神。與自己為了職稱和俗世功
名的妻子李燕比較起來高下立判。但是他不知道這個邵琴只是一個包裝出來
的民辦學校招生辦的人，也是一個精於經營的茶葉商人。陳江流是以想像的
方式與邵琴交往並獲得某種滿足的。他對世俗生活和功名利祿的厭倦，使他
在精神上找到了一個可以臨時寄託的驛站。當妻子李燕再也沒有能力鼓動陳

江流「奮進」的時候，她發現「陳江流的奮鬥之火徹底熄滅。他早已不喜歡認識陌生人、拓展新關係了，如今更是躲著人躲著事，對什麼都提不起興趣來，早晨起來臉也不洗，直接就坐在電腦前。李燕細細一琢磨，心也冷了。這世界一個蘿蔔一個坑，可往哪裏堆放他呢？」結果還是在俗世生活的妻子李燕找到邵琴，使陳江流這個「名士」擺脫了失業危機。

張亭軒、童家羽、陳江流作為這個時代的「多餘人」，是他們的價值觀使然。一個人是否能夠進入社會，重要的是要獲得「通行證」。這個「通行證」就是對主流價值觀的認同。能夠在多大程度上進入社會，取決於一個人在多大程度上認同主流價值觀。這就是「承認的政治」。這三個人的「失意」或不被認同，重要的是他們首先拒絕了主流社會的價值觀。但是，這裡更重要的是講述者的姿態。在小說的敘述中，講述者不僅沒有排斥、厭惡這些「多餘人」，甚至還多有欣賞。這也正如蔡東自述的那樣：這些人「跟在強大霸道的政經秩序中成長、懂得服軟、一出道就一臉世故相的年輕人相比，他們身上閃爍過理想主義的星光，有一種拒絕的力量：我不幹，或我不需要。可惜，在一個失卻多樣性的窄門裏，在一個扭曲的價值體系中，他們未獲認同，自己的秤砣又不夠分量，搖搖晃晃地，雙手互搏著，終至於自己消滅了自己。我無法去譴責哪一個，人已經夠苦了，每一個人都值得作家心疼和原諒。」（蔡東：《當寫作來到我聲明時》手稿）不僅對這些失意者如此，即便是對裝扮成優雅的邵琴，她也多懷有惻隱之心「實際上，從古到今，女性的偽裝何曾消失過？偽裝堅強，偽裝成潑婦，直到真把自己活成男人。再往深處想，塵世中的紅男綠女，誰不是在扮演另外一個人？和自己毫不相干的一個人。社會各個階層品流對邵琴的傾慕，不過是緣木求魚，但反過來想，驚慌失措的我們，平庸惡俗的我們，是否從未放棄過對閒情逸致和傳統貴族生活的敬重？是否明知有詐，明知會幻滅，也不憚於全身心地親近擁抱，甘之若飴地上這個當」。（出處同上）如果是這樣的話，當蔡東以欣賞的態度塑造她這幾位「多餘人」的時候，當然也隱含了作家自己的價值觀。因為悲憫，此時的蔡東站在高處。

三、小說的節奏、張馳與問題

蔡東小說的講述方法，是她小說整體構思的一部分。一篇小說是否具有文學性或藝術性，與講述方法是不能分開的。小說是語言的藝術，同時也是敘事的藝術；小說講述的人與事，是在一定的時間範疇內展開或完成的，這

一點它與音樂有相似性，在一定時間範疇裏講述的人與事，就需要急緩、張馳的節奏變化。小說敘事節奏的變化，本質上是爲了與讀者建立更爲恰切的講述與傾聽的關係，同時也隱含著作家內在的情感需求。蔡東的小說在節奏的處理和掌控上，有很好的體會和經驗。

《淨塵山》開篇是母親勞玉回憶與父親相識相愛的過程，母親沉浸在意猶未盡的享受中，還在語音嬝嬝的時候，講述者悄然將焦點從勞玉那裏轉移到女兒倩女這裡：

> 世界變了，梧桐和青鳥的生命，氣若遊絲地在字面意義上延續，已是一縷餘緒。梅雨柔韌，從未過氣，每年由虛構步入現實，遮天蔽日，連月不開，將現代世界籠罩在它古典婉曲的氣質裏。恍惚間，張倩女覺得，天上的雨是一直沒停。連串的愛情傳奇像瑩亮的雨珠，漸漸濡濕了她的心。27 歲的梅雨之夕，父親倜儻地搖著素紙扇，用一齣齣濃情纏綣的折子戲，注釋著愛情亘古不變的魔力。豔麗的紅塵卷軸在她眼前妖冶地鋪展，她的心思，一下子活泛起來了。

這一轉折猶如一個停頓，讓讀者一頓一驚，暫時疏離勞玉的講述也爲倩女的出現埋下了伏筆。然後揮灑開去，講述一家三口的微妙關係。類似的「閒筆」有如水墨畫的留白，有了「閒筆」才有峰回路轉跌宕起伏。現代小說「形上」的韻味才有可能體現。

《斷指》雖然有「底層寫作」的遺風流韻，余建英的苦難接踵而來：丈夫不忠、因情人而欠下公司鉅額債務、辦廠還債小芬出事、小芬折磨刁難、秀俊告上法庭等等，余建英幾乎沒有退路。這應該是一篇大開大闔一瀉千里的故事，但講述者仍能掌控節奏，不至於使小說如脫韁野馬汪洋恣肆。比如，當余建英發現丈夫出軌，惱羞成怒很可能喪失理性，但這時的講述者卻突然放緩了情節的推進速度：

> 那個叫陶蓓的女人據說乃江南佳麗，余建英看了她和丈夫的合照後，斷言江南佳麗的說法是造謠。江南小鎮連名字都起得清雅出塵，絕對不會生養這種肉感十足其俗在骨的女人。在余建英看來，陶蓓有兩大特徵，一是肥，二是俗。照片上的陶蓓，蒜頭鼻，包子臉，額際垂下兩綹鮮黃的捲髮，眼部化著煙薰妝，像剛被人胖揍過一頓。再看她那身裝扮，黑色繡金線的連衣裙，V 形領幾乎開到了肚皮，領上還鑲著一圈白毛毛。女人陶蓓幾乎聚集了惡俗的全部元

> 素，能有什麼獨特魅力呢？她納悶。也許這就叫野草閒花蓬春生，
> 當時當令。

這個「其俗在骨」的女人並沒有出場，她並不重要，但這多少有些「妖魔化」的描述，讓讀者也舒了一口氣，並且對此事的後果了然於心。

蔡東小說在節奏掌控上的精彩之處隨處可見。她雲卷雲舒緊拉慢唱，不溫不火一詠三歎，對小說的理解確實有自己真切的體會。這是蔡東小說好的方面。但是，作為一個青年作家，蔡東的創作顯然也存有一定的問題。問題是，蔡東的小說每一篇單獨看，都是非常優秀的作品，特別是對悲情女性形象、「失意者」形象的塑造，正如上述分析的那樣。但是，中短篇小說最難經受的考驗，就是集中起來閱讀。蔡東的小說當然也面臨這樣的問題。結構上的重複是蔡東小說突出的問題：三個女性——《往生》中的康蓮，《斷指》中的余建英，《無岸》中的柳萍，出場時都是悲苦不堪，或是面對癱瘓公爹越陷越深的泥淖，或是意外事故的糾紛，或是人道中年面對社會的一籌莫展。這一方面實現了蔡東「深究人生之苦」的創作初衷，同時也陷入了一個結構性的重複；另一方面，蔡東的小說時常可以看到飛翔的東西，特別是對那些略有頹廢的「失意者」的塑造，他們身上凝聚著真正的文學性。他們都多少帶有「竹林七賢」「晚明世風」的味道。原因就在於他們與現實的關係不那麼密切。在這樣的空間裏才有可能實現作家的虛構和想像。但是，蔡東小說更多的還是與現實的關係過於靠近。寫實性或紀實性仍是蔡東小說的主要特點。我們當然希望作家能夠反映切近的現實生活，盡可能表現這個時代的風情風貌。但是，如何處理現實與文學的關係，我們大概還沒有透徹地解決。因此，這個問題不僅僅是蔡東個人的問題，它應該是所有與文學有關的人的共同困惑。

還有一個問題不免躊躇：蔡東風華正茂，但她很少寫青春的小說。唯一見到的《天堂口》，也是一部讓人感到委屈、鬱悶、沮喪或潰不成軍的「青春」景況。她年紀輕輕，更多關心的卻是人的悲苦、生死、命運的問題。是什麼原因讓一個青年過早地遠離了青春，或者對青春如此的諱莫如深？這一點願與蔡東一起思考。但是，我可以肯定的是，蔡東是我們這個時代真正可以期待的文學新力量，而且她是如此健康。

2013 年 9 月 6 日於北京寓所

精神「黑洞」和它的講述者
——評娜彧的小說

都市文學的興起，是近年來帶有症候性的文學潮流，也是當下中國社會生活變遷的必然反映。但是，在都市的一切都處在不明或不確定的當下，我們所看到的都市文學當然也五色雜陳亂花迷眼，我們看到的是都市生活的不同面相、不同層面和更加不同的各色人等。雖然我們還沒有形成自己獨特的都市文化經驗和文學經驗，但是，通過這些作品，也使我們對中國都市生活的「當下性」以及都市人的精神、心理狀態有了瞭解和認識的可能。如果是這樣的話，那麼，凡是與都市生活有關的作品，我們都可以認為是參與了當下都市文化或文學經驗的建構，他們的創作都值得我們認真對待。

現在我要談論的是娜彧的小說。娜彧一直生活在現代大都市南京，並有東洋西洋的生活經驗。都市生活的切實體驗和寬廣的現代文化視野，使娜彧的小說在同類題材的作品中卓爾不群。我們很難準確地指認娜彧究竟書寫了一個怎樣的都市，抑或說娜彧是怎樣理解當下都市精神生活的。如果可以形容的話，在我看來，娜彧關注或尋找的，是別人不曾意識或注意到的精神「黑洞」，或者說，那個看不見、摸不著的「黑洞」究竟是什麼？這顯然是一個難題。關於宇宙的黑洞，有資料曾這樣講述了它的恐怖：一艘巨大的宇宙飛船正在黑暗深邃的太空中疾馳前行，四周一片寧靜。突然，飛船裏所有的東西、包括飛船本身都旋轉了起來，越來越快，越來越急。而在飛船外面，無數不知名的物體猛烈而又頻繁地撞擊著飛船。飛船裏一片混亂，宇航員與外界的一切聯繫中斷！宇航員面面相覷，不知發生了什麼事。但這僅僅是惡夢的開

始，很快，飛船似乎被一種令人恐怖的超強大力量包圍起來了，無形的力量肆意蹂躪著飛船，將它壓扁又拉長。緊接著，飛船被解體，被粉碎，與周圍的宇宙物資混合在一起，似乎被吸入一個無形的漩渦，正在向一個令人恐怖的萬丈深淵陷落、陷落……。這場恐怖悲劇的製造者就是黑洞。黑洞是宇宙中最奇怪、最神秘的物體。由於質量極其集中，它的引力場非常大，在其周圍形成了一個極強的漩渦，任何靠近它的物質都會被統統吸進去，然後被牢牢地囚禁在裏面，甚至連光線也被它強大的引力拉回洞裏無法逃脫。因此，黑洞是宇宙中吞噬萬物的惡魔，是任何物質陷進去再也逃不出來的無底深淵。

都市生活當然沒有這樣恐怖。但娜或小說中人物的精神狀況卻與宇宙的黑洞有某種相似形。都市在沒有節制地膨脹，原有的矛盾和問題進一步突顯：能源短缺、就業困難、污染嚴重、對醫療、教育怨聲載道。但都市仍在不停地吸納無數的人。都市的原住居民感到了擠壓，新的外來人群舉步維艱。這些社會問題文學不能解決，但它改變了人的生存和心理環境，則為文學提供了新的資源和新的可能。娜或的小說與這一背景並構成直接關係，它的小說基本是在人的精神或心理層面展開的，她著意刻畫、揭示或表達的，是當下青年一代風雨飄搖的內心世界，是他們欲罷不能歸宿難尋無所適從的茫然和迷惘。如果是這樣的話，那麼我們可以說，娜或的小說創作在某種程度上接續了80年代現代主義的文學傳統，接受了存在主義的精神饋贈。作為潮流的現代主義文學雖然已經成為過去，但是，現代主義文學曾經揭示、呈現的關於人的惶惑、迷惘甚至反抗的精神狀態和內心要求不僅依然存在，甚至在某些方面比80年代更加普遍和激烈。娜或顯然發現或感受到了這一精神現象的存在，因此，以極端化的方式表達這一精神現象，顯然是娜或刻意為之的。

娜或的成名作應該是《薄如蟬翼》。這應該是一部展示當代虛無主義的小說範本：作家「我」、涼子、葉理、鄭列、鍾書鵬等人物，無論是閒得無所事事還是忙得焦頭爛額，都心裏空空沒有著落。男女性事是他們之間的主要關係，「我」的前男友是涼子現任男友，我的現任男友又和他朋友的女友上床。這些人處理的主要事務就是床上的事務。主要人物涼子應該是80年代先鋒小說式的人物，她的基本存在狀態似乎只在講述與身體有關的故事，「做愛」是她毫不避諱掛在嘴上的詞，她不止是話語實踐，而是切實的身體實踐。她最後還是死於做愛之後，理由是「做完了以後發現更沒意思」。涼子的這一結論令人震驚無比。我們知道，現代主義文學敘事一直與身體有密切關係，吸毒、

性交、群交、濫交曾是現代主義文學和行為藝術的拿手好戲。即便在 80 年代的中國,《綠化樹》、《荒山之戀》、《錦繡谷之戀》一直到 90 年代的《廢都》、《白鹿原》等,也一直視身體解放為「現代」或「先鋒」,或是精神世界淪陷之後自我確認的方式。「女性主義文學」在這方面更不甘示弱,其大膽和張揚有過之無不及。當這一切都成為過去之後,由涼子宣佈其實「更沒意思」,確實意味深長。虛無主義至此可以說達到了登峰造極。當然,這一現象早已構成症候,比如吳玄的《同居》、《陌生人》、王小菊的《我是王小菊》等作品,都不同程度地揭示了這一當下的精神現象。虛無主義的再度流行,是這個時代精神危機的重要表徵。《漸行漸遠》應該是《薄如蟬翼》的續篇。小說從涼子之死寫起,然後迅速改變了方向:「我」的男友葉理與涼子很早就在日本交往了,而且竟然有十二年之久。十二年裏,兩人的故事不能說不感人,其間發乎情止乎禮的剋制和友愛,已幾近十九世紀的浪漫小說。但是,從小說開頭涼子的「殉什麼也不能殉情啊」的宣言,到最後「我」夢醒之後「的確什麼都沒有」的確證,我們發現,小說還是在虛無主義的世界展開並結束的。值得注意的是,在《漸行漸遠》中,娜彧為人物提供了虛無主義世界觀形成的土壤——一個在異國他鄉謀生存的女孩,經歷的生存景況大體可以想像。有這樣刻骨銘心經歷的女孩,還會有別的價值選擇嗎?即便男人葉理,他所面對的現實生活是:「我去的時候那叫個前程似錦啊,飛機飛到了天上,感覺自己多麼偉大,未來多麼美好。用你的話說,那叫理想對吧?可是只過了半年,我他媽的想到理想之類的詞就覺得自己幼稚,我完全淪落到了以打工掙錢為目的的境地。我開始後悔,我的父母一生的積蓄我憑什麼毫不猶豫地就交到了我完全不認識的人手裏?我為什麼要把錢交給他們還要受他們的氣?很長的一段時間裏,我感覺自己像一個大傻逼,被人欺騙既不敢聲張又不甘心的大傻逼。你在日本看到新聞裏那些殺人的、騙錢的中國留學生,可惡吧?不,一點也不可惡,他們跟我一樣準是後悔了,但是他們比我有血氣,他們不想讓人白白地欺侮,他們要拿回自己應得的。誰過得好好的想著去殺人騙錢?」因此,娜彧小說的虛無主義是有內在邏輯和現實依據的。

情愛與身體是娜彧基本的敘事對象。《廣場》寫的是一對恩愛夫妻丈夫喬陽的背叛。妻子謝文婷不會想到修改了回家時間的丈夫居然被自己無意間發現。她去醫院的路上路過廣場時發現:

> 有一對情侶,相擁著正向門外走去。謝文婷的眼睛隨著他們移

動，確切地說，謝文婷的眼睛是隨著那個西裝革履的男人移動。她
眼睛越睜越大，然後她不由自主地站了起來，她往車廂前門走。那
對情侶出現在光天化日下的時候，謝文婷看得非常清楚了，那是喬
陽，她的丈夫。喬陽摟著一個小鳥依人的時尚女人，兩個人同時坐
進了一輛出租車的後排。

這個場景足以讓妻子轟然崩潰。但小說並沒有沿著這一豔俗路線行走。謝文
婷聲色不動找了一個陌生男人，就在喬陽偷情的房間以同樣的方式報復了丈
夫。

這對夫妻不應該是這樣的，回想熱戀時期：

一對對的情侶在長椅上忘情地擁抱接吻。那裏面曾經有一對是
她和喬陽，他們不是一般地有感情，他們是一見鍾情。謝文婷說，
我是敗家 MM；喬陽說，那我就造兩個家，一個家讓你敗，一個家
讓你愛。謝文婷說，我脾氣不好；喬陽說，我脾氣好啊。謝文婷一
直以為自己是最幸福的，她在這種幸福裏慢慢地轉化成了一個不敗
家脾氣好的女人的時候，卻失去了幸福。

妻子謝文婷那顆滴血的心因報復獲得了「風和日麗」的一天。但是，她的風
和日麗真的會波瀾不驚一望無際嗎。

《鑰匙》裏的「我」是一個已經 25 歲的女子，因為酒店就餐時的一隻蒼
蠅與體面的男友分了手。而在接受醫院檢查是否懷孕時，與一個名為三郎的
男醫生產生了喜憂參半的感情，同時也扮演了第三者。重要的是兩人交往時，
三郎淺薄和自以為是的優越，使「我」是否接受三郎還是莫衷一是猶疑不決，
但她又確實需要他的撫慰甚至依靠。這是一篇非常女性化的小說，這裡的人
物與涼子的披頭散髮破馬張飛已全然不同。但是，殊途同歸，他們以不同的
方式淪陷在風雨飄搖的精神黑洞中。那個「我淹沒其中，找不到岸」的淒屬
告白，顯然不止於愛情領域。《我在邁阿密》講述的是一位在讀博士生的情感
生活。這個無論個人還是家庭都相當優越的「我」，卻無所事事沒有進取動力。
他目光所及或興致盎然的事物還是男女之事。比如一個名曰孫不言的人搬到
宿舍後，講述他與女朋友的故事是：

我們每天做三次愛，早中晚各一次，有時候還不止。孫不言說
他老婆相當敏感，碰一碰身體就軟。他這樣說的時候，一般都是我
們已經上床了，有人會突然罵上一句：操！但是，孫不言並不停下

> 來，也不會問罵誰，他從來不挑起事端，只挑起話題。孫不言會繼
> 續說下去，說好女人一定要在床上好，就像他的女朋友。好像他的
> 女朋友非常寵愛他，他每個晚上跟她做愛，然後含著她的乳房入睡。

「我」的多餘人角色一覽無餘，最後當然也一事無成。娜彧的小說寫到這個
層面，可以說對人物而言世間已沒有秘密，但是，一個巨大的隱秘卻構成了
所有人的難題：他們難以逾越的精神障礙究竟是什麼？他們為什麼屢屢受
挫、為什麼一直難以收穫希望？

於是，這就是我們要討論的另一個問題：關於「精神黑洞」的講述者。
不是因為小說被普遍認為是作者的自敘傳，我們就指認娜彧小說中的人物等
同於她自己，但我們可以說她的小說就是她某一時期的精神自傳，這應該是
沒有問題的。如果是這樣的話，那麼娜彧作為小說的講述者，她表達的還是
她以及她所理解的一代人的精神困境。大約近十年前，胡學文寫完《命案高
懸》後談到自己的這部作品時說「鄉村這個詞一度與貧困聯繫在一起。今天，
它已發生了細微卻堅硬的變化。貧依然存在，但以退到次要位置，困則顯得
尤為突出。困惑、困苦、困難。盡你的想像，不管窮到什麼程度，總能適應，
這種適應能力似乎與生俱來。面對困則沒有抵禦與適應能力，所以困是可怕
的，在困面前，鄉村茫然而無序。」〔註1〕胡學文在這裡談論的是當代鄉村的
困境，既有生存困境也有精神困境，他的所指是非常具體的。但娜彧講述的
對象不在這個層面上，她的人物基本沒有生存方面的困擾，即便是有些為難
也是一時的。他們更多的時候應該是衣食無憂甚至非常優越。但是他們都不
快樂，在精神或心靈世界都遭遇了巨大的困惑。他們難以在生活中獲得自我
確認，於他們相關的唯一故事就是身體敘事。這當然是一個非常符號化的表
達，如果將他們的身體敘事置換為其他行為方式，他們在精神領域仍然難以
獲得自我救贖。娜彧表達的這一精神狀況是存在的，她雖然不似80年代劉索
拉、徐星、劉西鴻等作家表達得那樣激烈、那樣具有反抗性，是因為80年代
的現代派文學還有反抗、鬥爭的對象。而到了娜彧的時代，他們甚至連反抗
的對象都難以確認，沒有人知道這個困境是怎樣造成的，因為他們今天處在
一個「無物之陣」。正是這個「無物之陣」形成了今天巨大的「精神黑洞」。

娜彧曾經這樣表達過她對個人小說的看法，她的小說

> 跟我的生活經驗幾乎沒有關係，那裏面不管是《鑰匙》裏因為

〔註1〕見《北京文學·中篇小說月報》2006年8期。

喜歡而抗拒三郎的「我」，還是《薄如蟬翼》裏迷惘的女作家、前衛的涼子，或者是《廣場》裏的痛到自傷的陸文婷，都和我的情感生活沒有任何關係，我屬於從小很乖長大後很本分的那種特無趣的女人。可能是因爲這個，我更喜歡那些張揚生命而不是宣講道理的女孩或者女人。我自己一直覺得，我寫的並不是男女情感，在這類題材上，我大部分筆墨都在心理而且大都是「我」在場，所以你在這些小說中會發現缺少生活細節。我自己給自己定義是，與其說我在寫現代都市男女情感，不如說我在寫現代都市裏這些女性的心靈困境。〔註2〕

這一告白從一個方面印證了我對娜或小說解讀的路向。

應該說，娜或將自己的小說創作確定在探索和表現當下人的精神困境、特別是當下青年的精神困境上，是非常正確的。文學要處理的就是人類的精神和心靈事務。但是，我不能不指出，就娜或已經發表的小說而言，她存在的問題還是頗爲明顯的。比如，她的小說逐漸顯露出類型化或單一化的特徵。構成她小說主體內容或主要講述的對象，基本沒有離開男女之間的性愛，儘管這不是她的訴求所在。但如果講述的故事或人物行爲方式大抵如此，讀者的誤讀就再所難免。性愛是小說難以避免的內容之一，飲食男女是生活的基本內容，通過這些內容表達作家對生活和人的理解，是小說的題中應有之意。但是，爲什麼一定要在床第之間展開人物的精神惶惑或困頓，理由並不充分。這一現象應該是娜或文學想像過於內化的結果。

後來娜或試圖改變自己頹唐、無望的講述方式，試圖與她過去心愛的人物們告別。比如她新近的《雨呢》，寫一個學中文的大學畢業生王海找工作的經歷，就業的困難是我們這個時代的基本難題之一，王海就業的命運可以想像，但王海內心祈禱的是：「明天我的運氣會好起來的。王海對自己的未來，充滿了信心。」但是這個祈禱能夠實現嗎？因此，娜或如何實現自己的超越或突圍，還是一個未竟的問題。作家魏微曾這樣談論過娜或：

娜或是這樣一種人，外物當不在她的腦子裏，她只把眼睛盯著內心，那裏住著兩個自己，一個溫良，一個尖銳，──這該是娜或一生中最糾結的事，她不能同時做兩個人，也因此，她傾心於那個

〔註2〕李雲雷、娜或：《勘探現代都市女性的心靈困境──娜或訪談》，娜或提供的未刊稿。

未完成的自己：熱烈、任性、叛逆，她打著絕訣的手勢，過豐富的人生，末了以悲劇終場。小說集《薄如蟬翼》裏多是這樣的人物，有的也不是悲劇，内中卻有破碎、消沉、困惑。我們不妨說，她的小說雖穿著情愛的外衣，實則卻是對現實的一場抗爭，也是對理想生活的抒情。她因爲脫開了個人經歷，使得她的小說呈現了幻化的性質，本來也是，寫作之於娜彧何嘗不是夢遊，一俟坐在電腦旁，她就像走在一個人的街上，手抄褲兜，自由自在；她越走越遠了，把自己摔在了身後，那一刻，看得見遠天，聽得見胡狼嗥叫，她把心一橫，又是害怕又是喜悦的，縱身撲向那未可知的、也許是荒寒的未來。〔註3〕

娜彧好像認同並喜歡魏微對她的評價。如果是這樣的話，那麼我們可以斷定是，娜彧應該是一個「性格演員」，而不是一個「類型演員」。性格演員可以演出各種角色，類型演員只能演出一個角色。但願娜彧能夠早日實現她改變的自我期許，寫出更好也更不同的小說。

中國的現代性是不確定性，這一不確定性使中國社會構型一直沒有完成，而當下生活日益呈現出的迷離狀態和複雜性，都構成了我們認識和表達精神困境的巨大困難。因此，如何反映當下中國的精神狀態和文化經驗，與我們來說確實還有漫長的道路要走。

2013 年 3 月 12 日

〔註 3〕魏微：《娜彧的腔調》，未刊手稿，魏微提供。

小說三家論

一、東君：在不確定性中的發現與批判

東君的小說創作起始於新世紀，他的第一篇小說《人・狗・貓》就發表在 2000 年 2 期的《大家》上。如此看來，東君的創作生涯已整整十年。十年對一個作家來說不算長，但十年的時間卻可以看出一個作家的端倪——他是否有可能從事這個行當，或者說他是否「當行」。如果十年還沒有悟出一些道理或門道，那麼這個人大概就可以做別的事情去了。但是，東君的十年創作卻不比尋常，他起點高，小說一出手就發表在名刊上，創作數量不多，但影響甚大。特別是在作家圈內，東君聲譽日隆，是時常聽到的名字和討論的對象。當我有機會閱讀了東君重要的中、短篇小說以後，給我印象深刻的是，東君的小說境界高遠，神情優雅，敘事從容，修辭恬淡。他的小說端莊，但不是中規中矩；他的小說風雅，但沒有文人的迂腐造作。他的小說有東、西文化的來路，但更有他個人的去處。他處理的人與事不那麼激烈、憂憤，但他有是非，有鮮明的批判性。但更有一種隱秘的、盡在不言中的虛無感。這些特點決定了東君小說的獨特性，也是他近年來受到越來越多關注的重要原因。

東君出道時的小說，有明顯的西方現代派文學的痕跡，比如《人・狗・貓》，比如《荒誕人》，這些作品明顯地受到薩特、加繆以及卡夫卡等人的影響。對生活和人與人之間關係的荒誕性的揭示，是這些作品的主旨。這個路數是許多青年作家介入小說創作的普遍路數。一方面是西方作家的強大的影響力，一方面是我們對生活的普遍感受。東君有一個訪談的題目就是《生活

比小說更荒誕》，這個感受從本質上說是沒有錯的。但是小說家不是呈現荒誕的比賽，誰寫得更荒誕誰就走得更遠。小說更重要的可能還是寫出生活中別人沒有發現的那部分。東君意識到了這一點，他開始離開了單純「追求」荒誕性的立場。但是，我一直認為，是否經過現代派文學的訓練是非常不同的，雖然中國當代的現代派創作沒有留下太多的經典作品，但是，作為文學史經典他們是永遠留了下來。甚至可以說，如果沒有現代派的文學洗禮，中國文學在藝術是否會達到今天的高度，是完全可以懷疑的。

90 年代以後的中國文學，帶著西方文學的影響和記憶開始了整體性的「後退」，這個「後退」就是向傳統文學和文化尋找資源，開始了又一輪的探索。值得注意的是，這個探索是在總體性瓦解之後的探索，因此它有更多的個人性。東君的創作是在這樣的背景下展開的。十年來東君寫過短篇、中篇和長篇不同的文體。2008 年長篇小說《樹巢》發表後，評論界好評如潮。這是一部家族小說，同時也是一部超越家族小說的作品。它的基本元素是本土或地域性的，但它的形式和表達卻是多種文化元素融會的結果。最重要的是東君的家族小說打破了「史傳傳統」的結構，沒有將家族盛衰消長與國家民族命運簡單地縫合在一起。而是在極具東方情調的日常生活中，特別是不可思議的虛構和想像中，展現出了一個歷史時段特殊的生活樣態。它非常具體，又是似而非的逼真。或者說，東君本質地把握和理解了中國的生活方式和情感方式。

東君被談論最多的可能是中篇小說。比如《阿拙仙傳》、《黑白業》、《子虛先生在烏有鄉》等。這些中篇小說應該說當下最好的中篇小說的一部，它們曾獲得各種獎項、選入不同的選本已經證實了小說的價值。因此，我想集中討論東君的幾部重要的短篇小說。東君的短篇小說寫得非常有特點並且好看。他在借鑒西方現代小說技巧技法的同時，對明請白話小說甚至元雜劇的神韻和中國古代文人趣味都深感興趣甚至迷戀，對文人生活、邊緣性、自足性或對中國古代美學中文人「清」的自我要求等都熟悉或認同。古代文人階層是一個非常特殊的階層，他們迷戀琴棋書畫，縱酒好色，在邊緣處清談，視功名如浮雲等。藝術趣味對頹廢、傷別、風花雪夜等情有獨鍾。同時處世清高，同功名利祿分子絕對劃清界限。東君對古代文人的這些內心要求和表現形式瞭如指掌。比如他寫洪素手彈琴、寫白大生沒落文人的癡情、寫「梅竹雙清閣」的蘇教授、寫一個拳師的內心境界，都有六朝高士的趣味和氣質。

白大生在書桌前坐了下來，……書桌上有一個白瓷碗，裏面盛
著清水，不是用來喝，也不是用來洗筆硯。這一缽清水，關乎心境。
心煩意躁的時候，他常常會注視著它，讓心底裏的雜質慢慢地沉澱
下去。心閒氣定之後，他拿起了筆，盪去滯墨，在一張白紙上畫了
幾竿竹子，一下子就感覺兩肋生風，心境也清爽了許多。《風月談》

顧先生先教徐三白的，不是彈琴，而是斫琴。一開始，顧先生也沒有正
式教他斫琴的原理，只是讓他每天去山裏聽流水潺潺的聲音。徐三白枕著石
頭，聽細水長流，不覺間又醉了。徐三白從山上下來，顧先生對他說，琴和
水在本質是一樣的。一張好的琴放在那裏，你感覺它是流動的。琴有九德，
跟水有很大的關係。你把水的道理琢磨透了，才可以斫琴。《聽洪素手彈琴》

池塘裏邊的活水，常年流轉不息。一些水生植物自生自滅，只
有菖蒲是拳師親手種植的，並得到了他的精心呵護。水波清淺、明
淨，可以看見植物纏繞石罅的根莖。有幾株長在露出水面的石頭上。
凡是石頭上生出的草，大都需要附點土，但菖蒲是例外的。它受不
了一丁點污泥。拳師小心翼翼地刮掉石面的泥土，把石頭沉入淺水。
這菖蒲，是水與石和合而生。《拳師之死》

作為傳統美學趣味的「清」，本義就是水清，與澄互訓。《詩經》中的清
主要形容人嫻淑的品貌，如《鄭風·野有蔓草》：有美一人，清揚婉兮；在《論
語》和《楚辭》中是形容人峻潔品德，如《離騷》：伏清白以死直兮。但作為
美學在後世產生影響的還是老子的說法：

昔之得一者，天得一以清，地得一以寧，神得一以靈。（第三十
九章）

大成若缺，其用不敝。大盈若冲，其用不窮。大之若屈，大巧
若拙，大辯若訥。躁勝寒，靜勝熱，清淨為天下正。（第四十五章）

三國魏玄學家王弼注《老子》說：「靜則全物之真，躁則犯物之性。故為
清淨，乃得如上諸大也。」魏晉以後，作為士大夫的美學趣味，日漸成為文
人自覺意識和存心體會。東君對清的理解和意屬在他的作品中就這樣經常有
所表現。也就是這樣一個「清」字，使東君的小說有一股超拔脫俗之氣。但
更重要的是，東君要寫的是這「清」的背後的故事，是「清」的形式掩蓋下
的內容。於是，東君的小說就有意思了。「清」是東君的堅持而不是小說人物
的內心世界和行為方式。無論是《風月談》中的白大生、《聽洪素手彈琴》中

的徐三白還是《拳師之死》中的拳師，他們最後的命運怎樣都不重要，重要的是他們面對世俗世界的氣節、行為和操守。東君對這些人物的塑造的動機，背後顯然隱含了他個人的趣味和追求。他寫的是小說，但他歌詠的卻是「言志」詩篇。

當然，東君畢竟是當代作家而不是舊時士大夫。因此，他對那些貌似清高實為名利之徒的人也竭盡了諷喻能事。比如《風月談》結尾處寫了這樣一段文字：

> 白大生湊集的八百兩紋銀本想是為素女贖身的，現在沒用得上，就想到了出詩集。這一次，他倒是在自己的詩集上署了真名，似乎要憑這樣一部書讓天底下的人都知道白大生其人。書由鄭氏文淵閣刻印，裏面自繪的插圖採用不多見的套印法刻印，紙張是那種昂貴的永豐棉紙。這本書定價五兩八錢，比李杜詩選還要高出二兩三錢。白大生的詩集流傳到家鄉，人們才曉得，白大生在京城裏混出名堂來了。同行中有人表示鄙夷，說一條狗拉到京城溜一圈，回來後興許也會成為一條名狗。也有人不這麼看，他們以為白大生現在理應同賈寶春先生平起平坐了。鄉里的秀才常常寫信給他，請他為自己即將印行的書寫一篇序或什麼的。也有個窮親戚，聽說白大生與宮裏的太監相熟，就託他到宮裏疏通疏通，讓他的小兒子去皇宮當太監，好歹也可以混碗飯吃。

這哪裏是寫什麼古代文人白大生啊！

東君的小說寫的似乎都當下沒有多大關係的故事，或者說是無關宏旨漫不經心的故事。但是，就在這些看似不經意的、曖昧模糊的故事中，表達了他對世俗世界無邊欲望滾滾紅塵的批判。他的批判不是審判，而是在不急不躁的講述中，將人物外部面相和內心世界逐一托出，在對比中表達了清濁與善惡。比如《拳師之死》中的「雪滿頭」、拳師女人、小胳膊男人；《蘇靜安教授晚年談話錄》中的「夫人」、保姆等。這些人或是粗俗不堪的武林惡人，或是為家族仇怨「臥心藏膽」以求一逞的女人，或是欲望無邊見利忘義的「家人」，這些並不見得都是面目可憎的人，但他們的陰暗陰險卻在機關算盡中表達得淋漓盡致，他們的出發點是仇怨和欲望。東君在小說中不是要化解這些，而是呈現了這種文化心理的後果，是以「清」的美學理想關照當下紅塵滾滾的世俗萬象。在人心不古的時代，表達了東君對古風的嚮往和迷戀。如是看

來，東君是站在「清」的一邊看濁和惡，或者說，沒有濁和惡就沒有清當然也就沒有文學。因此，東君著意的還是對紅塵的冷眼與批判。

當然，東君的短篇小說也有問題。他小說的優點是敘事緊湊不拖沓，內容複雜而豐富。但問題同樣出在這裡，他的短篇小說大多是中篇的結構，內容過於複雜。內容一複雜，敘事就不大注意張馳節奏，過於密實。就像一張國畫，閒筆留白不夠，因寫得太滿餘音韻味就差了些。他走的是周作人、沈從文、廢名、孫犁、汪曾祺的路數，但是，當我們讀過沈從文《學吹簫的二哥》、《蕭蕭》；讀過廢名的《桃園》、《菱蕩》；汪曾祺的《橋邊小說三篇》或《大淖紀事》等作品之後，總會覺得東君與他們相比缺了點什麼。缺什麼呢？缺的就是東君正在追求和希望得到的東西，他嚮往的高遠、淡泊的意境，仙風道骨乃至六朝高士的趣味風采，在緊鑼密鼓的敘事中是不能如意完成的，敘事的緊張是內心緊張的外在反映，他的敘事節奏不能有效地掌控，不能隨心所欲的鬆弛，恰恰是內心繃得太緊的緣故。沈從文、廢名、汪曾祺的時代生活也未必不複雜，看看他們的命運就知道。但他們知道刪繁就簡，知道表達的要義，所以話才沒有那麼密。在這個意義上可以說，東君要成為他們那樣的作家，還有一段漫長的道路要走。

多年來，我一直關注當下的小說創作，也寫了很多評論文章。但是，我發現自己越來越所知甚少，越來越不敢輕易地以「斷語」的方式對當下創作做出評價。這也是我說過的「猶疑不決的批評」的原因之一。但更深層的原因是，我沒有可能整體地把握當下的創作，總有一些優秀的作家不在我們的視野之中。因此，我的評論事實上也總是在自我否定之中，因為我又看到了以前沒有看到的好作家。這種困惑是宿命式的。就像作家又看到了更好的小說一樣，體驗到了更深刻的感受一樣。因此，不確定性是我們從事當代文學創作和批評的宿命。當然這也是中國現代性在我們身上的反映。

二、勞馬：輕喜劇中的危機與隱憂

小說家勞馬在大學任職，他是一位校領導，但他首先是一位文學教授、博士生導師。這樣的身份又寫小說，勞馬就非同一般了。我們可以在有這樣身份的人身上看到性情，看到他在關心什麼，看到他站在哪裏看社會又看到了什麼，他是什麼態度。勞馬已經出版了三部小說集，除《傻笑》是中篇結

集外，勞馬多寫短篇、特別是微型小說。這裡集中發表的八個小說，也是微型小說。勞馬的小說寫得是人間萬象，是官場、機關、交際場合和日常生活中的各色人等。小人物是勞馬觀察和書寫的對象，而他小說反映和折射的則是一個大社會。因此，勞馬的小說大體屬於社會批判小說。但勞馬的批判又不是金剛怒目、怒火中燒、月黑殺人風高放火式的仇恨。他的批判都是尋常人普通事，他是用諷喻、調侃、漫畫式的筆調書寫他的人物，因此他的小說有人間輕喜劇的味道。從這個角度上也可以看到勞馬善意的人生態度和他的小說立場。

勞馬筆下的人物我們並不陌生。比如地產公司聯絡主管白麗、生意人老鬼、公務員小張、班幹部王廣田、鄉長老曹、科級幹部老趙、處級幹部老史、司級幹部老莊等。這些人物就這樣構成了勞馬的「社會」，對他們的書寫，也就是勞馬對社會的面面觀。有趣的是，勞馬的小說是圍繞著當今社會的「中心」——官場展開的。他從小公務員一直寫到司局長。兩個與官場無關的生意人白麗和老鬼，他們的性格塑造也是在官場和世俗生活中得以完成的。這個場景是世風最典型的場景。一個庸俗不堪的交際花，在交際場合的資本就是自吹自擂的「旺友旺夫」，那些不斷附和的「麻友」是何等人物不言自明。小說幾乎是對白構成，不但處長、博士科學家都在證實「白姐」的神奇，「反正凡是與白美女見過面的人，事後要麼升了職，要麼賺了錢，要麼分了房，要麼出了國，個個都沾了光。就連老趙的小孩也說白姨救了他的命，有一隻吃飯讓魚刺卡住了嗓子，正好碰上白姨到家裏串門，他一看見美女姨姨不知怎麼著，這魚刺就下去了。」這是「白姐」神奇功效的基礎，它助長了「白姐」「旺友旺夫」的自我膨脹。但是，就在一次送醉酒「白姐」的路上，「我」出了車禍。在醫院面對重傷的「我」，「白姐」仍然誇耀說：「你說你多幸運，要不是我在你身邊，你早就給軋成肉餡了。那輛車都撞報廢了，你還能活著，簡直是奇跡！而且，撞你的是一輛新款寶馬，多有檔次！我這個人就是旺友，總會給周圍的人帶來運氣，這回你信了吧？」已經重度腦震蕩的我居然覺得她說得「有一定道理」就在當事人康復出院後，「我瘸著腿一步一拐地走在路上時，又不時地懷疑白麗女士的說法——我因跟她在一起而發生了車禍，撞成了終生殘疾，這怎麼會是一種幸運呢？可是話又說回來了，若那天不是她在身邊，我會不會一下子就離開了這個世界呢？」這當然是一個反諷。一個經常處在幻覺中的人，也會使正常人產生幻覺。這個小說貌似簡單，但就是

這個簡單的故事，卻讓人唏噓不已——那是我們經常見到的熟悉的人物。

當下生活中頗流行「潛」什麼——潛規則、潛話語……。《潛臺詞》是「潛」生活的一部分，「潛臺詞是一種表達藝術，在某些特定場合和特定人群中普遍流行。它指的是不明說的言外之意。俗話講『敲鑼聽聲，說話聽音』，就是讓你去用心體會弦外之聲，話外之音。」老鬼是研究「潛臺詞」的，因頗有心得而深得上司欣賞和信任。但「潛臺詞」的學問因人而異深不可測。他從領導的「你這條領帶挺漂亮」開始，先送領帶，然後是襯衣，然後是西裝皮鞋。但領導的一句「這種衣服我平時也沒機會穿」，將他送的東西全部否定了同時也暗示了老鬼新的行動。他迅速組織了「企業家考察團」陪同處長赴歐洲各國考察，並要鼓勵兒子到德國留學。老鬼一口答應處長兒子留學的事情包在自己身上，老鬼的「大項目」也終於塵埃落定。勞馬發現的是，權錢交易也是一門藝術。

《腦袋》、《重要情況》、《老史》、《佩服》、《初一的早晨》，都是寫官場的。官場小說從九十年代末期至今長盛不衰，其中的隱秘並不複雜。官場腐敗既是一個現象，也是一種奇觀。作為現象對其批判是政治正確；作為奇觀又滿足了讀者窺視欲望，潛在的市場有可以預期的剩餘價值。這兩個因素是官場小說前赴後繼的重要原因。但是，這麼多年的官場小說在美學意義上與清末民初的「譴責小說」相比，除了時代背景的差別外，究竟提供了那些新的審美元素，我是懷疑的。那裏除了勾心鬥角、貪污腐敗、權錢交易、情婦情夫就很少再看見什麼了的官場，一定是想像的「官場」。但在勞馬的小說中，我們看的是另一個官場。這是一個與日常生活有關的官場，是一個情理之中的官場。官員並不是每一個都居心叵測青面獠牙，都在等待送禮美女上床。就像《潛臺詞》一樣，交易是一門藝術，它是在日常生活中體現的。比如《腦袋》，局長生病了大家都要到醫院看看。這原本也是人之常情，領導也是人，也要交往或關心。如果有人不去看也很正常，就像我們也不是誰生病了都要往醫院跑一樣。但當下生活中好像不是這樣，局長生病了下屬沒去看，不僅老婆著急，就連打掃廁所的保潔員都著急。這就不正常了。有趣的是，局長連這個下屬姓王還是姓張都不清楚。更糟糕的是，局長得的不是闌尾炎而是癌症。不久人世的局長不僅再沒人去探視了，而且準備接替局長的副局長正在調查曾探視局長的名單。世道人心在一個細節裏將炎涼寫盡，人際關係的全部學問如千年古潭深不見底。但不知所措的不僅是下屬，《重要情況》中的

趙科長，如何當上科長的我們不得而知，但他東拉西扯的本事足以讓再有修養的人忍無可忍。他的所謂「重要情況」無非是告知處長：新上任的廳長是他舅舅。這個令人啼笑皆非「的重要情況」，將趙科長內心的致命庸俗躍然紙上。與趙科長略有不同的是《老史》中的老史，這是一個不顯山露水的人物，他得到了體制所有的好處，可以分到最大面積的房子，後來又升任了副廳級。這個人物最大的特點就在於他的精明，他把體制的問題和可能得到的好處都看清楚了。因此，他不必請客送禮，不必阿諛奉承也不必低三下四就把事情都辦了。老史是好人嗎？老史怎麼會是一個好人呢。這種人的可怕就在於他把所有的事情都看清楚了，然後又掌握了權力。老史與老趙是一種人的兩種表現，他們的話語方式不同，但背後的目的沒有區別。如果對這種人物沒有長期的觀察想寫出來幾乎是不可能的。《佩服》中的「莊領導」是一個典型的「喜劇」人物，講話時嘴角有兩堆白沫卷起，這個細節很容易讓人聯想到京劇中的「丑角」。更具諷刺意味哦的是，他居然能夠將秘書作為備份的另外兩份講話稿一起讀下來，一樣的稿子他讀了三遍還渾然不覺，只是抱怨秘書將稿子寫長了。對這樣的領導除了「佩服」還能說什麼呢。《初一的早晨》是一個過於離譜的早晨。大年初一鄉長帶了一干人馬給村民趙三柱一家拜年，鄉長不是每年都來這個村民家拜年，今年的拜年只因趙家出了「中央領導」。趙家二兒子不過是一個在國家機關工作、工齡不滿四年的青年。春節返鄉探親在鄉長看來是一件驚天動地的大事，他「敲鑼打鼓」三拜九叩，第二天縣領導還要請吃飯，只是他們請的不是村民趙三柱，那些煞有介事背後的訴求昭然若揭。

　　如果說勞馬寫得那些官場場景帶有輕喜劇意味的話，那麼《班幹部》就顯得有些悲涼了。一個幾十年不見面的初中老同學千里迢迢、帶著兩箱鹹鴨蛋來找「我」，不是為了敘舊，不是為了少年時代的友誼，只是為了證明他初中時當過「班長」然後填進「幹部履歷表」裏。一個即將退休的人，一個是否當過「班長」同學都是似而非的人，執意證實曾經的歷史本身就是一個笑話。但在王廣田看來，「他這樣做不為了提拔，也長不漲工資，只是為了榮譽。」這個不可思議的「榮譽觀」透露的是當今社會的「價值觀」：「班長」也是「幹部」。它深入人心可追溯到初中階段。過去是「萬般皆下品，惟有讀書高」但必須是「學而優則仕」。這個傳統在今天確實被誇張地光大了。對社會、對個人，具有支配力量的價值觀才是「核心價值觀」，如果「官本位」的價值觀有

如此的支配力量，它對於社會和未來意味著什麼呢？勞馬的擔憂當然不是杞人憂天。

對世風描摹目光的老辣，在貌似輕鬆中的深刻，在並不複雜也無一驚一咋的風浪中表現官場的生活，是勞馬的功力。勞馬的功力就是四兩撥千斤，就是從容淡定中望穿秋水。這就是綿裏藏針不著一字盡得風流。在人物塑造上，勞馬是白描的筆法，寥寥數語、幾句對話一氣呵成，性格面孔和盤托出躍然紙上。這種工夫現在的小說家已很少顧及，更多的是鍾情於更複雜、更有「技術含量」的手法，看起來技術成熟了，小說也複雜了，但是就是看不見人物。小說如果寫不出讓人記得的人物，大概就有問題。多年來，我們總是說如何受到俄蘇文學的影響，但那是整體文學方向、文學觀念的影響。在寫人物方面我們大概接受得還很有限。在俄蘇作家那裏，比如契珂夫的《小公務員之死》中小文官的卑微、柯切托夫的《葉爾紹夫兄弟》中阿爾連采夫的陰謀家嘴臉等，都因寫得生動而令人過目不忘。這些經驗在當下的小說中已經很少看到，但恰恰是這些細部的描寫、刻畫，幫助小說完成了人物的塑造。我們當然不能說勞馬已經達到了這樣的藝術高度，但他的人物塑造顯然有效地汲取了這些經典作品的藝術經驗，這是值得我們注意的。

更重要的是，勞馬的小說在輕喜劇般的戲謔中，隱含了他深切的隱憂。他對官場日常生活場景的捕捉和提煉，表達了他鮮明的批判立場。在那裏，沒有路線鬥爭，沒有方向錯誤。但是，就在那習以為常的日常狀態中，我們看到了一種真正的危機或危險：這就是沒有敬業、沒有責任，人浮於事心不在焉得過且過，官員只有「身份」要求。如果這種「身份」建立的只是等級社會而不是責任，它對整個社會的影響可想而知。當然，勞馬的風格選擇似乎也讓我感覺到，為了文學，他犧牲了尖銳；為了善意，他選擇了輕喜劇。但是，他書寫的生活已經令人驚心動魄，那裏隱含的驚濤駭浪足以攝取人心。

三、寧肯：在藏地還會發現什麼

一個作家在西藏會發現什麼？回答是不確定的。這麼多年來，書寫藏地的小說是我們時代的時尚之一。西藏的風情風物、天高雲淡或隱秘的歷史風起雲湧不絕於耳。每個人看到的是不同的西藏。但可以肯定的是：那個神秘的所在一定沒有窮盡。不然就不會有寧肯的這部《天・藏》。

不同的是寧肯的《天・藏》確實一部特殊的小說：這不是一部講述西藏

神秘故事或往事的小說，不是因有了西藏經驗就身置其間的代言者，不是取悅讀者獵奇奇觀的膚淺之作。事實上，隨著青藏線的開通、越來越多的人踏上西藏的土地，西藏正逐漸被越來越多的人所認識，它的真正價值早已不是神秘和奇觀。因此，寧肯的這部作品是一部因發現藏地而發現自己的小說，是自己被西藏照亮發現「疾病」的小說。如果是這樣，這部小說與其說是一本書寫藏地的書，毋寧說這是一本寫寧肯自己的書。發現西藏，是因了那裏的高潔和寧靜，靜謐的西藏才有可能形上靜思；發現自己，是因了有了西藏的寧淨才發現了自己的荒誕、扭曲、變態和受虐。那些大膽的裸露當然是隱喻，它意在表達的是作家認識到人的多面性和不可知性、無奈感和人對自己的難以把握。有了這些，《天‧藏》就是一部不同尋常的小說。

藏地是靜穆或沉默的美學。多年來它一直在被言說。但沒有誰說出了它的全部。言說者只是感受了它的某些部分，而藏地卻如主體成了觀賞者。寧肯看到的部分也是寧靜：

「那你──每天都幹什麼？

──沒事，就是待著，王摩詰說。

許多次，我與馬丁格的對話使我們的散步有時不知不覺在鼓聲中延伸到整個寺院，我覺得整個寺院不再外在於我，以至，有段時間我也曾試圖靜觀，試圖什麼也不想。我甚至差不多做到了靜觀：

寂靜的原野是可以聆聽的，唯其寂靜才可聆聽。

蒼古寺坐落在八角街眾多的小巷之中，很僻靜……這個女性化的寺院長年好像只安靜地承受著一小片陽光，非常內向……

維格的母親──世界上最平靜的女人。那種平靜，不是寺院的平靜，也不同於八角街清晨的平靜。它難以形容，如果任何一種光澤下的水部是簡單的，平靜的，那麼可以多少想像一下維格拉姆的樣子。

正午。陽光。眼光直射。陰影全部消失了，總是布滿陰影的寺院迷宮深處也變得異常明亮、透徹，白色牆體不但沐浴著絢麗的陽光，也絢麗地反射著陽光。寺院之透徹正如天空。

從王摩詰的無所事事地「待著」，到他作為敘述人看到的與安靜有關的事物，這是寧肯對藏地目光所及的正常反應，但也並不值得誇耀：那裏的確如此。

但寧肯的不同就在於他對藏地正常反應的同時發現了另一種不正常：作為大學教師的王摩詰是一個哲學教師，是一個耽於形上思維、崇尚維特根斯坦、對終極事務有興趣的學者，卻原來也是一個受虐者，是一個病人。他穿丁字褲、酷愛鞭刑、吻女靴、學犬吠。「身體」或疾病在王摩詰這裡是一個輝之難去的隱痛或隱喻。至於王摩詰與維格、於祐燕兩個女性的關係在小說中並不重要。重要的恰恰是王摩詰「身體的隱痛」。蘇珊‧桑塔格在《疾病的隱喻》中說：「疾病是生命的陰面，是一重更麻煩的公民身份。每個降臨世間的人都擁有雙重公民身份，其一屬於健康王國，另一則屬於疾病王國。儘管我們都只樂於使用健康王國的護照，但我們或遲或早，至少會有那麼一段時間，我們每個人都被迫承認我們也是另一王國的公民。……疾病並非隱喻，而看待疾病的最真誠的方式——同時也是患者對待疾病的最健康的方式——是盡可能消除或抵制隱喻性思考。然而，要居住在陰森恐怖的隱喻構成道道風景的疾病王國而不蒙受隱喻之偏見，幾乎是不可能的。」因此，在藏地發現了「自己」，就是寧肯最大的發現。

《天‧藏》有先鋒文學洗禮的深重痕跡，比如對語言的考究：

> 我的朋友王摩看到馬丁格的時候，雪已飄過那個午後。那時漫山皆白，視野乾淨，空無一物。在高原，我的朋友王摩說，你不知道一場雪的面積究竟有多大，也許整個拉薩河都在雪中，也許還包括了部分的雅魯藏布江，但不會再大了。一場雪覆蓋不了整個高原，我的朋友王摩說，就算陽光也做不到這點，馬丁格那會兒或許正看著遠方或山後更遠的陽光呢。事實好像的確如此。馬丁格的紅毯毬儘管那會兒已為大雪覆蓋，儘管褶皺深處也覆滿了雪，可看上去他並不在雪中。

這樣的文字使我想起余華的《在細雨中呼喊》。我在評論余華的這作品時說：「《在細雨中呼喊》可以看作是作家的精神自傳。它表達的是從 1960 年代到 1980 年代二十多年的生活，也就是從文革到改革開放初期的生活。這二十多年中國物質生活的貧窮和精神生活的壓抑幾乎是空前的。關於貧困我們在許多作品中讀過，那是我們曾經經歷的過去；但精神上的壓抑，我們在《細雨中呼喊》才更真切地感受到。小說人物的粗暴行為如孫廣才，正是精神壓抑的另一種表達。在一個精神壓抑的社會體制裏，人們只能以性格的粗暴來表達自己人性的呼喊。『細雨』是一個意象，灰濛濛的景象總是給人以壓抑的感

受，呼喊是生命反抗壓抑的表達，是人在精神領域對壓抑的暴動。語言的優美是這部作品的另一個成就，它的語言像空中飛行的鳥群，帶著鴿哨飛翔在大地與天空之間。」如果是這樣的話，《天・藏》也可以看作是寧肯的精神自傳。王摩詰雖然已經沒有孫廣才式的精神壓抑，但孫廣才作爲他的「前史」並沒有成爲過去。無論對人對己，無論施虐或受虐，它都是一種精神病史的反映。因此，這是一部懷疑和批判的作品，是一部反對和質疑現實與自我的作品。正如阿爾貝・加謬早在 1957 年的一篇演講中發出的那聲感歎：「多麼多的教堂，怎樣的孤獨啊！」這與王摩詰面對的雪域高原有什麼區別嗎？小說的力量來源於此。

小敘事中的人性與社會
——幾部作品中的現實與心靈生活

一、語言銳利如刀

　　盛可以的小說一出現，就顯示了她不同凡響的語言姿態，她語言的鋒芒和奇崛，如列兵臨陣刀戈畢現。她的長篇小說如《火宅》、《北妹》、《水乳》以及短篇小說《手術》等，都不是觸目驚心的故事，也沒有跌宕起伏刻意設置的情節或懸念。可以說，盛可以小說最大的魅力就在於她銳利如刀削般的語言。在她那裏，怎麼寫遠遠大於寫什麼。《道德頌》也是這樣一部長篇小說。如果我們簡單概括這部作品的話，也可以說，這是一個始亂終棄的故事，是一個女人和三個男人的故事，是這個時代文學表達最常見的婚外戀的故事。事實也的確如此。但是，需要指出的是，越是常見的事物就越難以表達，在常見的事物中發現別人沒有發現的，就是作家的過人之處。而盛可以恰恰在別人無數遍書寫過的地方、或者止步的地方開始，讓這個有古老原型的故事重新綻放出新的文學光彩。這是因為，《道德頌》將男人與女人的身體故事，送進了精神領域，旨邑與水荊秋所經歷的更是一個精神事件。

　　小說的命名就極具挑戰的意味：一個婚外戀的故事與道德相連，混沌而迷蒙。我們不知道在道德的意義上如何判斷旨邑與水荊秋，可以肯定的是，盛可以尖銳誠實地講述了當下社會生活中常見的精神現象，這個誠實就是道德的。彷彿一切都平淡無奇：「一個普通的高原之夜，因為後來的故事，變得尖銳。」水荊秋，一個四十出頭的男人，在近三十歲的旨邑眼中是「比德於玉，而且是和田玉，是玉之精英。……水荊秋並不英俊，然而這塊北方的玉，

—315—

其聲沉重，性溫潤，『佩帶它益人性靈』，她以爲他的思想影響將深入，並延續到她的整個生命。」小說開篇的路數與其他言情故事區別不大，但修辭老辣，一個「她以爲」預示了故事不再簡單。小說的基本情節也波瀾不驚：旨邑和水荊秋一見鍾情，約會、懷孕、墜胎、同水荊秋的太太戰鬥、與謝不周、秦半兩曖昧周旋取捨不定等。但在這些常見的生活故事裏，盛可以銳利地感知了情感困境更是一種精神困境。特別是歷史學教授水荊秋，他可以風光地四處講授他的歷史學，但他惟獨不能處理的恰恰是他自己面對的「歷史」：「在水荊秋看來，日常生活與精神生活是敵對的，甚至前者瓦解後者，他做夢都想逃離日常生活，最終只是越陷越深。」歷史學教授的方寸確實亂了。精神生活不可能與日常生活無關，沒有從日常生活中剝離出的純粹的「精神生活」等待教授去享受，這個學問甚大的教授面臨不可解的現實難題時，竟然試圖以「形上」的方式尋找藉口逃避，可見水荊秋的無力和無助。說水荊秋虛僞、自私、懦弱都成立，但卻不能解釋他止步、逃避、矛盾的全部複雜性。因爲那不是水荊求一個人面臨的問題。水荊秋是情感事件的當事人，他不能處理他面對的事務，所以作爲小說「人物」他就顯得有些蒼白。謝不周沒有身置其間，他沒有被規定「軌跡」，所以謝不周作爲「人物」就從容豐滿些。

旨邑其實是一個有些理想化的人物。她多情美麗、膽大妄爲、敢於愛恨，但緊要處又心慈手軟不下猛藥。作爲一個事件中沒有主體地位的女性，她的結局是不難預料的。但她的困境也許不僅在與水荊秋的關係中，同時也在她與謝不周和秦半兩的關係中。這些男人，就像她開的玉飾店一樣，雖然命名爲「德玉閣」，但卻都是贗品。倒是那個被稱爲「阿喀琉斯」的小狗，忠誠地跟在旨邑的身邊。因此，包括旨邑在內的小說中的所有人物，很難以道德的尺度評價，即便是作爲基本線索的情感關係，也多具隱喻性。人類的精神矛盾和困境沒有終點，欲望之水永遠高於理性的堤壩，這就是精神困境永無出頭之日的最大原因。

如前所述，《道德頌》的值得關注，不止在於小說提出或處理問題的難度，也不止於小說對人物內心把握的準確。更值得談論的是小說的語言修辭。無論是人與事，《道德頌》的語言都是拔地而起，所到之處入木三分。盛可以曾在一篇文章中說：「我的小說中有許多比喻。運用精確形象的比喻，也能使語言站起來。余華的比喻是精闢的，如說路上的月光像灑滿了鹽；博爾赫斯說死，就像一滴水消失在水中；普魯斯特在《追憶逝水年華》裏寫『感到思念

奧黛特的思緒跟一頭愛畜一樣已經跳上車來，蜷伏在他膝上，將伴著他入席而不被同餐的客人發覺。他撫摸它，在它身上焐暖雙手……』這只有「神經質的、敏感到病態程度」的普魯斯特才寫得出來；茨威格華麗而充滿激情的語言及精彩的比喻讓人折服。用形象的隱喻使人想像陌生事物或某種感情，甚至味覺、嗅覺、觸覺等眞實的基本感覺來喚起對事物的另一種想像，既有強烈的智力快感，也有獨特新奇的審美愉悅。」這是盛可以的小說修辭學，她以自己的神來之筆實現了自己的期許。她那「站起來」的語言，就這樣山峰美女般地在眼前或閃動或舞蹈。

二、「現代」欲望與鄉土的「潰敗」

李洱的小說——無論長篇還是短篇，我感興趣的並不是他的故事，他固然有很好的故事。但我更看重的是李洱的虛構能力，一個有想像力的作家才有虛構能力，才能讓我們在他那些貌似眞實的敘述中享受文學帶給我們的東西——那是在天空與大地之間飛翔的事物，它是似而非，不那麼眞實，它是寓言、是傳說、但更是一齣悲喜劇：你總會在生活的某些場景中感到似曾相識的滑稽、愚昧和自作聰明。在這個意義上說，李洱的小說又有啓蒙主義的遺風流韻。這就是李洱小說的魅力。

這篇《斯蒂芬又來了》就是這樣的小說：一個被命名爲白陀溝的地方，一夜之間陷入飛短流長的混亂或慌亂中。混亂或慌亂的原因是「斯蒂芬又來了」。斯蒂芬在白陀溝的農民中被稱爲「老芬」，他是中英足球學校的教練，到白陀溝來挑選足球隊員的。這個消息一經張家溝專事劁豬的張六常的傳播，便攪亂了這個山村的平靜。「老芬」前年來白陀溝，曾改變了村民王不舉家二狗的命運，二狗成爲一名球星。二狗的戶口改了，「爹媽的戶口也改了。連名字都改了，都不叫王二狗了，改叫王狼了。王狼還到日本打過比賽，據說把一個日本鬼子的腿都鏟斷了，也算是爲了他爺報了仇。」二狗命運的轉變在白陀溝成爲傳說並不斷放大，於是，對命運的改變、對「公家人」、對北京的嚮往，成了白陀溝村民最大的嚮往，二狗的道路就是白陀溝村民後代必須選擇的道路，二狗的成功使這條道路寬闊明朗並指日可待。這是白陀溝陷入了巨大衝動和想像的充分理由。有趣的是李洱對這個事件的具體敘述：這個事件是劁豬的村民張六常傳播的，於這個封閉的山村來說，張六常因走街串戶而「見多識廣」。這一狀態使張六常無意識地有了某種優越感，他越發要

突顯自己的見識，山村的封閉使張六常就顯得重要起來。這是一個糟糕的循環過程：山村沒有或缺乏信息，無知的村民聽到任何外部消息都信以爲眞；傳播消息的張六常同樣以無知的方式既愚弄了自己又愚弄了村民。於是，虛假的傳說就這樣流傳開來。失效的信息供求關係是白陀溝悲喜劇可以上演的基礎和前提。

張六常終於找到了「最應該知道這個消息的」李治平，於是：

> 張六常順便向他透露，李鐵鎖已經「行動起來了」，正在做工作呢，「要抓緊啊」。「不過，他跟你不在一條起跑線上，你有你的優勢，你這是歷史遺留問題，早該解決了。必要時還可以發動群眾嘛。」至於「優勢」何在，「群眾」是誰，張六常雖然沒有明說，但李治平還是聽懂了。當然是說劉豆豆。他想，就算他們以前眞的沒有睡過，現在睡也是來得及的嘛。反正她已經是別人的老婆了。李治平還記得張六常最後的「表白」。張六常說，他不是「表白」自己，他完全是出於公心，因爲他看出來了，以後能給白陀溝爭得榮譽的，白陀溝以後能爲國爭光的，能對世界做出貢獻的，非鐵蛋同學莫屬。「鐵蛋同學走的時候，我送他一盒月餅。月是故鄉明嘛，告訴他不管走到哪兒都不要忘記家鄉。」可是怎麼才能發動起來「群眾」，李治平卻心中無底。

小說已經有了鋪墊：「老芬」前年來白陀溝的時候，李治平的老婆劉豆豆曾給「老芬」梳理過鬍鬚。但傳出來的是劉豆豆坐在了老芬的腿上，一時街談巷議紛紛揚揚。李治平爲了兒子鐵蛋能夠和老芬一起「跟著隊伍就上北京」，才讓老婆劉豆豆給老芬理髮梳鬍鬚的。但鐵蛋並沒有被選中，李治平陪了夫人又折兵。這次老芬來白陀溝帶來了一個黑人女人，這個細節告知的是老芬是個欲望無邊的傢夥，同時也提醒了李治平，那個張六常說過的「發動群眾」的弦外之音，他馬上想到了前妻劉豆豆。就在此時：

> 突然，他聽見門外傳來一陣急切的腳步聲。隨後，他聽見了張六常的聲音。那聲音就在窗戶下邊。一著急，張六常都忘記說普通話了：「嚇死我了，嚇死我了。」接下來張六常才改成普通話，張六常說：「今晚的月光多好啊。請問劉豆豆女士，哪股風把您給吹來了？」

後來將要發生什麼李洱沒有再說下去，它可以調動我們許多想像。當然，無論發生什麼已經不重要，小說要表達的一切在這戛然而止中和盤托出了。當

然，事情不是由於張六常這個前現代的劁豬的市井人物對「現代」的盲目鼓惑才發生的，即便不是他的妖言惑眾，「老芬」和姓沈的「中國的教練」遲早也要來。「現代」的到來是不以人的意志為轉移的。

值得注意的是，老芬不是小說的主要人物，但他是小說發動性的力量：他是一個英國人，一個中英足球學校的教練，一個外來的「他者」。就這樣一個面目模糊不清、只有鬍鬚沒有頭髮、與白陀溝本來沒有任何關係的人，突然與白陀溝構成了支配與被支配的權力關係。白陀溝發生的一切就是因為他的到來，他調動了山村的想像和欲望，他不動聲色卻掌控一切。就是因為他不期而遇的造訪，白陀溝再也不是我們熟悉的鄉土中國。傳統的道德、倫理、價值乃至鄉風鄉俗，都發生了天翻地覆的變化。無論是洋教頭的要色還是中國教練的要錢，都與鄉土中國的倫理道德背道而馳水火難容的。但事情就是這樣發生了。事實上，老芬只是一個符號，一個與「現代」有關的符號。百年來，鄉村中國對「現代」的嚮往是一個揮之難去的夢幻，彷彿進入了「現代」就進入了天堂。他們萬萬沒有想到的是「現代」的兩面性，「現代」的與魔共舞的雙刃劍性質。特別是對於後發現代性國家而言，為「現代」要付出的代價是他們許多年以後才感受到。這也誠如大衛·哈維所說：……事物的易變性使得人們難以保持任何歷史連貫性意識。如果歷史有什麼意義的話，那麼它的意義必須在變化的漩渦中去發現和界定，這個漩渦不僅影響著一切被人們討論著的事物而且影響著討論的術語。這樣，現代性不僅要無情地打破任何或一切以前的歷史狀況，而且它的特徵就在於，它意味著一個在自身內部永無止盡地進行著內部分裂和解體的過程。

事實上，情況遠要嚴重得多。白陀溝所發生的已不止是「永無止盡地進行著內部分裂和解體的過程」，它所呈現出的已經是一個徹底「潰敗」的景象——白陀溝只關心這一件事情，只為這一件事情在忙碌：被選中足球隊員就意味著逃離了土地，進而出人頭地置換身份，不僅光宗耀祖，重要的是最後完成了進入「現代」的儀式。在這樣的關係支配下，鄉土生活只能在這樣的潰敗中碎片化。更糟糕的是，這個寓言式的小說已經成為鄉土中國的一個縮影。無論我們憂心忡忡還是喜出望外，我們都沒有能力改變它——一切凝固的東西都化為烏有。那個我們熟悉的鄉村中國，就這樣漸行漸遠一去不復返了。讀過《斯蒂芬又來了》之後，我們現在需要檢討的是：「現代」，在中國究竟是一個什麼樣的東西。

三、生活的深水區　人性的縱深處

　　初讀王手的短篇小說，感到非常震動。這個震動並不是說王手書寫了多麼重大或尖端的事件，寫了多麼離奇的故事或人物。恰恰相反，王手的小說都是典型的日常生活、普通人的尋常日子。但是，就在這貌不驚人、看似信手拈來的平常生活中，顯示了王手作爲小說家的銳利和鋒芒：他波瀾不驚、從容不迫的敘述，將我們逐漸引向了生活的深水區，逐漸觸摸到了我們曾經經歷卻不曾注意的人性的深處。在最平實的文字中，隱含著他一眼望穿的老辣。他的小說有「殺氣」。這個殺氣不是血雨腥風刀光劍影，而是一種綿裏藏針的征服力量。就像武林高手，雖然也是一招一式不露痕跡，但他的不同是在不露痕跡中隱含著藝術的「絕殺」。

　　王手的小說中都是我們常見的市井人物、「知識分子」和平民等普通人。比如《雙蓮橋》中的「埠頭」烏鋼、《軟肋》中的龍海生、《西門的五月》中的西門、《買匹馬怎樣》中的王勃和李回珍、《誰的聲音》中樓上樓下的兩戶人家。既然是尋常人物，就決定了他們的生活方式和範疇。他們不可能對社會產生超出他們生活範疇的影響，也不具有支配的可能。因此，王手的小說沒有大敘事。但他同樣對生活的流水帳和家長里短沒有興趣。比如他寫比較霸道的市井人物，這樣的人物我們在《水滸傳》等作品經常見到。像「潑皮牛二」、西門慶、蔣門神等。《軟肋》中的龍海生和「潑皮牛二」有譜系關係，表面上他們有相似性。但仔細識別會發現他們是非常不同的：牛二只是一個市井無賴，施耐庵只是在外部刻畫了這個無事生非的「滾刀肉」性格。王手的龍海生雖然也有「凶相」、有「盟兄弟」，經常無理取鬧尋釁滋事爲所欲爲甚至衝擊廠部，不把廠長放在眼裏。但這個江湖人物有識相的時候，也有軟肋。龍海生的軟肋是他的女兒。他做的一切都是爲女兒。特別是工友爲慶祝他女兒考取重點中學、女兒說出了父親在自己心中形象的時候，龍海生徹底被打敗了。因此，王手既從古代文學中汲取了某些傳統元素，又從現代中、西方小說中汲取了關於人性複雜性的理解。在這個意義上，王手的小說既是中國本土的，又是「現代」的。如果把《軟肋》和《雙蓮橋》一起讀會更有意思。《雙蓮橋》似乎是從另一個方面闡釋了《軟肋》。文革時期的雙蓮橋非常混亂，無政府的狀態爲民間「權威」人物的出現提供機會。雙蓮橋的「埠頭」就是在這時出現的。烏鋼無意中做了「埠頭」，他用「釘拳」收拾了幾個江湖人物，於是在民間被神話了，甚至有人認爲他還「殺過人」。但烏鋼不是

十惡不赦的壞人，公安局周密的調查仍然不能證實烏鋼有問題。「埠頭」經過公安局整頓之後作鳥獸散。有趣的是，沒了「埠頭」的瓜船：「歇不是，上也不是，都吃不准，像沒有人指引方向一樣，沒有著落。那些接瓜的下家，他們到底接不接？接過來會不會受到質疑？心裏一點也沒有底。於是，埠頭很快蕭條了，冷清了，人影也沒有了。」埠頭被清理了，也「沒有人說了算了」。民眾對強勢人物的依賴心理是一個普遍心理，也是至今也沒有發生革命性變化的心理。因此，龍海生、烏鋼等才有了成為「老大」的土壤，這既是他們的選擇，同時也是一種被選擇。小說最後對當下消費場所的描述，雖然寥寥幾筆看似漫不經心，但他點到為止地說了與歷史相關的某些隱秘。

《西門的五月》，就題材來說也無驚人之處。一個日子也安穩的中年男人，每年五月都要到上海去一次。去上海的目的就是「想著能和小雨睡一覺」。他先後兩次來到了上海，但兩次都沒有得逞，兩次都在小雨「溫柔的一刀」面前不戰自敗。西門返回的途中又邂逅了一個美貌姑娘，西門居然荒唐地應邀以「男朋友」身份陪她到海寧參加唱詩會的演出。飯也一起吃了，房間也一起住了。但西門還是沒有得逞。這個空虛的中年男人還是兩手空空一無所獲。小說對這個時代青年女性心理的把握爐火純青，中年男人的無奈無措和無處述說的尷尬、可憐和悲哀處境，被書寫得淋漓盡致。如果說西門的「痛苦」是咎由自取，苦酒是自己釀造的話，那麼《誰的聲音》的關係就複雜了。現代公寓的居住環境，既老死不相往來，又一定會發生一些關係。樓上的妻子對聲音極為敏感，於是便焦慮、憤怒乃至幾近崩潰。於是進一步導致了漫長的拉鋸式的相互報復的「戰爭」：樓下聽到聲音便向樓板敲擊，樓上聽到敲激聲便越發將聲音弄得更響。這樣日子的痛苦可以想像的。但是王手並沒有止步於對鄰里糾紛的表現。為了躲避聲音對妻子的折磨也為了避免矛盾升級，樓上的搬到了別的地方。沒有聲音的日子清淨了，但好像又少些什麼。敘述者對樓下的人家不免惦記起來。原因是他有了「癔聽症」和「幻聽」的知識。患這個病症的人非常痛苦，特別是女人：「女人有時候更容易落入一種極端，極端才會無端地生起事情，且不可理喻。而男人一般會相對理智。」正是這兩個男人的網絡溝通，發現了問題的嚴重性。事實上，樓上女人患有大體相似的病症。什麼是同病相憐，什麼是感同身受，什麼是理解和友善。王手在一個看不見摸不著的「聲音」裏發現了。這個發現給人以石破天驚的震撼和感動。

　　《買匹馬怎樣》是一個怪異的小說，是一篇在荒誕中有隱喻性的小說。夫婦兩人從商量買車到決定買馬到最後什麼也不買，過程看似符合邏輯，妻子也大智若愚地配合。但小說顯然是對當下生活荒誕性的書寫，是對生活不確定性的書寫。車、馬這些物的世界對人的誘惑或左右，已經成了生活的支配性力量。人被物的異化已經成為生活的常態。當然，這也是一篇非常有趣、可以做多種解讀的小說。

　　總體說來，王手的小說深入到了生活的深水區，他觸摸到了人性的縱深處。他處理的是人的心理、精神、靈魂的領域，關心的是當代人內心的問題。尤其是對人的不安、焦慮、彷徨、空虛、脆弱及表現形式的發現。昆德拉在《小說的藝術》中說：「小說存在的理由是要永恒地照亮『生活世界』，保護我們不至於墜入『對存在的遺忘』」。因此，當王手以小說的形式照亮「生活世界」的時候，我們可以肯定地說：原來生活和人性是被發現的。

權力支配下的政治無意識

——官場小說和它的不同面向

　　90 年代以來官場文學的繁榮，可能源於兩個方面的原因：一是權力的異化導致了官僚腐敗，它眞實地存在於我們生活中，文學有義務對此做出必要的反映；一是商業文化的驅使，商業文化可以消費一切，當官場腐敗以文學的形式出現在文化市場的時候，事實上，它也就作爲一種奇觀被展示和消費的。這兩方面的原因導致了兩種不同的「官場文學」：一種是以文化批判爲目標訴求的，它在揭示權力腐敗的同時，進一步揭示了滋生這種現象的文化土壤；一種是以「正劇」或「鬧劇」的形式搭乘了商業霸權主義的快車，在展示、觀賞官場腐敗並以「政治正確」面貌出現的同時，實現了市場價值的目標訴求。它們在印刷媒介完成了本文之後，又可以改編成其他形式在大眾傳媒中流播，進一步證實它的市場價值。但這一「官場文學」的非文學性特徵是十分明顯的。本文論述的主要是前者。

　　「官場文學」是權力支配下的政治文化的一種表意形式。所謂「政治文化」就是「一個民族在特定時期流行的一套政治態度、信仰和感情。這個政治文化是本民族的歷史和現在社會、經濟、政治活動的進程所形成。人們在過去的經歷中形成的態度類型對未來的政治行爲有著重要的強製作用。政治文化影響各個擔任政治角色者的行爲、他們的政治要求內容和對法律的反映。」根據不同政治學家對政治文化的解釋，有人把它概括爲如下三個特徵：1、它專門指向一個民族的群體政治心態，或該民族在政治方面的群體主觀取向；2、它強調民族的歷史和現實的社會運動對群體政治心態型式的影響；3、

它注重群體政治心態對於群體政治行為的制約作用。政治文化不是社會整體文化，但作為社會總體文化包容下的一部分，卻可以把它看作是社會群體對政治的一種情感和態度的簡約表達。既然政治文化規約了民族群體的政治心態和主觀取向，權力擁有者作為民族群體的一部分，也必然要受到政治文化的規約。

因此，如果把官場腐敗僅僅歸結於商業主義或市場意識形態霸權的建立是不夠的。事實上，它背後最具支配性的因素是權力意志和權力崇拜。在傳統文化那裏，雖然「萬般皆下品，惟有讀書高」，但「學而優則仕」才是真正的目的。入朝作官「兼善天下」不僅是讀書人的價值目標，而且也是人生的最高目標。要兼善天下就要擁有權力，權力意志和兼善天下是相伴相隨的。對於更多的不能兼善天下和入朝作官的人來說，權力崇拜或者說是權力畏懼，就是一種沒有被言說的文化心理。這種政治文化是一個事物的兩面，它們之間的關係越是緊張，表達出的問題就越是嚴重。

一、鄉土中國的權力文化

1999 年，作家李佩甫發表了長篇小說《羊的門》，這是一部充滿了內在文學力量的作品，是包括對中原文化在內的傳統中國文化重構後，對當下中國社會和世道人心深切關注和透視的作品，它是鄉土中國政治文化的生動畫圖。呼家堡獨特的生活形式和一體化性質的秩序，使呼家堡成了當下中國社會政治生活的一塊「飛地」，它既實現了傳統農業社會向現代文明轉化的過程，使農民過上了均等富庶的生活又嚴格地區別於具有支配性和引導性的紅塵滾滾的都市文明。它是一片「淨土」，是尚未遭到現代文明污染的「世外桃源」。從消滅剝削、不平等的物質形式來說，那裏已經完成了解放的政治；但從權力與資源分配的差異性來說，從參與機會與民主狀況來說，又沒有從傳統和習俗的僵化生活中解脫出來。他是現代的，又是傳統的；它的井然有序是文明的，而那裏只有一個頭腦，表明了它又是前現代的。呼家堡就是這樣一個複雜、奇特的不明之物，它是傳統和社會生活遭遇了現代性之後，產生的具有中國特色的社會生活場景。但它的非寓言性顯然又表達了作者對當下中國社會生活的某種理解和洞察。

呼家堡的主人呼天成，是一個神秘的、神通廣大和無所不能的人物，是一個大隱於野又呼風喚雨式的人物。在社會生活結構中，他的公開和合法性

身份是中國共產黨基層組織的負責人，但他的作用又很像舊式中國的「鄉紳」，他是呼家堡聯繫外部社會和地方統治的橋梁，但他又不是一個「鄉紳」，呼家堡的一切都在他的掌握之中，他是呼家堡的「主」，是合法化的當家人，是這塊土地不能缺少的脊梁和靈魂，他所建立起來的權威爲呼家堡的民眾深深折服，他對秩序和理性的尊崇，使他個人的統治也絕對不容挑戰和懷疑。呼家堡的生活方式是呼天成締造的，在締造呼家堡生活方式的同時，呼天成也完成了個人性格的塑造。這個複雜的、既有中國傳統、又有現代文明特徵的中原農民形象，是小說取得的最大成就。

當我們面對呼天成的時候，我們不僅經歷了巨大的心靈震撼，同時我們發現過去一直相持不下爭論的宏大命題，比如傳統文化、農民文化、現代文化等等，竟是那樣的蒼白。或者說，簡單地弘揚一種文化或簡單地批判一種文化是沒有意義的，在當代社會生活中，任何一種文化都處在重構的過程中，也只有在這個過程中，我們才會具體地感到某種文化的變化和全部複雜性。因此，如果僅僅面對諸如「傳統文化」、「農民文化」、「現代文化」這些概念時，我們不知道究竟是應該弘揚它還是批判它。事實上，呼天成就是多種文化交互影響、特別是政治文化影響的產物，因此他是一個矛盾的複雜體。傳統文化在民間有隱形的流傳，它不是系統的理論，它是在生活方式和人們的心理結構中得以表達的，其中實用理性、隨機應變等文化品格在民間如影隨形，呼天成的性格基調就是由這種文化品格培育出來的。它的土壤就是中原文化中盲從、愚昧、依附、從勢以及對私有利益的倚重。從這個意義上說，中原文化也就是中國農民文化。呼天成的王朝統治正是建立在這樣的文化基礎上的。

那個民眾被震懾的場景啓示了呼天成，他對書上說的「人民」有了新的理解，也啓發了他統治呼家堡的策略，通過向孫布袋「借臉」、通過開「鬥私」大會讓婦女「舉手」等政治行爲，呼家堡民眾的尊嚴感、自主性、自信心就完全被剝奪了，呼天成不容挑戰的權威也就在這個過程中建立起來。值得注意的是，呼天成不是我們在一些作品中常見的腐敗的村幹部，也不是橫行鄉里的惡霸，而恰恰是一個修身克己、以身作則的形象。他不僅在一個欲望無邊的時代，將激情逐出了「私化」領域，以自我閹割和超凡的毅力剋制了他對秀丫的佔有，而且即便是他的親娘，也不能改變他「地下新村」的統一安排，一個命定的數字就是他親娘的歸宿。究竟是什麼塑造了呼天成的「金剛

不壞之身」？或者說我們究竟應該如何評價呼天成「公」的觀念、集體信仰和他道德形象以及民眾對他的信任亦或恐懼？

90 年代以來官場小說的繁榮，可能源於兩個方面的原因：一是權力的異化導致的官僚腐敗，它真實地存在於我們生活中，文學有義務對此做出必要的反映；一是商業文化的驅使，商業文化可以消費一切，當官場腐敗以文學的形式出現在文化市場的時候，事實上，它也就作為一種可供展示的奇觀被消費的。這兩方面的原因導致了兩種不同的「官場小說」：一種是以文化批判為目標訴求的，它在揭示權力腐敗的同時，進一步揭示了滋生這種現象的文化土壤；一種是以「正劇」或「鬧劇」的形式搭乘了商業霸權主義的快車，在展示、觀賞官場腐敗並以「政治正確」面貌出現的同時，實現了市場價值的目標訴求。它們在印刷媒介完成了本文之後，又可以改編成其他形式在大眾傳媒中流播，進一步證實它的市場價值。但這一「官場小說」的非文學性特徵十分明顯。

「官場小說」是權力支配下的政治文化的一種表意形式。因此，如果把官場的權力爭奪和官場腐敗僅僅歸結於商業主義或市場意識形態霸權的建立是不夠的。事實上，它背後最具支配性的因素是權力意志和權力崇拜。在傳統文化那裏，雖然「萬般皆下品，惟有讀書高」，但「學而優則仕」才是真正的目的。入朝作官「兼善天下」不僅是讀書人的價值目標，而且也是人生的最高目標。要兼善天下就要擁有權力，權力意志和兼善天下是相伴相隨的。對於更多的不能兼善天下和入朝作官的人來說，權力崇拜或者說是權力畏懼，就是一種沒有被言說的文化心理。這種政治文化是一個事物的兩面，它們之間的關係越是緊張，表達出的問題就越是嚴重。

《龍年檔案》是一部反映當代中國政治文化的小說。它與我們讀過的《羊的門》、《國畫》、《滄浪之水》等小說是非常不同的。上述小說在不同的程度上揭示了政治文化在中國深厚的土壤和基礎，或者說，無論出身於農民還是知識分子，他們只要和權力接觸，「權利意志」便會成倍地膨脹，權力成了一種無意識的、與生俱來的欲望。這就是政治文化對一個民族文化心理難以抗拒的制約。但《龍年檔案》不同，作品中的主要人物都已經是中國政治生活結構中的主要角色，作者表現這些人物的主要方法，是他們在權力結構中的不同身份——即改革者和利益集團的鬥爭。這些人物事實上是十多年前《京都》三部曲的延伸和發展，人物類型和鬥爭方式沒有超出當年的基本框架。

這一方面可以看出政治文化在中國並沒有本質上的變化，另一方面也可以認為作者在藝術處理上和結構故事的方式同樣沒有發展和變化。它是《新星》在十多年之後的重新書寫。

應該承認，《龍年檔案》是一部非常好看的小說，它的結構之縝密、敘事之流暢、文字之明快，都顯示了作家重出江湖之後武功依舊的風采。甚至作家對中國政治生活的熟悉以及參與和推動中國政治體制改革的熱情和願望，都在許多小說之上。但我必須坦率地說，這部「好看」的政治文化小說，事實上上一部「類武俠」小說。或者說作家起碼在敘事策略上，極大地汲取了武俠小說的方式和技巧。它特別類似一個「尋仇」的故事，主人公羅成也恰似一個武功高強、具有道德意義的武林高手。在整治天州市的過程中，他雖然歷盡艱險步履維艱，但他「天上人間、飛檐走壁」最終實現了「快意恩仇」。在塑造羅成這個人物時，道德意義在作家那裏彷彿是第一要義：從他一出道開始就訪貧問苦鎮壓鄉紳，進入天州之後滿眼不平事，然後是「比雞起得早比狗睡得晚」的勤政、處理上訪、解決全州小學教室危改、處理天州機床廠危機、女兒遭暗算、自己被累倒、微服私訪「黑三角」、下井解救礦工等，和武俠小說中的英雄磨難一脈相承。如果將其章回體，就是一部地道的武俠小說。在道德意義上，羅成已經不戰自勝，他很少和對手龍福海正面衝突，但他卻在「圍魏救趙」的外圍工夫上打敗了龍福海。而龍福海則是一個相當臉譜化的邪惡勢力的代表，他除了「擺弄人頭」搞陰謀之外好像不幹什麼事。這個敘事模式，同「文革」時期的「低頭拉車」與「抬頭看路」的鬥爭、新時期的「改革派」與「保守派」的鬥爭沒有什麼區別。也與柯雲路自己的《三千萬》和《京都三部曲》的敘事策略沒有什麼區別。因此就小說的敘事角度來說，十幾年過去之後，作家並沒有發生什麼藝術上的變化。

在試圖反映或揭示當下中國現實問題的作品中，道德化是一個普遍採取的策略，「正義一定會戰勝邪惡」，「清官一定戰勝貪官」乃至大團圓的結局，滿足了普通文學消費者的閱讀期待，這也是這類作品受到普遍歡迎的文化接受心理。但問題是，在當下的中國，道德化的文學敘事很可能遮蔽了更重要的問題，或者說，政治體制改革的問題，是否通過道德化就可以解決的，政治體制中最重要的問題是不是道德問題？我在提出這個問題的同時，必須肯定柯雲路沒有更多地涉及諸如男女生活作風問題。雖然在許多小說裏這是一個拉動閱讀的敏感賣點，但可以說，這種最表層的道德問題在許多作品那裏

只是生理問題，連心理的層面都沒有達到，更遑論人性了。柯雲路僅含蓄地有幾處涉及到了這個內容，他並沒有以熱衷甚至欣賞的筆觸去展開，這是應該肯定的。

我非常讚賞作家推動和參與政治體制改革的願望和熱情。但中國現代性的複雜性並沒有在作家的表達中得到充分的揭示。比如，最動人的章節和情節，總是與羅成和農民和苦難和危險的接觸相關，改革中遇到的重大問題，比如國企改造，下崗就業環境整治與再生產等問題，羅成同樣是缺乏主意的，他在天州機床廠的表演，雖然悲壯但也蒼白，沒了下文也說明這個複雜的問題超出了作家的解決能力和想像能力。當然，現代性是一項未竟的事業，文學作品不能解決這個問題，但它卻可以從不同的方面反映或表達這個問題。不能為了迎合閱讀，就將一個十分複雜的問題簡單化地演繹為大眾文學。羅成固然悲壯、崇高，甚至也很唐·吉坷德，也實現了「尋仇」的願望，但理想化如果失去了複雜性的基礎，就是膚淺的樂觀主義。

二、現實深處的秘密

青年作家王躍文因《國畫》而暴得大名，《國畫》一時洛陽紙貴。陌生的王躍文被議論得紛紛揚揚。他對官場生活的熟悉，對不同層次官員心理的準確把握，以及在細微處表現人物和體現題材特徵的處理上，都顯示了作家所具有的文學才能和想像力。因此王躍文也被認為是這一題材小說創作在當下的代表性人物。其實官場小說並非自王躍文始。晚清小說自李伯元的《官場現形記》出版後，陳平原曾統計說，以官場為表達對象並於書名中點明官場的就有 19 種之多。可見晚清小說譴責之風的盛行。但晚清小說多寫官僚的貪婪、昏庸、殘暴和偽善，以激進的言辭「窮追猛打」，既解了作家的心頭之恨，又在讀者那裏獲得了奇觀滿足的閱讀效果。但王躍文的小說不同，他在世俗欲望日漸膨脹並在官場過之不及的現實生活中，在權力爭奪與情慾宣泄高潮迭起的醜惡出演中，在卑微沮喪躊躇滿志惴惴不安小心謹慎頤指氣使的官場眾生相中，作家不是一個冷眼旁觀或興致盎然的看客，也不是一個投其所好獻媚市場的無聊寫手。在王躍文的官場小說寫作中，既有對官場權力鬥爭的無情揭示與批判，也有對人性異化的深切悲憫與同情；調侃中深懷憂患，議論處多有悲涼。事實上，王躍文的「官場小說」不止《國畫》及其續篇《梅次的故事》。他還寫過諸如《無頭無尾的故事》、《很想瀟灑》、《棕紅色皮鞋》、

《天氣不好》、《頭髮的故事》、《也算愛情》、《花花》等中短篇小說。

《也算愛情》中的女工作隊長吳丹心，是一個塑造得相當成功的文學形象。在欲望受到普遍壓抑的時代，吳丹心以她的權力獲得了性的滿足。在人的本能欲望不具有合法性的時代，吳丹心釋放欲望的要求也許不必作道德化的批判。但值得注意的是，當她懷疑自己的性夥伴李解放同一農村姑娘有關係時，她妒火中燒地有這樣一段話：

「今後反正不准你同那女的在一起。看她長得狐眉狐眼的。」

「我不會和她怎麼樣的。我不可能找一個農民做老婆呀？」李解放說。

吳丹心說：「你對農民怎麼這麼沒有感情？」

李解放莫名其妙，說：「我弄不懂你的意思了。你是要我同她有感情，還是不同她有感情？」

吳丹心說：「兩碼事，同她是一碼事，同農民是一碼事。」

這段對話不僅揭示了吳丹心作為官場女人的佔有欲，同時也從一個方面解釋了性與政治的關係。在吳丹心看來，農村女青年臘梅只是個「性」的爭奪者，她只是一個具體的與「性」有關的女人；而農民這個詞是具有政治意義的抽象的符號。因此，在吳丹心那裏，「農民」這個符號並沒有具體的所指。從佔有這個意義上來說，吳丹心對政治和性的理解是完全一樣的。她都要佔有。王躍文的這些小說所敘述的對象，大多是中下曾官員，他們還沒有處於權力中心。因作者多在日常生活中表現了這些人物的心態和行為方式。作品對人物的刻畫特別注重細節和語言，使人在閱讀中產生這些人物在官場中行為舉止的聯想，為小說營造了特有的氣氛和場景。

由於中國特殊的歷史處境和經驗，反映「官場」的小說，特別是長篇小說盛極一時。但更多的作品還停留在「官場現形記」的水平，沒有太高的文學價值，甚至還沒有超出近代「譴責小說」的水平。從文學史的角度上說，《羊的門》、《滄浪之水》等作品可能是一個例外。我們當然期待著更好的、更具文學性的表達這一題材的作品。當同類題材作品不斷出現的時候，對作家的想像力、敘述能力以及理解當代小說的能力，就構成了挑戰。在我看來，反映「官場」的小說不是太多了，而是雷同的、或者「電視劇水平」的同類題材作品太多了。

　　《放下武器》無疑是同類題材作品中一部優秀的長篇小說。這部作品在看來它的藝術成就可以概括這樣幾點：

　　敘述的魅力。作家對鄭天良轉變的敘述十分耐心。他沒有直奔主題。在一般的意義上說，鄭天良成為腐敗分子，可能是商品經濟、社會轉型帶來的另一種負面效應。但這個邏輯起點是不對的。商品經濟或以經濟建設為中心，得到了社會各階層的廣泛支持，國家變得更加強大。在全球領域內，中國的經濟發展幾乎「一枝獨秀」。這與改革開放的大政方針是不能分開的。鄭天良作為農民出身的幹部，開始並不適應改革開放的環境，這與他的小農經濟思想，眼光只有醬菜廠那麼大有關係。他做了副縣長、實驗區主任，仍然是一個農民出身的鄉長水平。他做的一切都像一個農民，只要結了果實就滿足。醬菜廠是一個典型的例子，他的「醬菜廠情結」具有典型的象徵意義。他沒有改革的視野和思路。一個誠實的農民是不可能和腐敗沾邊的。但到了「下篇」，他掌握了實際權利之後，變化開始發生了。這個轉變是耐人尋味的。這和鄭天良出身農民的虛榮、對權力的崇拜有關，在以他為「核心」的場合，他總是有極大的滿足感；對控制「局面」和場景興致盎然。因此「腐敗」在《放下武器》這裡，與中國農民文化建立起了聯繫。

　　對中國現代社會生活複雜性的揭示。鄭天良的腐敗和腐敗的土壤境是有關的。從某種意義上說，每一個人都有成為腐敗分子的可能。圍繞在鄭天良身邊的人，無論是個體戶趙全福、商人萬源、基層幹部沈一飛、「雙料色情間諜」沈彙麗等，他們是有機會接觸鄭天良的。但這些人接觸鄭天良都和他們的利益有關。如果鄭天良沒有權力為他們帶來利益，他們也不會向鄭進行金錢和色情行賄。另一方面是權利階層的複雜。當然小說不是全面反映或表達官場工作狀態的實錄。但在小說中我們可以發現，沒有什麼人真正地對國家和百姓負責。一個縣的改革和整體設計換一個執政者就會換一個樣子。他們都說的頭頭是道，都有道理，但其間都隱含著個人的目的。或是換取政治資本，或撈取個人好處。在這一點上黃以恒、鄭天良並沒有本質區別。他們對權力的理解也大致相同。黃和梁書記的關係，鄭和葉書記的關係，是他們執政的理由和資源。於是，小說以形象的方式提出了一個我們長期議論的政治改革的尖銳話題：究竟誰來監督執政者？因此，一個腐敗分子與他的出身沒有關係，與他掌握了權力也沒有關係，鄭天良掌權很久，並不是一有權力就一定腐敗，他還有抵制的起碼願望。有關的是沒有誰來監督權力。黃以恒個

人在這場權力較逐中似乎勝利了，但對於中國的前途，對國家的命運來說，我們仍然憂憤並且擔憂。那麼，小說要求「放下武器」，這個武器是什麼呢？就是權力擁有者對權力的無限放大，他們有恃無恐地使用著這個「武器」。我對作者的膽識和藝術才能深表欽佩。他的「官場」小說在表達現實的同時走進了歷史，因此是一部有歷史感的好作品。

在結構上，小說充滿了懸念，上篇每一章的結尾幾乎都要提到鄭天良被槍斃。這個具有刺激性的提示始終讓讀者感到興奮。至於鄭天良真的被槍斃了，真相大白了，讀者也就釋然了。沈彙麗這個人物的設計也非常有匠心，她非常像一個「雙料間諜」，既服務於黃以恒，也服務於鄭天良。她究竟屬於誰已經不重要，重要的是一個漂亮的女性總是逃不脫權力犧牲品的命運。這個人物不令人同情，但作為女性則是令人同情的。當然也包括出污泥而不染的王月玲。

我略感不滿的是「敘述者」的設定。這個敘述者的主要對話者是書商姚遙。其他的採訪或敘錄都是「潛對話者」。沒有這個形式，鄭天良同樣可以敘述出來。書商要求敘述者寫成一個淫亂作品，被作者拒絕了。其實這個敘述者和傳統小說的「說書人」有極大的相似性。沒有這個設定的敘述者，我覺得小說更簡潔。因為鄭天良的問題或者腐敗分子的問題從來就不僅僅是一個道德問題。敘述者對書商的抵制並沒有太大的意義。而這一設定，使這部充滿了現代性的小說顯得十分？

三、承認的政治與尊嚴的危機

閻真的長篇小說《滄浪之水》，可以從許多角度進行解讀，比如知識分子與文化傳統的關係、特權階層對社會生活和精神生活以及心理結構的支配性影響、在商品社會人的欲望與價值的關係、他者的影響或平民的心理恐慌等等。這足以證實了《滄浪之水》的豐富性和它所具有的極大的文學價值。但在我看來，這部小說最值得重視或談論的，是它對市場經濟條件下世道人心的透視和關注，是它對人在外力擠壓下潛在欲望被調動後的惡性噴湧，是人與人在對話中的被左右與強迫認同，並因此反映出的當下社會承認的政治與尊嚴的危機。

小說的主人公池大為，從一個清高的舊式知識分子演變為一個現代官僚，其故事並沒有超出于連式的奮鬥模型，于連渴望的上流社會與池大為心

嚮往之的權力中心，人物在心理結構上並沒有本質區別。不同的是，池大爲的嚮往並不像于連一樣出於原初的謀劃。池大爲雖然出身低微，但淳樸的文化血緣和獨善其身的自我設定，是他希望固守的「中式」的精神園林。這一情懷從本質上說不僅與現代社會格格不入，與現代知識分子對社會公共事物的參與熱情相去甚遠，而且這種試圖保持內心幽靜的士大夫式的心態，本身是否健康是值得討論的，因爲它仍然是一種對舊文化的依附關係。如果說這是池大爲個人的選擇，社會應該給予應有的尊重，但是，池大爲堅持的困難並不僅來自他自己，而是來自他與「他者」的對話過程。

現代文化研究表明，每個人的自我界定以及生活方式，不是來自個人的願望獨立完成的，而是通過和其他人「對話」實現的。在「對話」的過程中，那些給予我們健康語言和影響的人，被稱爲「有意義的他者」，他們的愛和關切影響並深刻地造就了我們。池大爲的父親就是一個這樣的「他者」。但是，池大爲畢業後的七年，仍然是一個普通科員，這時，不僅池大爲的內心產生了嚴重的失衡和堅持的困難，更重要的是他和妻子董柳、廳長馬垂章、退休科員晏之鶴以及潛在的對話者兒子池一波已經經歷的漫長的對話過程。這些不同的社會、家庭關係再造了池大爲。特別是經過「現代隱士」晏之鶴的人生懺悔和對他的點撥，池大爲迅速的時來運轉，他不僅在短時間裏連升三級，而且也連續搬了兩次家換了兩次房子。這時的池大爲因社會、家庭評價的變化，才眞正獲得了自我確認和「尊嚴感」。這一確認是在社會、家庭「承認」的前提下產生的，其「尊嚴感」同樣來源於這裡。

於是，小說提出的問題就不僅僅限於作爲符號的池大爲的心路歷程和生存觀念的改變，事實上，它的尖銳性和嚴峻性，在於概括了已經被我們感知卻無從體驗的社會普遍存在的生活政治，也就是「承認的政治」。加拿大學者查爾斯·泰勒在他的研究中指出：一個群體或個人如果得不到他人的承認或只得到扭曲的承認，就會遭受傷害或歪曲，就會成爲一種壓迫形式，它能夠把人囚禁在虛假的、被扭曲和被貶損的存在方式之中。而扭曲的承認不僅爲對象造成可怕的創傷，並且會使受害者背負著致命的自我仇恨。拒絕「承認」的現象在任何社會裏都不同程度地存在，但在池大爲的環境裏已經成爲一種普遍的存在。被拒絕者如前期池大爲，他人爲他設計的那種低劣和卑賤的形象，曾被他自己內在化，在他與妻子董柳的耳熟能詳的日常生活中，在不學無術淺薄低能的丁小槐丁處長、與專橫跋扈的馬廳長的關係中，甚至在下一

代孩子的關係中，這種「卑賤」的形象進一步得到了證實。不被承認就沒有尊嚴可言。池大爲的「覺醒」就是在這種關係中因尊嚴的喪失被喚起的。現代生活似乎具有了平等的尊嚴，具有了可以分享社會平等關注的可能。就像泰勒舉出的例證那樣，每個人都可以被稱爲先生、小姐，而不是只有部分人被稱爲老爺、太太。但是這種虛假的平等從來也沒有深入生活內部，更沒有成爲日常生活支配性的文明。尤其在我們的社會生活中，等級的劃分或根據社會身份獲得的尊嚴感，幾乎是未作宣告、但又是根深蒂固深入人心的觀念或未寫出的條文。

現代文明的誕生也是等級社會衰敗的開始。現代文明所強調和追求的是赫爾德所稱的「本眞性」理想，或者說我們每一個人都有一種獨特的作爲人的存在方式，每個人都有他或她自己的尺度。自己內心發出的召喚要求自己按照這種方式生活，而不是模仿別人的生活，如果我不這樣做我的生活就會失去意義。這種生活實現了眞正屬於我的潛能，這種實現，也就是個人尊嚴的實現。但是，在池大爲面對的環境中，他的「本眞性」理想不啻爲天方夜談。如果他要保有自己的「士大夫」情懷和生活方式，若干年後他就是「師爺」晏之鶴，這不僅妻子不答應，他自己最終也不會選擇這條道路。如果是這樣，他就不可能改變自己低劣或卑賤的形象，他就不可能獲得尊嚴，不可能從「賤民」階層被分離出來。

於是，「承認的政治」就這樣在日常生活中彌漫開來。它是特權階級製造的，也是平民階級渴望並強化的。在池大爲的生活中，馬垂章和董柳是這兩個階級的典型，然後池大爲重新成爲下一代人豔羨的對象或某種「尺度」。讀過小說之後，我內心充滿了恐慌感，在今天的社會生活中，一個人將怎樣被「承認」，一個人尊嚴的危機怎樣才能得到緩解？

我驚異於閻眞傑出的語言才能，他的心理敘事、對話藝術、對人物精到的描寫以及長篇小說的結構能力，對日常生活體察的細微，都給我以深刻的印象。這是我今年讀到的最優秀的長篇小說之一。在藝術尺度越來越難以堅持，作家「寫眞集」越來越多的年代，《滄浪之水》爲我們的閱讀帶來了新的鼓舞和信心。

山峰正在隆起

——新世紀初期遼寧的中、短篇小說創作

　　在 2003～2006《小說選刊》「貞豐杯」全國優秀中、短篇小說的評獎中，入選的 19 部中篇小說中，就有遼寧作家馬秋芬的《螞蟻上樹》、津子圍的《小溫的雨天》、陳昌平的《英雄》三部小說入選，占全部入選作品的近六分之一。過去普遍的看法是，遼寧的中、短篇小說創作在全國已經形成了一個「高原地帶」，但還沒有成就突出的作家作品出現，還沒有形成文學的「山峰」，這個看法大體不謬。但是，近年來，遼寧的中、短篇小說創作有了突飛猛進的發展，孫春平、馬秋芬、刁斗、孫惠芬、馬曉麗、津子圍、陳昌平、李鐵、於曉威、周建新等中、青年作家的小說，已經引起了批評界的密切關注，各大刊物的頭條位置以及獲獎率、轉載率、年選入選率等逐年攀升。因此，在我看來，遼寧中、短篇小說創作的山峰正在隆起，他們已經顯示的氣象和風範，預示了在這一領域可以期待的並不遙遠的未來。

一、《北方船》和「底層寫作」

　　《北方船》是馬秋芬發表於 2006 年的一部中篇小說。在這部小說發表期間，中國文壇正在進行著一場大規模的文學論爭，這就是關於「底層寫作」的論爭。不管這場論爭的結果怎樣，可以肯定的是，這是繼 1993 年關於「人文精神討論」之後，十幾年的時間裏唯一能夠進入公共論域的文學論爭，因此意義重大。隨著討論的深入，問題的複雜性也逐步顯露出來。比如，誰在寫「底層」，「底層」的問題是否僅僅是苦難可以描述或涵概的，「底層寫作」的文學性如何評價，如何看待這一文學現象中的情感和立場等等。這些問題

的提出，進一步表明了文學批評的進步和獨立。或者說，過去只要站在民眾的立場上說話就不戰自勝，「政治正確」也就意味著文學的合理性。但是，在今天的文學批評看來，任何一種文學現象不僅僅卻決於它的情感立場，同時，也必須用文學的內在要求衡量它的藝術性，評價它提供了多少新的文學經驗。這些看法無疑是正確的。但是，需要強調的是，許多年以來，能夠引發社會關注的文學現象，恰恰是它的社會性。我們不能說這一現象多麼合理，但它卻從一個方面告知我們，在中國的語境中一般讀者對文學寄予了怎樣的期待、他們是如何理解文學的。另一方面，急劇變化的中國現實，也激發了作家介入生活的情感要求，「有話要說」也點燃了他們的創作衝動和靈感。《北方船》正是在這樣的背景下發表的。

與更多的表達底層苦難的寫作不同，在《北方船》那裏，我們並沒有讀到對苦難的刻意描述。這是一個真正的「底層」，既有城裏的下崗女工，也有來自鄉下的民工。這種交匯表面上抹平了「城鄉差別」，城裏人不再優越，鄉下人也不必卑微，身份在一個工地上被統一起來。但是，我們在作家從容或表面輕鬆的敘述裏，仍然感受到了這個為了生存而難以言及生活的群體的全部艱難。廖珍是城裏的下崗女工，曾做了十年的鈎毛活，她也時常有朝夕不保的惶恐，因為時常領不到派單。一個偶然機會——在原來工友范志軍的幫助下，她來到了北方船工地，並且當上了陞降機操縱手，那個「陞降機准駕證」是范志軍給買的。但來到工地後的廖珍，心情就像她操縱陞降機一樣飄忽不定。這種惶恐不是領不到派單能比較的。原因是，從此他就成了「范嫂子」，她不僅真的委身於「范保管」，不情願地用身體回報，而且工友們也真的將她認為是「范保管」的家屬。廖珍對這個誤解極為矛盾，一方面作為單身女人她可以因此有些安全感，一方面，潛意識裏又有對尊嚴的冒犯。沒有什麼比對尊嚴的冒犯更難以接受，廖珍真正的苦楚正在這裡。因此，馬秋芬對「苦難」書寫就顯示了她獨到的深刻性。這既是生存的艱難，也是心靈和精神的艱難。

與廖珍不同的是鄉下民工吳順手。這個人物的性格我們有些熟悉，他是一個典型的中國原初農民形象，有些阿 Q，未開化的質樸，肯出力氣，本真善良，但又愚昧得沒有是非。他可以一個人下煤窰，三個月賺三千元錢領回村裏最漂亮的姑娘孫彩霞，也可以因六千元就將媳婦出讓；既可以在工地隨地小便，也能夠在危機時刻去救助廖珍；既謙卑謹慎，也敢張揚地講述尋花問柳。吳順手最後摔死在工地上，也隱喻了農民進城的某種宿命。

小說最令人震驚的是結尾處。工地竣工了，但竣工典禮卻與這些建設者沒有關係，他們不僅被排斥在慶典之外，而且憂慮的是：

> 廖珍問：明年還來嗎？小娥子說：誰知道呢！她又問廖珍：下個工號你還去嗎？廖珍說：誰知用咱不？她們還想說什麼，卻被慶典臺上調試麥克的聲音打斷了：「喂喂喂……喂喂喂……」那聲音太大太噪，她們就不再說什麼。廖珍越發緊密地擁抱著小娥子，連同她肚裏還沒睡醒的孩子。

我記得青年作家胡學文在談《命案高懸》的創作體會是說過這樣一段話：「鄉村這個詞一度與貧困聯繫在一起。今天，它已發生了細微卻堅硬的變化。貧依然存在，但以退到次要位置，困則顯得尤為突出。困惑、困苦、困難。盡你的想像，不管窮到什麼程度，總能適應，這種適應能力似乎與生俱來。面對困則沒有抵禦與適應能力，所以困是可怕的，在困面前，鄉村茫然而無序。」這個發現不僅適於鄉村，同樣適於這城鄉交匯的工地。貧困的生活仍然使廖珍們流連於大樓替代的工地，但「誰知用咱不」的困惑才是他們不能擺脫的隱痛。命運都是未知的，因為命運不掌握在自己的手上。

還值得稱道的是《北方船》的創作方法。它既有「新寫實」小說的遺風流韻，又不同於「新寫實」的「零度敘事。《北方船》裏有許多生活原生態的場景。比如：

> 吳順手在架子上讓尿憋急了，又懶得去公廁，從杆子上下來，就三繞兩繞，找個堆模板的屋角去解決。還沒解決徹底，突然跳過來一個人，吼道：「你他媽長眼沒？拎個破膠皮管子給你家菜園子灌溉呢！你看你把什麼給污染了？」吳順手這才看見模板空當兒裏放著一箱啤酒和五六個盒飯。他見對方戴的是紅帽子，說明他是甲方的人。他自知理短，可卻嘴硬：「哥們兒，你們那啤酒也不漏氣，還怕滲進髒物啊？！再說喝酒作業屬違章，我不揭發你們不就扯平了嗎？」紅帽子一聽火了，一把將他的黃色安全帽揭下來摜到地上，不屑地說：「你這土鱉，頭上頂個黃屎帽子，你還敢嘴貧！」吳順手撿起帽子一看，這不爭氣的玩意兒已被磕得四裂八辮的。他哈腰拾帽子那一瞬，就什麼人格尊嚴都沒了！吳順手這個氣！他心想，在樓裏屙屎撒尿的人多啦，他要也戴頂紅帽子，即便讓別人抓個現行，也未必敢朝他吆五喝六！

這種對話和議論方式有濃重的工地「原生態」味道，但它又並不僅僅是一個場景，這裡的等級關係顯然也蘊涵了「身份的意識形態」。再比如：

> 吳順手很羨慕城裏人。可這大工號雖在這麼熱鬧的中街上，眼前卻除了鄉下人還是鄉下人，他們聽是聽到中街的聲息，卻一點都摸不著碰不著，只有廖珍才是中街的主人。因此在吳順手的眼裏廖珍就是「城裏」。她大熱天戴口罩很城裏，扳手柄的手腕上套著珠鏈很城裏，稱他為「吳師傅」，稱小谿嘴子為「小孫」很城裏，有時她在貨梯上一驚一乍的，在他看來都很城裏。他看了一眼廖珍，她頭上不知什麼時候換了一項紅色安全帽，眼睛被刺了一下，這顏色也百分之百的城裏！

即便是在同一個工地上，都是工人，但等級關係已經滲透到最細微或基本的細胞。這些不經意的書寫，卻揭示了中國社會最本質的關係。《北方船》也有欲望或身體敘事，這種經驗可能是當下中國最直接的經驗。它不止是貪官污吏、單身貴族、時尚青年等階層特有的現象。就是在最困苦的階層那裏，欲望仍在暗夜燃燒湧動，交換同樣在進行。這些場景被告知的是，「底層」是否「民粹」並不重要，重要的是生活確實就是如此。遠在工地的鄉村是另一番景象，這個景象我們沒有在小說中目睹，但作家機智地用原始的書信方式為我們轉述了許多信息。城鄉底層生活的交織書寫，立體地展示了底層的生活經驗，但作家馬秋芬並沒有站在「代言者」的立場專事「苦難敘事」，她的平靜從容不動聲色，可能為「底層寫作」提供了另一種經驗或道路。

二、《燕子東南飛》：講述故事的兩種方法

我曾在一篇文章中談到，包括孫惠芬《上塘書》在內的長篇小說的發表，面對鄉村中國的現實，整體性的敘事已經終結。或者說，不斷「現代」的過程，過去的鄉村正在我們的記憶中消失。因此，完整的鄉村故事已經難以整合。無論鄉村的形態是否發生變化，可以肯定的是，像現代都市一樣碎片化的生活也無可避免地感染了鄉村中國。這個現象，我們在賈平凹的《秦腔》、阿來的《空山》等作品中同樣可以看到。但是，在那些不那麼「現實」的作品中，我們仍然可以讀到有想像力作家的驚心動魄的故事。孫惠芬的《燕子東南飛》就是這樣的小說。這是近年來我讀到的最講求講述故事方法的中篇小說之一。如果概括小說表達了什麼，我們可能會說，這是一篇與鄉村愛情有關的小說，是一篇

捍衛個人尊嚴的小說，是一篇有家難回望斷故鄉路的小說；也是一篇關於母與子、歷史與現實、他者與主體等關係的小說，這樣說也許不錯。但對《燕子東南飛》來說，要遠比這樣的概括複雜、深刻得多。

它的複雜性，是由小說的敘事視角決定的；它的深刻性，是由小說的情感決定的。小說以類似「賈雨村言」的方式展開敘事，「作家」又一次來到了她虛構的歇馬山莊，但這個「歇馬山莊」是完全陌生的，山莊隱藏著一個巨大的秘密：「一個鄉村女人每天都要坐在家門口朝東南望，直至把自己望成了「燕子」，這個情景一下子打動了我，我在想，這裡邊一定有一個什麼秘密，一個屬於東南方向的秘密，一個無法言說的秘密。」於是，窺視或破解這個秘密，就成為作家這次歇馬山莊之行的起點或終點。對這個秘密的講述，作家只是作為一個「他者」的「窺視」：一個八十多歲的老太太，「沒癱那會兒，一連好幾十年，她天天坐在門口朝東南望，不管冬夏，你要是問她望什麼，她就說『俺望燕子』。你春天望燕子，夏天望燕子，到了秋天冬天還望燕子，村裏人就給起了『燕子』外號，她家本姓金，可是提到她家，沒有提姓的，都說燕子，就連她兒子村裏人也管他叫燕老大。」對於這個秘密，作家和歇馬山莊的人並不比我們知道的多，因此，小說大部分是「後敘述視角」。

在這樣一個敘述視角裏，「燕子」和她的家人在村裏人看來，是不可理喻的，勉為其難地稱為「家」的惡劣環境也示喻了早已破產。燕子和她的兒子沒有任何親情關係，所有人對這母子只有鄙視和厭惡。沒有人願意走進「燕子」的內心世界，因此也沒有人知道「燕子」的精神世界早已破產。「燕子」的生存處境、癱瘓的肉體、氣息、「敗類」的名聲「以及被遺忘的存在等，都在小說的後敘事視角中以極端化的方式呈現出來，為「燕子」悲慘的身世和命運做了鋪墊。後來我們知道，身處異鄉的「燕子」，「隱匿」的歷史並沒有成為過去，不為人知的屈辱卻以同胞鄙視的方式償還歷史舊賬。這種比較給人的震撼如閃電裂空驚雷滾地。

「燕子」作為一個巨大的「秘密」，並沒有在「作家」的「窺視」中得到揭示。在「燕子」不久人世之際，她那個強烈的「回家」願望得以實現，這個家是「燕子」的娘家史家溝。「回家」是小說敘事視角的轉折——由作家的客觀敘事轉換為人物的主體敘事。兩個當事人——「燕子」和她的兒子「燕老大」，分別講述了內心的怨恨和遭遇。燕老大對母親的不滿，是母親從來沒有抱過他，從來不讓去姥姥家，甚至都不能提起。在兒子看來，母親討厭自

己，所有的人都討厭自己。燕老大的述說發泄了自己也解脫了別人的關於忤逆不孝的誤解，或者說，兒子與母親的不親近問題並不在兒子這裡。包括「作家」在內，在那一刻她也認爲「燕子」有精神病。燕老大答應用車拉母親「回家」，事實上就是爲了這個積鬱已久的講述。

但是，事情並沒有結束。如果燕老大的講述終結了小說的話，那麼，「燕子」的秘密不僅沒有破解，而且兒子的被討厭也沒了因由，故事就支離破碎不能成立了。事實上，「燕子」的「回家」要求，也恰恰是她安排的講述機會。她一定要在離開人世之前說出關於自己的巨大隱秘：十五歲那年，「燕子」死了母親，「土匪」父親在做「大事」遠在天涯。在父親的小老婆和自己嫂子的逼迫下，不得不遠嫁他鄉。在出嫁的路上，她被兩個日本鬼子拉到莊稼地裏強暴了。趕車的哥哥不敢和鬼子拼命卻拼了命地向「燕子」訴諸暴力。是好心的丈夫容忍和收留了她。但眞正讓「燕子」徹底絕望的是孩子生了下來：

> 生孩子那天，俺差一點撞了南牆，那一臉抬頭紋俺在苞米地裏就見過。俺一見那抬頭紋，腸子都翻到嗓眼兒，就像看了長蟲皮一樣俺直想嘔……俺兒，你知道那孩子是誰嗎，他是你——你是恁媽跟鬼子生的孩子呀——俺兒，你知道俺哥是誰嗎？他是恁舅，是他不讓俺死才有了你呀——

「燕子」憎恨這個遭遇和後果，當然也不能親近或喜歡孩子，甚至不許孫子去看姥姥家。或者說，「燕子」死了丈夫、媳婦自殺、孫子長大不知去向，這些都可以忍受的話，那麼，一生不能釋然的就是自己的兒子———一個和鬼子生的兒子，一個一生都不能親近的兒子。「燕子」似乎用一生的等待就是爲了講述這個秘密，她實現了向兒子懺悔、最後親近兒子的願望。「家」對她來說只是一個空洞的、沒有實際內容的符號。因此，她還沒有到家就死在了路上。兒子終於明瞭世事，理解了母親卻難以接受這個被掩埋了 60 多年的隱情，埋葬了母親後自己懸梁自盡了。

這個慘絕人寰的故事與歷史有關，它是歷史泥沼裏生長的「惡之花」；但故事也與現實有關，它透視了這個時代的世道人心，一個人的巨大隱痛別人甚至沒有瞭解的意願。「燕子」用一生的孤寂只是換取了講述的機會，兒子用決絕的選擇爲了洗刷與己無關的恥辱。因此，《燕子東南飛》用兩種敘事方法講述的故事所達到的情感深度，令人歎爲觀止。「燕子」的秘密如果不是她自己說出，別人無法知曉。「作家」用「窺秘」的方式試圖破解「燕子」的隱秘，

但難以實現。這個過程不是推理小說、探案小說、懸疑小說對情節的推動。「燕子」的隱秘只能由「燕子」說出，它告知我們的是，一個人走進另一個人的內心是多麼艱難。這一存在主義的遺風流韻恰恰表達了作家真正的人道主義——「燕子」寂寞、冤屈、怨恨和絕望的面孔，即便在她死後還在我們的眼前久久徘徊揮之不去，這就是文學的力量，這就是文學性和敘事的魅力。

三、《哥倆好》和基本人性

刁斗的小說一直沒有驚天動地的「大事件」，他關注的基本是普通生活中的普通人物。這是一個很高的自我要求：越是我們熟悉的生活和人物，對寫作來說就越有難度，這是發現的難度。因此，我們在刁斗貌不驚人的故事和人物中，又總能夠感受到時代最細微的變化或氣息。這也是刁斗的小說不溫不火但又別具一格的原因。

《哥倆好》的故事也不陌生。如果按照當下批評的說法，《哥倆好》也可納入到「底層寫作」的範疇來討論：一個窮苦人家三個孩子，大女兒高分考上縣高中，但卻坦然南下打工毫無怨言，一個女孩子根本不企望再去讀高中。餘下的兩個男孩了也不能都讀書，只能一個打工，供養另一個讀書。進城之後，打工的哥哥吃盡了生活的艱辛，最後意外地從高樓掉下死於非命。弟弟大學畢業後難以就業，目睹了哥哥之死後的他，只想能夠像哥哥那樣做一個清潔工。故事在刁斗很客觀的敘述中雖然苦澀但並不煽情。就像底層人已經習慣了苦難一樣。但刁斗的老辣恰恰隱藏在不動聲色的細節中。對溫飽還未解決的底層人而言，精神和心靈層面的要求不僅奢侈，而且更多的是麻木。因此，在他們那裏最基本的人性要求就更突出，這就是「食色」。小說給人印象最深的是對吃的在意和精細的算計。為了省錢，哥哥要給讀書的弟弟「送飯」：

> 這樣一種省錢法看似笨拙，其實大有道理。飯菜這東西有個規律，做得越多越出數，食用者越多，越容易降低成本減少損耗。比如，同樣多的一盆玉米麵，一鍋出貨能蒸十二個窩頭，可分兩鍋做，還是那麼大小的窩頭，也許就只有十一個了，若硬要湯湯水水地多擠出一個，那個頭肯定要小不少。一頓就分得出不一樣了，一天三頓一吃三年，算算吧，那得不一樣成什麼樣子。這還沒算柴水油電工時費呢。

即便是送飯，弟弟仍然沒有徹底解決「吃」的問題：

按約定，每天中午，哥哥給弟弟送的是午晚兩餐，而次日的早餐，則由弟弟自己吃食堂解決。畢竟每天只花頓早餐錢是小數目。可很久之後，哥哥才知道，那需要花錢的早餐，弟弟基本就沒吃過，只是每逢期末的時候，為了有個好體力應考，他才吃點食堂的稀飯饅頭。平常，若天氣涼快，隔夜的飯菜放不壞時，他會把那份晚餐飯菜再撥出一小份，留待次日充作早餐；若趕上天熱，飯菜只放一下午就有餿味時，他第二天的早上就不吃東西，就空腹去聽上午的課，直到中午哥送來了飯菜，他再狠吃一氣。弟弟總想方設法地掩飾他的「狠」，可可哥還是能看出來，也正因為哥哥看出了弟弟的「狠」，他的午餐才從來吃不到他帶去的總量的三分之一。他表現給弟弟的，全是他的「飽」。

關於「吃飯」，不僅是兄弟倆面對的生理要求，同時也是那個時期兩人重要的心理和精神活動。哥哥的謙讓和弟弟的心領神會，將哥倆相依為命的「好」，不著一字就盡得風流了。在最艱難的生存困境中，也是最能夠展開情感、表達情感的地方。哥倆的情感正是在最基本的人性中、在慷慨、情願的禮讓和理解、感恩中得以塑造完成的。刁斗恰恰在最不為人注意的地方，找到了表達人性最致命的關係。

人另一個基本的要求是對異性的欲望。90 年代以來，小說創作最容易和準確的概括，就是肉欲橫流欲望無邊。無論都市還是鄉村，床上運動是小說中最常見的運動和場景。但這些場景已經遠離了人的基本要求，而成為誇張或時尚的表達。至今為止，關於城市文學仍然沒有提供真正的城市經驗，與小說過於熱衷男女之事有很大的關係。彷彿城市就是一個性欲望的集散地，就是一個欲望的超級市場。這個理解顯然是錯誤的。《哥倆好》裏也寫到了「性」，寫到了男女之事。弟弟偶然接觸了一個「性工作者」：

　　與白胖女人的一夜接觸，讓弟弟茅塞頓開，看來，在城裏謀生的農民工，實在不必都像哥哥那樣，較勁似的苦自己，壓抑自己，除了幹活掙錢沒一點樂趣。在瀋陽，這樣的低檔舞廳到處都有，它們是窮人服務窮人的樂園。市場通過按質論價，和諧地處理供需關係，那種對不同層次消費者的多樣化滿足，能保證所有人皆大歡喜。比如吃飯，三五千元能擺--桌，三五十元也請得成客；比如睡覺，總統套房鑲金嵌銀，簡易旅館也有鋪有蓋；比如出門，坐一小時上

千公里的飛機和乘十分鐘停靠三站的火車，完全能到達同一個目的
地……皮肉買賣也是如此。而這一夜，對弟弟尤其大有啓悟的是，
原來女人竟那麼好，好得那麼匪夷所思，好得那麼迴腸蕩氣，怪不
得無數高官富賈不惜爲女人身敗名裂……只是，與白胖女人分手的
時候，該掏錢了，弟弟心疼得手直發抖，眼淚也情不自禁地湧出了
眼眶。

但是，事情到這裡還沒有結束。當他要離開這個女人的時候，

　　弟弟含糊其辭地吭哧兩聲，突然鼓足勇氣，回身正面看白胖女
人。大姐──這一夜，他一直都叫她大姐，今晚我就過來找你，行
嗎？

　　今晚？歡迎呀，你隨時打我手機就行。要不，去群眾舞廳找我
也行，十二點之前我肯定在那兒。

　　我是想，我再帶個人行嗎……我哥，我哥也是打工的……

　　呵，你小子行啊，想玩二明治？那價錢可得……

　　我不，我不那樣，光我哥。你讓我哥，好好享受享受，你好好
幫他，高興一回……

　　嘿，你眞是個好小夥子，那麼關心你哥，夠意思！放心吧，以
後你們哥倆就算大姐的關係戶了，優質服務，價格低廉……

在「性」的事情上，表現出了弟弟對哥哥的情感。推己論人，欲望怎樣
煎熬了自己就怎樣煎熬了哥哥，自己在女人那裏獲得了怎樣的快樂，哥哥也
會同樣得到。如果說前面哥哥在吃飯上對弟弟的關照並令人震驚的話，那麼
現在弟弟在性的問題上想到了哥哥就不能不讓人震驚了。這個情節就是哈羅
德‧布魯姆所說的小說的「疏異性」或「陌生化」效果。我們在其他作品中
沒有讀到過這樣的情節。這是一個極端化的、甚至是冒險的設定。但在小說
具體的語境中，它不僅不骯髒，而且感人至深。當然，哥哥最終也沒有享受
到這樣的人生，在弟弟悔恨交加和驚慌恐懼中，還沒有來得及邀請哥哥分享
的時候，哥哥的身體已經從十一層高樓上掉了下來。哥哥不會再有欲望，不
會再有任何俗世的煩惱了。

刁斗就是這樣在最基本的人性要求中，以極端和絕對的方式寫出了兄弟
情誼。當然，弟弟對哥哥的「回報」如果在道德的範疇內評價，弟弟是「不

道德」的：哥哥爲了兩人的生存，危險地飄搖在城市的上空，最後付出了生命的代價。弟弟卻用哥哥的血汗錢去滿足身體的欲望。但是，在小說的語境中，作家要表達的是哥倆「好」，弟弟要將最好的感覺送給哥哥，而且沒有任何功利訴求，在這個意義上，刁斗表現了對人性理解的真正的深度。

四、《雲端》與歷史邊緣經驗

歷史邊緣經驗，是指在主流之外、或被遺忘或被遮蔽的歷史經驗。但作爲重要的文學資源一旦被發現，它將煥發出文學的無限可能性。文學是一個想像和虛構的領域。它除了對現實的直接經驗做出反映和表達之外，對能夠激發創作靈感的任何事物、任何領域都應當懷有興趣。我之所以強調當下中篇小說「守成」於邊緣地帶，正是因爲有一些作品在傳統的創作題材遺漏的角落發現了廣闊的空間。比如馬曉麗的《雲端》，應該是新世紀最值得談論的中篇小說之一。說它重要有兩個原因：一是對當代中國戰爭小說新的發現，一是對女性心理對決的精彩描寫。當代中國戰爭小說長期被稱爲「軍事題材」，在這樣一個範疇中，只能通過二元結構建構小說的基本框架。於是，正義與非正義、侵略戰爭與反侵略戰爭、英雄與懦夫、敵與我等規定性就成爲小說創作先在的約定。因此，當代戰爭小說也就在這樣的同一性中共同書寫了一部英雄史詩和傳奇。英雄文化與文化英雄是當代「軍事文學」最顯著的特徵。

《雲端》突破了「軍事文學」構築的這一基本框架。解放戰爭僅僅是小說的一個背景，小說的焦點是兩個女人的心理「戰爭」——被俘的太太團的國民黨團長曾子卿的太太雲端和解放軍師長老賀的妻子洪潮之間的心理戰爭。洪潮作爲看管「太太團」的「女長官」，有先在的身份和心理優勢，但在接觸過程中，洪潮終於發現了她們相通的東西。一部《西廂記》使兩個女人有了交流或相互傾訴的願望，共同的文化使他們短暫地忘記了各自的身份、處境和仇恨。但戰爭的敵我關係又使她們不得不時時喚醒各自的身份記憶，特別是洪潮。兩個女性就在這樣的關係中糾纏、搏鬥、間或地推心置腹甚至互相欣賞，她們甚至談到了女性最隱秘的生活和感受。在這場心理戰爭中，她們的優勢時常微妙地變換著，一波三折跌宕起伏，但這裡沒有勝利者。戰場上的男人也是如此，最後，曾子卿和老賀雙雙戰死。雲端自殺，洪潮亦悲痛欲絕。有趣的是，洪潮最初的名字也是雲端，那麼，洪潮和雲端的戰爭就是自己和自己的戰爭，這個隱喻意味深長。它超越了階級關係和敵我關係，

同根同族的內部撕殺就是自我摧殘。

小說揭示了階級衝突中文明卻沒有衝突的重大現象，這個現象只有發生在民族的內部。解放戰爭是兩種不同政治力量的鬥爭，投入到鬥爭的人懷有不同的政治理想和政治目標，這種鬥爭是你死我活的殊死搏鬥。但是，一旦觸及到民族文化，文化的同一性就會化解所有的仇恨，文化的力量顯然要大於階級或政治的力量。這是文化的功能，它具有對階級和政治的超越性。敵我兩個太太的仇恨背後，隱含著巨大的階級仇恨背景，她們沒有個人恩怨。但她們作為女人的姿態、衣著、情感和行為方式等，都明確無誤地顯示著他們不同的政治身份和「階級教養」。但奇跡出現了，在秋季層林盡染的山坡上，國共兩個太太坐早山坡上向遠處張望。秋天最美的時候到了，但洪潮想的卻是「秋一到最美的時候，也就到了最後的時候。」於是，面對「秋風過處，片片枯葉立即紛紛揚揚地飄落下來，霎時便如黃花般地鋪滿了整面山坡。」：

> 「碧雲天，黃花地」洪潮脫口而出。
>
> 「西風緊，北燕南飛。」雲端立刻一旁接口道。
>
> 洪潮猶豫了一下，還是忍不住接了下去：「曉來誰染霜林醉？」
>
> 「總是離人淚。」話音未落，雲端的聲音裏已帶了哽咽。
>
> 一時無話，兩人各懷著各自的心事，默默地望著遠處層層疊疊的山巒。

一句「離人淚」，將金戈鐵馬征戰邊關的想像落實到了兩個女人的內心，這時，階級和政治的分野消失了，女人共同的體驗在不同的政治營壘中獲得了同一性。

小說在整體構思上出奇制勝，在最緊要處發現了文學的可能性並充分展開。戰爭的主角是男人，幾乎與女性無關。女性是戰爭的邊緣群體，她們只有同男人聯繫起來時才間接地與戰爭發生關係。但在這邊緣地帶，馬曉麗發現了另外值得書寫的戰爭故事，而且同樣驚心動魄感人至深。這是一篇可遇不可求的優秀之作。

五、平民情懷與「小人物」命運

津子圍的小說，在當下的小說創作格局中，顯示了他別具一格的創作實力和風範。他的勤奮和對小說形式類型的積極探索，給人留下了深刻的印象。

他的筆下小職員、普通警察的形象，其生動和當下生活的特徵，都有別於域外或現當代作家的同類形象。作家的想像力原本是有限的，在今天要創造出新的藝術形象實在是太難了。這時，作家的虛構能力和藝術想像力就顯得有為重要。那個被稱為馬凱的小公務員和命名為羅序剛的警察，應該說近年來小說創作的重要收穫。在我的印象裏，寫小職員命運的小說，這些年多了起來。比較突出的如《滄浪之水》等。這類小說和「官場小說」不同。官場小說在展示腐敗奇觀的同時，也合法化或戲劇性地宣揚了生活中真正的糟粕和陰暗。津子圍走進的是小職員的心理世界。在世風的影響下，馬凱也難免受到薰染。但他的謹慎、卑微、衝動、興奮以及事後的驚恐，都恰如其分地寫出了人物的身份和性格。但我覺得津子圍寫的更好的還是像《拔掉的門牙》、《老鐵道》、《搓色桃符》，《小溫的雨天》等作品。這是風格和寫法都很不同的作品，但又是表達了作家對小說形式和場景、人物、細節等把握能力的一些作品。《老鐵道》很像 80 年代中期」的尋根小說，他對遠去的歷史場景和人物的復原，將一種很傳統的文化非常動人地書寫出來。那裏有一種久違了的浪漫或高遠的東西。大麥和銀玲子的故事很類似初民時代的情愛故事，它的粗獷、強悍和多情乃至深入靈魂的愛情，實在是動人心魄。在今天已經很少見到了。但作家不是以一種懷舊心理的寫作，而是在軟性文化充斥文化市場的時代，試圖以強悍的文化精神挽救時尚的閱讀趣味。《白蝴蝶》中的仁甲，曾參加了對白蝴蝶的強暴，但最後他還是回到了已經淪為妓女的白蝴蝶的身邊。人性的復蘇是這個精緻短篇所要表達的基本主題；《拔掉的門牙》，應該是一篇推理小說，故事的奇異和懸念，在平行敘事視角中層層展開。敘述者並不比我們知道的多，當事人牽出的線索撲朔迷離，色彩斑斕。但小說似乎也借鑒了武俠小說的一些敘事方法，比如尋仇的故事等；《搓色桃符》對知識分子在新的時代環境中變化的揭示和書寫，深刻地道出了這一階層不那麼高尚的心理和品格。特別是對兩個人內心的揭示，流暢而合乎情理。事後兩人的態度也從一個方面反映了當下世風的深刻變化。這些小說確實顯示了津子圍別具一格的寫作風格。但它也從一個方面隱約地表達了津子圍內心的某種矛盾，猶疑乃至分裂·這一心理狀況可以導致作家的深刻和尖銳，但同時也有可能導致作家的徘徊或茫然·因此，他的前期小說大多還介乎於精英文學和大眾文學之間。我不認為當下的文學已經填平了精英寫作與大眾文學的鴻溝。大眾文學就是滿足「快感」的，它是可以複製的；精英文學是提供意義

和價值，它爲人類的精神事務提供某種處理的方式和想像的，爲人類的精神尋找或提供家園的。最近，他發表的《誰愛大米》、《同一情人》、《茄子》等作品，顯示了津子圍在這方面的積極努力，或者在一定程度上接近我們期待的那種境界。

《誰愛大米》是一個令人震驚的故事。中學生寧茲開始是爲了一個 MP3 決定出賣自己的處女身體，但當她決定這樣做，接觸了一些社會男人之後，她似乎又不完全是爲了那個MP3，因爲表姐已經答應將自己的 MP3 送給她。她是以一種懵懂的、好奇的甚至是堅決要體驗男人的一種心境將自己出賣的。如果說類似事情在社會上已經司空見慣的話，那麼一旦進入文學作品，我們還是感到無比的震動。一個14歲的中學生，爲什麼如此決絕地把自己出賣？這顯然已不僅僅是個道德倫理的問題。津子圍在敘述這個故事時也異常平靜，他並沒有簡單地做出道德化的判斷，甚至小說裏沒有出現議論性的段落。究竟是什麼原因使作家在這樣令人震動的故事面前處亂不驚從容鎮定？我想，當津子圍將這個故事客觀地呈現在我們面前的時候，他已經完成了一個小說家的任務。這個故事本身所具有的震撼力把所有的問題都隱含其間了。這是津子圍的聰明，也是他對小說理解和拿捏尺度的一種能力。

《同一情人》雖然主要書寫和敘述成人的情感故事，但梁啓明和肖荔荔的情感關係卻是因梁啓明的兒子梁不群引起的。梁不群是個單親家庭的中學生，父子兩個男人過日子本身就隱含著小說的因子。當梁啓明發現兒子暗戀老師肖荔荔時，他決定先將肖老師吸引到自己的身上。事情按照梁啓明的預謀在實現，假戲眞做也終於使兩個人睡到了一張床上。但不諳世事的梁不群還是發現了父親的情人也是自己暗戀的情人。這個有悖人倫的故事是殘酷的，那個沒有能力處理情感關係的孩子讓人無比同情，也讓人感到今日世風對孩子構成了怎樣的影響。我們簡單地指責孩子是不夠的，在他們成長的道路上，有漫長的「性待業期」，他們有朦朧的異性要求或性渴望，沒有人告訴他們怎樣處理怎樣對待。各種關於性、情感的肮髒書寫或傳說，使他們難以正確理解自己的某些渴望。事實也的確如此，當梁啓明和肖荔荔終於還是走到床上的故事，會給梁不群造成怎樣的心靈創傷，梁啓明從來就沒有想過。在我的閱讀範疇內，關於兩代人的情感故事，如此的殘酷和令人震驚，大概還沒有超出津子圍的這篇作品。

《茄子》的故事是小人物的故事。無論在任何時代，小人物的故事總是

酸楚和卑微的。這裡的德明和才哥的故事當然也是如此：德明在飯館打工，老闆欠了他一千多元錢不給，德明覺得窩囊，要到飯館把錢「吃」回來，於是他以給表哥餞行為名來到了愷撒大酒店。經理不但不允許以拖欠的工資抵餐費，反而叫來了警察帶走了不付餐費的德明和才哥。警察有警察的道理，警察的道理總會比德明們的道理充分得多。他們還是交了餐費走出了派出所，工資還是沒有指望。但在派出所卻讓才哥發現了一個真理：警察也沒什麼可怕的。於是他不準備回家過年，而是決定留下來在城市裏試試。為了安撫家人，他們照了一張照片，強作歡顏地喊了一聲「茄子」。這是個讓辛酸的故事，也是普通人生存狀況的一個縮影。在這個故事裏，我們發現生活中權力關係幾乎無處不在，金錢是一種權力，身份也是一種權力。對德明、才哥這樣的底層人來說，他們只能在權力的宰制下生存和奔波。唯一讓人寬慰的是，在這個權力關係無處不在的生活中，底層人自有他們的尊嚴，他們還要試一試，預示了他們改變生存的決心和並不樂觀的可能。

津子為是近年來的一個高產作家，他們的作品幾乎發遍了所有的文學雜誌。他的作品又幾乎都是表達當下生活的，這一方面顯示了津子圍對當下生活的關注和熟悉，一方面也表達了津子圍試圖深刻解讀當下生活的勃勃雄心。他對小人物的持久、熱情書寫和對小敘事的盎然興趣，又從一個方面顯示了他平民作家的情懷。一個對底層、對普通人關注的作家是令人尊重和欽佩的。特別是近來他的作品，較之前期的作品有了質的飛躍和進步。這與他對「小說」這一文體形式的理解和把握大有關係。對津子圍來說，這顯然是一個值得慶賀的消息．如果說他小說的語言能夠再精緻一些，結構再嚴密一些，少些結構的鬆散和行文的平淡，他的小說將會有大的成就。對他的創作，我們完全可以有更高的期待。

六、《工廠的大門》：現代性的幻象

李鐵是近年來崛起的小說家。李鐵的崛起不是憑藉「新銳」或「新潮」的「異軍突起」，而是憑藉他堅韌不拔的創作意志或「溫水泡茶」的慢工夫。李鐵接觸的題材是當代中國最艱難的題材，被稱為「工業題材」的小說創作，在百年中國一直是最薄弱的方面，幾經試圖突破均路途難尋。即便在當時產生轟動效應的作品或現象，也都曇花一現，事過境遷音信全無。因此，李鐵所堅持的創作領地貧瘠荒漠，能提供的參照或可資借鑒的遺產極為有限，他

面對的挑戰和難度可想而知。這一情況的出現，與中國文化的鄉土特徵有極大的關係。進入「現代」以後，鄉土文化在中國仍然沒有發生本質性的變化，當代文學經典性的作品幾乎都與鄉村敘事有關。90 年代以後，都市文學貌似「繁榮」卻沒有或難以提供眞正的都市文化經驗，這一點足以說明中國文化走向「現代」的艱難。也正因爲如此，李的「工業題材」小說在當下文學創作格局中格外引人矚目。

「工業題材」是當代中國最爲「正統」的題材。這與工人階級是國家的領導階級的意識形態有關，在這樣的思想框架內，正面的工人階級形象的塑造，就一定是「老孟泰」、丁海寬、季友良、馬洪亮、方海珍或喬光樸。但在李鐵這裡，中國的社會狀況發生了巨大的轉變，那些在傳統的文學敘述中樸實的、有責任感的工人階級或大刀闊斧的企業改革者，遭遇了他們不曾想像的中國的「現代性」問題，過去對他們的宏偉敘事在瞬間煙消雲散化爲烏有。於是，在李鐵的工廠小說中，一種被還原的現代性突顯出來。這就是，工人階級的高大、叱吒風雲或無所不能的國家形象，正在爲口常生活的憂慮所替代或置換。因此，《工廠的大門》是一篇「中國的工人階級狀況」的小說，劉志章是一個有意味的當下中國的工人階級的形象。

劉志章是一個有過硬技術、記憶驚人和樂觀健康的工人。小說以他倉皇進入工廠大門展開敘述，這個開頭與過去工人階級迎著朝陽、成群結隊走進工廠大門截然不同。國企作爲國家的工業形象它的團隊和集體主義精神是工人階級的自覺意識。但這個劉志章一開始就是以「個人」形象出現的，他幾乎遲到的原因，是因爲與妻子過於眷戀床第之事。這個可笑的細節，不經意間便凸現了劉志章所處的時代。在工人隊伍裏，劉志章應該是比較得意的，他雖然沒有像同時入廠的郭廠長那樣當上分廠領導，但由於他過人的技術和聰明，在工廠裏他可以出人頭地風光無限。他不僅讓考核的人刮目相看，讓總工程師遭遇尷尬，甚至在「末位淘汰」的考試中，廠長讓他幫助出題目難爲被考試的工人。終有一天，劉志章也遭遇了他必須遭遇的命運──他必須在工廠的比武大賽上拿到名次，才可以將功補過留在工廠，否則也必須離開工廠。說劉志章的「過」是不公平的，是他敏銳的耳朵最早發現了發電機軸瓦的問題，但沒有人相信他，但恰好在他值班時軸瓦出事了。他過去的提醒沒有人再理會，他卻成了責任的承擔者。爲了不下崗，劉志章磨刀霍霍信誓旦旦，在他看來，工廠的比武大賽他勝券在握舍我其誰。當比賽所剩無幾的

時候，有一道題必須走進工廠車間生產現場。

　　為了節省時間，劉志章繞開大門，順著廠房的側面走下去，然後選中一個窗戶，推開，一躍而入。龐大的噪音像老婆一樣擁抱了他，他找到了習以為常的溫暖卻沒有找到習以為常的路途。不知為什麼，換了一個角度進入，熟悉的一切竟然變得陌生起來。也就是說，他的記憶在這個時候產生了令人難以置信的模糊，在他努力去靠近一個位置時，背景卻發生了不易察覺的變化，距離也產生了不易接近的延伸。困惑以一種霧狀的形式籠罩了眼前這一大片鋼鐵的森林，他只能摸索前進，尋找一些熟悉的植物，可是那些熟悉的植物都好像隱匿在霧氣中了，而一些陌生的植物卻在他的眼前瘋長起來。他放慢腳步，他怎麼也弄不明白，他怎麼會有一種在森林中迷路的感覺呢？

　　劉志章的意識還是清醒的，他知道他必須以最快的速度找到那幾個閥門的位置。他繞過幾棵樹木，可呈現在眼前的依然是一些似曾相識的樹木，世界上本沒有一片相同的葉子，可是滿眼的綠色又太容易混淆了。他有些吃驚，他過目不忘的本領竟然在這一刻消失得無影無蹤。

　　為什麼會這樣呢？在森林裏繞來繞去的劉志章苦苦地思索著這個問題，而比賽、下崗等實際問題反而退居其次了。也許是進入時的角度問題吧，他從來沒有從窗子進入過廠房，全新的視角使景物變得陌生了？還是在全新的視角裏它們重新排列了組合？這樣的想法提醒了劉志章，他想他必須盡快找到廠房的大門，然後重新進入，讓熟悉的一切重新回到他的眼前。可是，那扇熟悉的大門在哪裏呢？

　劉志章對工廠的熟悉就像熟悉自己的身體，小說在描繪劉志章能夠區別工廠混雜聲音的文字，是小說最精彩的文字，那些關於聲音微妙區別的生動比喻，也顯示了李鐵對當下工人生活的熟知。但是，當劉志章像迷途的羔羊一樣在他曾經熟悉的鋼鐵森林中，感到方向不辨陌生無比的時候，這個比較的意味才為我們所深刻的感知和受到強烈的震撼：一個工人、哪怕是一個優秀的工人，必須從「工廠的大門」進入他才有可能找到自己明晰方向，他才會會「主人翁」的光榮與夢想；如果他以「個人」的方式進入同一個車間或地點，儘管是正確的，但他因為在「規訓」之外，在「國家」之外，他必須付出迷失自己的代價，

他不再是自己，當然也不再是主人。小說最後這個隱喻式的書寫，顯示了李鐵對當下變革的社會生活、對國企改革爲普通工人帶來的境遇和面臨的尷尬的理解所能達到的深刻程度，劉志章的迷失就是現代性的迷失。

《工廠的大門》對工廠生活的熟悉，來自小說對工廠聲音、氣息、術語等的精彩表達。也正因爲李鐵熟悉當下工廠的生活，才有可能使《工廠的大門》確切地表達了國企改革中面臨的眞實問題。值得思考的是，這也是一篇書寫「底層」生活的小說，但《工廠的大門》並沒有依託苦難敍事，下崗因爲已經成爲生活的常態，工人沒有集體陷入「下崗恐荒症」，他們面對生活的勇氣和氣象，依然可見共和國領導階級的萬千風采。但是，當我們讀到劉志章進入車間神志迷亂而惶恐的時候，我們才深刻感受到變革帶來的深刻震蕩更是精神領域的事件。在小說中，李鐵作爲敍述者，沒有對劉志章或工廠的變革做價值判斷，他只是客觀的敍述，但這並張揚敍事的力量，卻遠遠大於那些聲色具屬的誇張書寫。在這個意義上，李鐵爲「工廠題材」創作提供了極有價值的經驗。這個經驗如果從理論上勉強或言不及義概括的話，那就是：他還原了現代性及其幻象。

七、《L 形拐彎》：日常生活中的愛恨情仇

於曉威是近年來風頭正健的青年作家，他的作品被各種有影響的名刊和選刊一再刊用，不僅證實了他的勤奮，而且也表明了他創作的質量。儘管判斷作家作品的價值尺度和標準變得越來越困難，但好的作品總會閱讀後被我們迅速感覺和撲捉。可以肯定的是，《L 形轉彎》是一部優秀的中篇小說。

當高雅文學和通俗文學的界限越來越淡化、越來越模糊的時候，這篇小說可以認爲是一篇以「經典寫作」的姿態創作的雅俗共賞的小說。從小說的故事框架來說，它選擇的是通俗文學最基本的要素：暴力與性愛。杜堅和喬閃幾次見面後就可以迅速並自然地走向床笫；然後是喬閃丈夫被一個十六歲的歹徒劫持，在救助過程中杜堅三槍打死了歹徒，而歹徒也有機會殺死了喬閃的丈夫；最後，喬閃打開了煤氣，與杜堅一起從容走向死亡。如果我們這樣敍述或理解這個故事的話，這就是一個典型的通俗文學的寫作模式：暴力與色情，拳頭加枕頭。但小說顯然在這個故事之外還有值得解讀的弦外之音，因此這又是一部有「意味」的小說。普通讀者可以興致昂然地讀這個故事外殼，有訓練的讀者可以通過故事去享受那個「弦外之音」。

　　小說首先令人震動的，是作家對當下生活述說的從容和平靜。一個已婚的防爆警察隊長和一個已婚的青年女性，幾次謀面之後就可以心有靈犀地進入純粹的性愛。他們沒有利益關係，也沒有交換關係，僅僅是一種身體的吸引。作家只是交代或敘述了這個過程，他並沒有作任何道德判斷。這個過程作為「小說」的基本要素並不新鮮，但通過這個貌似尋常的人間欲望，卻演繹了一場令人驚心動魄的愛恨情仇：防爆警察隊長杜堅在救助喬閃丈夫的過程中，三槍才將歹徒擊斃，歹徒有機會殺死了喬閃的丈夫，那麼，究竟是歹徒殺死了喬閃的丈夫還是警察杜堅殺死了喬閃的丈夫？這個不解之謎是小說最吸引人的一筆。如果杜堅沒有向喬閃示愛，要求喬閃嫁給自己，那麼這個謎底也不成立。但恰恰是杜堅通過兩人的身體接觸後，他愛上了喬閃。但喬閃並沒有承諾一定要嫁給杜堅，因此她認為是杜堅故意給了歹徒以機會，有充分的殺死自己丈夫的時間。特別是在另一次救助中，杜堅在同樣的礦泉水裏注射了麻醉劑，使歹徒束手就擒，喬閃對自己的判斷更加深信不疑。於是，她決定強迫杜堅與自己一起自殺，她麻醉了杜堅後打開了煤氣閥門⋯⋯。

　　喬閃有理由認為杜堅殺死了自己的丈夫，杜堅愛喬閃，並向喬閃借30萬元錢給朋友，當朋友不用之後，他並沒有立即返還喬閃，而是打算將其作為與妻子離婚的補償。這些信息傳達到喬閃那裏，她認為是杜堅「借刀殺人」理所當然。但喬閃的丈夫又確實不是杜堅親手殺死的。因此喬閃的指認杜堅又有充分的理由不接受。雖然喬閃很愛杜堅，但還沒有達到與丈夫非離婚不可的程度，因此她不能原諒杜堅的借刀殺人。而她能夠選擇的，就是與杜堅一起走向死亡。但這個「死亡」也是需要闡釋的：她麻醉了杜堅，強迫他和自己一起死去，但她打開煤氣閥門之後，是「緊緊地同杜堅摟在一起」。她是為丈夫報仇嗎？起碼不僅僅如此，她和杜堅緊緊地摟在一起，是愛恨交織？還是說不清楚。因此，《L形轉彎》就在「轉彎」處設置了事件與人物的雙重謎底。這種「不確定性」就是小說的「意味」，也正是因為這個深長的「意味」，使這篇小說超越了大眾趣味並突破了通俗文學的外殼，使其具有了嚴肅文學的品格。另一方面，無論傳統還是當下的通俗文學，「大團圓」結局是慣用的手法，不僅寫作模式相當成熟，而且也培育了大眾對這一模式的接受和期待。但於曉威在處理這篇小說的結局時，恰恰使用了通俗文學的「逆向」方式，以一個悲劇性的結局來處理。而且，起碼在我們看來，這個方式並不是喬閃深思熟慮做出的，她與杜堅結束生命的決定，就像他們又一次親熱一樣從容和平常。

　　還值得注意的是小說關鍵性的細節，就是杜堅使用的美國超強力麻醉藥物。第一次是杜堅對喬閃的惡作劇，第二次是杜堅給另一歹徒礦泉水時的注射，第三次則是喬閃對杜堅的使用。如果沒有這個麻醉藥，小說就難以構成。杜堅開始對喬閃的使用始於一種欲望，他以膨脹和沒有節制的方式試圖最大限度地滿足自己的欲望，最後卻死於自己的欲望，欲望變成了自己的對立物，他以自己麻醉別人的方式不再醒來。這個細節的設定，顯示了作家於曉威把握和理解小說的能力。但我對喬閃輕易地或輕率地選擇了死亡，還是覺得沒有充分的理由。一個人只有徹底絕望才會選擇生的對立面，但杜堅與她或她與杜堅都沒有達到一個極端化或絕對化的境地，即便這個過程有不能或不可理解的問題，比如對喬閃丈夫之死的認識，對杜堅借錢遲遲不還以及他的打算等，都不足以構成喬閃對杜堅絕望的理由。生活於她而言還是可以繼續的。在這一點上，是作家控制了人物的命運，而不是人物水到渠成的自然完成。當然，我們也可以從另一個角度理解喬閃的選擇，這就是她沒有能力處理她所面對的人生的問題了。

　　反映或表現日常生活的變故和矛盾，不僅是作家為了改寫「宏大敘事」的寫作策略，更重要的是生活本身變化的要求。這是近年來小說脫離了「大說」重新回到「小說」位置的一個重要的表徵。從理論上說，小說在逐漸擺脫對歷史整體性或本質主義的依附；從生活本身而言，那種大動蕩、大革命的事件正在為日常生活所置換。但是，即便是日常生活，是普通人的愛恨情仇，同樣能夠醞釀出暴力事件甚至是訴諸於肉體消滅的事件。大動蕩、大革命是人類共同面臨或遭遇的外部事件，它或由偶然性因素，或因專制意志、國家意志以及利益等問題引發，從而改變國族、家族或個人的命運。在這樣的背景下，個人與歷史的關係是重要的。但在和平時期，在日常生活成為每一個人生存常態的時候，衝突往往在人性內部展開，這裡既有個人人性的分裂和衝突，也有人與人之間的人性的衝突。就《L 形轉彎》而言，杜堅既是一個優秀的防爆警察隊長，也是一個通姦者；既有制伏歹徒的能力，也有給歹徒殺死人質機會的能力；喬閃既是一個熱愛生活的女性，也有決絕地對待生命敢於自戕的女性，她既愛自己的丈夫也愛情人杜堅；杜堅和喬閃既是一對忘情的情人，也是一對不能化解矛盾的敵人等等。人性的複雜性多樣性，就這樣在小說中被豐富地呈現出來。因此，在日常生活中發現並有能力表現這種複雜性、多樣性和豐富性的作家，就是一個優秀的作家，他這樣理解和創作的小說就是優秀的小說。

　　遼寧作家在中、短篇領域取得的成就，已經令人刮目相看。他們的創作沒有形成當年「東北作家群」的地域性特徵。但地域性特徵不是衡量文學創作的唯一標準。在文學經典共同影響、文學經驗被普遍接受的時代，文學地域性特徵不再是作家普遍的追求是完全可以理解的。值得注意的是，在時代大轉變的時代，這些作家透過紛亂複雜的社會生活，將筆端直指人的內心或精神領域，發現了歷史或現實與人有關的精神事件，這是最值得肯定和評論的。那些與人類精神和心靈有關的事件還在延續或發生，它是當代中國經驗的一部分。已經取得了很大成就的遼寧作家，將會有更大的作為是完全可以預料的。

2007 年 3～4 月於瀋陽師大中國文化與文學研究所

外部生活與內心世界
——長篇小說的不同領域與言說方式

一、鄧一光：對戰爭與戰爭文化的新思考

　　鄧一光是這個時代有英雄氣概的作家。從《我是太陽》、《父親是個兵》到《我是我的神》，他確立了自己獨步文壇的硬朗風格。在軟性文化無處不在的時代，鄧一光成為一個重要的文學參照——我們畢竟還有一息尚存的陽剛之氣。2008 年 80 萬言的《我是我的神》出版之後，好評如潮一時洛陽紙貴。這部規模宏大的小說，延續了他慣有的風格和題材：這是一部充滿英雄主義和理想主義的小說，是一部當代中國的編年史或精神史，是一部當代中國的「家族傳奇」，是一部「紅二代」的「叛逆史」、成長史和「皈依史」，同時也是一部重新思考戰爭和戰爭文化的小說。因此，《我是我的神》的豐富性可以從不同的方面得到闡發和認識。

　　在中國當代文學史上，普遍認為最有成就的小說是兩個題材：一是農村題材或鄉土文學，一是革命歷史題材。而革命歷史題材多以戰爭小說為主。作為當代文學經典的「三紅一創保山青林」多與戰爭有關。但是，我們的戰爭小說到底有怎樣的成就是值得討論的。我曾說過我們的抗戰文學無經典，雖然不合時宜卻是事實。這種情況與作家對戰爭的理解、與我們的戰爭觀或歷史觀有關。當然，那時的「戰爭文學」與實現國族的全員動員的訴求有關。國族動員的訴求就是同仇敵愾，於是，每當戰鬥即將展開時，「請戰書像雪片般地飛向連隊」，也是我們經常看到的戰地氣氛，中國人民在反侵略戰爭中的高尚、純粹和勇於犧牲，在這類文藝作品中表達得最為充分；這樣的場景一

方面表達了參與戰爭的人對非正義戰爭、侵略戰爭的正義感和無畏精神，但另一方面，也不經意地表達了對戰爭這一事物本身的態度。戰爭結束之後，當代文學史上確實也創作了一些表達「抗戰記憶」的作品，比如像《烈火金剛》、《鐵道游擊隊》、《敵後武工隊》、《平原槍聲》以及其他電影等。但這些作品更注重表達的是對戰爭勝利過程的描述，以及對戰爭勝利的慶典，而對戰爭本質更深入的揭示還沒有完成。因國族動員需要而形成的表達策略，使這些作品對戰爭的價值判斷淹沒或遮蔽了對戰爭這一事物本身的思考。或者說，對反侵略戰爭、反對非正義戰爭因國家民族的敘事而忽略了戰爭對具體人構成的精神影響或心靈創傷。在這一點上，我們和西方以二戰或其他戰爭為題材的作品所表達的思想和關懷是非常不同的。

《我是我的神》書寫了多場戰爭：解放戰爭、渡海戰役、朝鮮戰爭、「8·6海戰」、「對越自衛反擊戰」等。鄧一光沒有經歷過戰爭，他對戰爭的講述顯然是虛構的。但他有自己的戰爭觀和對戰爭文化獨到的思考和表達：戰爭不僅是戰爭本身，它的遺產是戰爭文化以及對後來生活產生的重大影響。我看到，鄧一光對戰爭和戰爭文化的重新思考，是在兩個層面展開的：一是對戰爭場面的描述，一是對戰爭文化巨大影響的反思。戰爭的殘酷場景在小說中比比皆是：解放戰爭中，烏力圖古拉的「313師在宋部重兵圍困下惡戰了三天，用光了一萬六千發炮彈、五十二萬發子彈、九萬枚手榴彈、三千公斤黃色炸藥，戰鬥減員占全師三分之一。……。炸彈不斷落在 313 師的陣地上，炸得313 師官兵們連眉毛鬍子都燃了起來，空氣中彌漫著嗆人的硝硫味，山岡上到處都是被燃燒彈燒得吡剝冒油的死屍，連日大雨也沒有把那些火焰澆熄。最前沿的 14 團 8 營，官兵們的衣裳全著了火，營長戰死，副營長兩隻眼珠給炸沒了。教導員火人兒似的光著腳丫子滿陣地跑，嘶啞著嗓子喊叫，要士兵們脫掉燃著的衣裳，在大雨中光著身子向衝上來的敵人射擊。」具體的戰爭不止是「威武之師勝利之師」的狂亂抒情，他們也有「『師長，我們完了。』14團團長和政委哭了。偌大的漢子，眼淚在髒兮兮的臉上不知羞恥地流淌，『14團打光了，我們再也擋不住了。』」了的絕望，313 師也有「師側翼有好幾次被敵方撕破，差一點兒陷入全軍覆滅的絕境。戰鬥最激烈的時候，宋部士兵衝到師指揮所附近，連續向指揮所扔進幾顆捷克造瓜式手雷，好幾名參謀警衛被掀到洞壁上貼著，慢慢滑下去，軟在那兒再也撿不起來。」的悲慘時刻。除了對戰場慘烈殘酷場景的直接描寫，鄧一光還通過不同的視角呈現了戰爭

的慘不忍睹：薩努婭「幫助醫護人員把重傷員從車上抬下來。那些重傷員完全沒有了樣子——胳膊被炮彈炸飛，露出參差不齊的骨碴；腿被手榴彈轟得只連著一層皮，像是沒發育好的嬰兒躺在身體一旁；肚子被機槍子彈打成了爛篩子，花花綠綠的腸子流出一大團；腹背被刺刀挑開，肋骨白生生地刺在外面；汽油彈燒瞎了眼睛，黑黢黢的面孔上只看見兩隻呆滯的眼仁；因為腦震蕩而成了白癡，一動彈就呵呵地傻笑；生殖器連同寶貴的膀胱被坦克機槍一塊兒打掉，下身露出巨大的空洞；脊梁被炮彈掀起的石頭砸碎成好幾截，擔架一搖晃身子就左右分開……」。這不是鄧一光對慘絕人寰景象的迷戀，我相信他也沒有「炫技」的個人嗜好。這些令人暈眩的場景是反人類反人性的，當鄧一光將這些呈現在讀者面前的時候，那裏已經隱含了他對戰爭的態度。

當老一代的「戰爭」結束後，戰爭文化的影響並沒有結束。烏力圖古拉和簡先民的後代們，在和平環境的日常生活中「組建」了「簡氏集團」和「烏力氏集團」，雖然是孩子的「遊戲」，但這種「遊戲」的思維方式和話語方式，從一個方面表達了戰爭文化對下一代的深刻影響：

> 簡氏集團軍屢敗屢戰，勇氣可嘉，但處境並沒有絲毫好轉。烏力氏集團軍的戰爭態勢大氣磅礴，戰略步驟周密精緻，戰役行動出神入化，令人防不勝防。

> 在新的一輪戰役中，烏力氏集團軍開始使用更新式的裝備——他們改進了彈弓的推進器部分，用止血膠管代替汽車內胎，這樣製造出來的彈弓，柔韌度達到了完美無瑕的程度；他們還用整塊的膠皮貼在臉上、裸露的手臂上，這樣就等於穿戴上一副刀槍不入的鎧甲；他們仗著優勢裝備，有恃無恐，一個個不要命地往前衝，攻勢之猛烈，根本無法阻攔。

這樣的分析戰爭文化的影響也許有小題大做之嫌，但事情的確如此。它後來的發展我相信足以使任何人震動不已。文革期間：

> 簡小川在六中紅衛兵奪權運動中大打出手，打破了一個解放前參加過三青團的副校長的腦袋，還打斷了一個當過國民黨軍醫的校醫的肋骨。方紅藤很擔心，要簡先民管一管自己的兒子，不要讓兒子在外面惹事生非。

> 謾罵式的辯論。銅扣橫飛的皮帶。被扒下來丟進火焰的將校服。清一色悲壯的光頭。呼嘯而過的藍嶺牌、三槍牌、飛鴿牌。風高月

黑的偷襲。漫天飛舞的傳單。砸爛的油印機。摔在地上再踩上幾腳
的高音喇叭。沾著嘔吐物的皮鞋。高高舉起的日本指揮刀。分辨不
清敵我的群毆。噴濺而出的鮮血。打落再和血吞下的牙齒……

當然，這些現象的出現僅用戰爭文化是難以周延解釋的。但是，這裡戰爭文化的影子或對其「戲仿」的驚人相似，能說一點關係也沒有嗎？「紅二代」也終於長大成人，他們也終於有機會參加了戰爭。值得欣慰的是，作為特種兵的烏力天赫，戰爭不僅使他獲得了一種堅韌不拔的性格，更使他在經歷死亡，在戰爭中生發的獨立思考。他參加了戰爭又超越了戰爭。他從開始的為人民而戰到後來發現戰爭的驚人相似之處，他對戰爭產生了質疑，進而對戰爭暴力的質疑和批判；對越自衛反擊戰的烏力天揚是一個英雄，但他極力迴避這個身份。反倒贖罪似的探望死亡戰友的家屬，將被社會遺棄的少年時流浪夥伴召集在一起辦蔬菜養殖場，到處籌款，幫助別人，支撐著力不從心的烏力家族。這些筆致，是鄧一光對戰爭和戰爭文化所作的新思考。

當然，關於戰爭，人們的理解隨著時間的延展、國際環境的變化以及對戰爭本身的多方面反省已經有了很大的變化。蘇聯作家瓦西里耶夫自己也曾談到了這種變化以及對他的影響。他說：「在戰爭之後，在蘇聯立刻出現了戰爭文學表現勝利的浪潮。這是對我們的巨大犧牲的反映，大家都知道，為此，我們灑出了多少鮮血。後來，略微清醒和冷靜了，為回答這種勝利浪潮我寫了《這裡的黎明靜悄悄》，我想說，不，孩子們，請原諒我，一切並非如此，戰爭是殘酷的事物，不是盛大的歡宴……關於偉大的衛國戰爭還會繼續寫。現在的一代人寫不出，但是，我認為在下一代將會寫出來。要知道每個人都有自己的戰爭，每個人在自己的戰壕中、自己的坦克上，自己的大炮旁親臨戰爭……關於 1812 年戰爭的鴻篇巨製是在戰爭五十年以後寫出來的。我們現在關於戰爭的小說，情況也將如此。」對戰爭以政治學、社會學或意識形態的角度去認知的時候，可以得出正義、非正義；侵略、反侵略的戰爭觀念。但對戰爭本身的反省或檢討，卻可以超越意識形態的框架，用藝術的方式去感受、認識戰爭就是其中的一種。我們知道，藝術是處理人類精神和心靈事務的領域，無論是什麼性質的戰爭，都會對人的心靈造成難以癒合的創痛，勝利的戰爭也不能抹去戰爭給人的心靈帶來的陰影。對人的命運的深切關懷、對人性的關懷、對人類基本價值的守護和承諾，才是戰爭小說要表達的基本主題。戰爭結束了，但一切並沒有成為過去，就像《這裡的黎明靜悄悄》

中幸存的瓦斯科夫並沒走出戰爭的陰影一樣，烏力天赫、烏力天揚的心靈也已傷痕累累不堪重負。因此，《我是我的神》是一個反對所有戰爭的小說。這就是鄧一光對戰爭和戰爭文化重新思考的結果。

二、津子圍：社會密碼與文化記

　　與津子圍以往的創作比較，《童年書》的變化非常大。過去津子圍的小說涉世很深，他是一個入世的作家，他喜歡濃墨重彩大開大闔，而對超拔脫俗婉約靜穆一路興趣不大。這當然與作家風格的選擇有關。但在不同的風格中，我們大體可以瞭解一個作家內在的追求和趣味。讀《童年書》我會聯想到林海音的《城南舊事》，《城南舊事》是一部自傳體的小說集。小說以童年小英子的視角，講述了二十年代北京南城的人與事，成人世界的喜怒哀樂悲歡離合，在一個稚嫩孩子的眼中折射出來。其間溫婉的記憶在淡淡的感傷中彌漫四方：「讓實際的童年過去，心靈的童年永存下來。」林海音實現了自己的創作期許，她感動了一代又一代的讀者。

　　津子圍的《童年書》當然也是自傳體的小說。《城南舊事》是林海音七歲到十三歲時的生活記憶，津子圍書中講述的生活應該也是這個年紀。這個年紀的記憶真實可靠。因此，津子圍《童年書》中的故事，記載和隱含的社會密碼與文化記憶是我感興趣的。敘述主人公講述的故事發生在「一個叫八面通的小鎮」上的「窄街」。「它處在黑龍江的東南部，離中蘇邊境不足一百公里，過了馬橋河林場，就要檢查邊防通行證了。中國這麼大，沒多少人知道那個地方。不過我們那個地方的人都知道北京，知道外面的世界。」它的時代是「中蘇關係正緊張，『深挖洞，廣積糧』、『返修防修』的條幅到處都是……我家也和很多家庭一樣，在窗玻璃上貼『米』字的紙條，以防玻璃被震碎了傷到人；在自己家的院子裏挖了地窖，以防空襲。預防空襲的警報經常在大修廠的灰樓上響起來。這時，大家就把準備好的乾糧和炒麵背上，跟著前呼後擁的人群，向鐵道旁的防空洞跑去。」這是一個及其簡單和蒼白的時代，那個時代留給我們的記憶幾乎是相同的。物質生活極度貧困，精神生活極度貧乏。小說中曾講述了這樣一個細節：定量供應的糧食使每個家庭經常斷糧。一次家裏斷糧時，母親給了他錢和糧票，讓他到飯店買饅頭，陪他去的有幾個夥伴，買的二十個饅頭讓他和夥伴們吃掉了。「回家已經是傍晚了，母親看到我兩手空空，問我饅頭呢，我撒謊說錢丟了。母親的眼淚立即湧出來。事後我才知道，母親和妹妹都沒有吃中

午飯，而且，那些糧票是那個月最後的指標。多年後，我一直無法回憶哪件事，每當想起，我的心都在流血。」沒有那種生活經歷的人，很難想像幾個饅頭對母親意味著什麼。作者不是「無法」回憶，而是不能回憶或不敢回憶。物質生活的貧困，在這樣一個細節上被揭示得一覽無餘。

物質生活的極度貧困，使無知的少年走上了一條犯罪的道路。他們開始是撿廢品，換錢買簡單的零食；後來逐漸地發展到去工廠偷生產物資，甚至毀壞變電器。這些情節都是真實的。另一方面，那又是一個極度道德化的時代。無論成人還是孩子，都對兩性關係諱莫如深又興致盎然。比如大人和孩子對「姜破鞋」的議論、好奇、窺視和通姦；孩子對鴨子性交的審判，這種道德的兩面性只能發生在那個年代。它也從另一方面反映了那個時代精神生活的貧乏狀態。因此，《童年書》隱含著豐富的社會信息和密碼。對這些信息和密碼的破譯與識別，是我們進一步認識那個時代的重要方式。

另一方面，是《童年書》中記載的文化記憶。一般的意義上，作家的所有創作，都是對童年記憶的反覆書寫，童年記憶會影響作家的一生。對津子圍而言，《童年書》中最重要的記憶是「戰爭文化記憶」。一方面，這與敘述者講述話語的年代有關。那個時代中蘇關繫緊張，戰爭敘事不斷強化。這種戰爭文化一旦進入童年記憶，會激化成一種幻覺。比如敘事主人公希望原子戰爭真的打起來，為的是檢驗自己防原子彈臥倒的姿勢正確與否。同時他堅定地認為：原子彈沒什麼可怕的，不過是紙老虎罷了。戰爭文化塑造了男孩子虛幻的「英雄主義精神」，並且滲透到了日常生活中。比如，窄街的夥伴們都被封了軍隊的職務，從「司令」開始，一直到偵查員通訊兵。這種軍事文化符號使童年生活有了滿足感，但他們並不滿足於口腔的快感，他們還要訴諸於行動。比如他們經常打群架，經常有「血染的風采」。為了逃避家長懲罰，他們還有進山「打游擊」的壯舉，儘管是場鬧劇。

戰爭文化是二十世紀最重要的文化，它深刻地影響了二十世紀中國的思想和社會發展歷程。我們經常使用的「戰線」、「堡壘」、「摧毀」等話語都是來自戰爭文化，甚至至今沒有終結。這種文化使人的思想板結僵化，作為一種硬性文化，它成為一種進入、理解人的情感的障礙或屏障。這一點在《童年書》中有極為生動的表達。比如「我」對女孩子的情感是相當複雜的，女孩子既有強烈的吸引力，又要表達出「男子漢」的不屑和輕蔑。「叢丹的口琴」中有一段講述「我」看女孩子跳皮筋的情節，作者記述的極為詳盡。女孩子

並不理睬他，他暗中和暗戀的叢丹在較勁。他沉浸在叢丹美麗的躍動中，情不自禁地大喊一聲「跳的不錯呀！」女孩子表面上也對「我」表示了不屑，讓他遠一點別礙事。但是「我能聽她們的嗎？自然不能，我還磐石一般立在那兒。」這種不經意流露的對立情感，是戰爭文化的直接影響。這種影響以至於使敘事主人公失去了一次刻骨銘心的愛情，也就是叢丹在農曆七夕對他的約會。這是小說中最為動人的段落，但這個動人的童年記憶就這樣被戰爭文化毀壞了。當然這構不成悲劇，但少年的愛情我們還會再經歷嗎！

《童年書》是津子圍至今為止最重要的作品之一。他的重要可以和《口袋裏的美國》相提並論。《口袋裏的美國》重建了文學的政治，終結了留學生的悲情書寫；《童年書》則表達了津子圍的另一種才能，即小說的散文化筆墨。

三、李蘭妮：精神懸崖上的英武凱旋

李蘭妮的《曠野無人》，在形式上是一部「超文體」的文學作品，它的內容則是一次向死而生捍衛生命尊嚴的決絕宣言，是一部不堪回首的與死神自我決鬥的「精神的戰地日記」，是一個內心強大、大愛無疆的勇者與讀者坦誠無礙的交流，是一次在精神懸崖上的英武凱旋。它的光榮堪比任何榮譽與輝煌，因為沒有什麼能夠比敢於走過捍衛生命尊嚴漫長而殘酷的過程更值得感佩和尊重。我們難以想像抑鬱症患者的生理與精神苦痛，但我們知道，《曠野無人》「往日重現」的敘述，不是回憶一場難忘的音樂會，不是回憶一場朋友久別後的感人重逢，它是李蘭妮再次重返精神黑洞，再次復述她曾無數次經歷的生命暗夜的痛苦之旅，她知道這個想法漫長並敢於訴諸實踐的勇氣，就足以使我們對她舉手加額並須仰視。作為一部作品，它文字的質樸、敘述的誠懇以及深懷驚恐並非澹定的誠實，是我們多年不曾見到的。因此我可以說，《曠野無人》無論對於憂鬱症患者還是普通讀者，都是一部開卷有益、值得閱讀的有價值的好作品。

對抑鬱症，我們所知甚少。但我們知道很多優秀的文學藝術家如凡·高、海明威、三毛等都是抑鬱症患者並都死於自殺。就如同維吉尼亞·伍爾芙在《雅各的房間》一書中描述的那樣——「她的內心浮出一種奇怪的哀傷，好像時光與永恆穿過她的裙子和背心，浮現出來，她看到人們悲慘地一步步走向毀滅。」在西方抑鬱症被稱為是「心的感冒」，是「21 世紀的黑死病」。病症的成因非常複雜，即便我們不是專家，在李蘭妮的敘述中我們也能大致瞭

解一二。我們當然不是在討論抑鬱症患病的成因，我們更關注的是，在一個「超文體」的文學作品中，李蘭妮是怎樣將這一切敘述出來的，或者說，她為什麼還要用講述的方式再次經歷這個苦痛。

事實上，抑鬱症除了遺傳、家庭的原因之外，社會原因是重要的方面。專家指出，痛苦的童年比改變腦中化學狀態還要影響深遠。從社會心理學的觀點來看，我們可以知道兒童是經由學習來瞭解自己和身處的世界。心理分析理論認為我們早年建立的一些信念會影響我們日後的人際關係。比如說，我們在很小的時候就建立如何信任別人的觀念，而「信任」是我們日後人際關係的基石。我們同樣的也在很小的時候建立自己是否有價值，自己是不是值得愛的觀念。如果人們不知道如何愛自己，也不知道如何和別人建立愛的關係時，就很可能會形成抑鬱症。當兒童被忽視，遺忘或被傷害的時候，就有可能形成了對己對人的負面想法，當人們要和別人建立關係時，這些負面想法就會跑出來破壞。讓人孤立、孤獨和自信心低落也是形成抑鬱症的原因。我們發現，在《曠野無人》的「鏈接」部分，多次出現《十歲的一個瞬間》、《十二歲的小院》，這是李蘭妮揮之不去的憂傷的少年記憶。文革期間的軍隊大院神秘的光環下面，沒有人知道少年李蘭妮是怎樣度過的。這裡不止是在指控文革的罪惡，它更是在揭示少年心理經驗對憂鬱症構成的重大影響。同時，在這部精神檔案中，李蘭妮對中國家庭教育和習慣的檢討，對普遍缺乏仁愛之心的切膚之痛，對日常生活中渾然不知的父親、母親給孩子心理造成傷害的描繪以及我們習以為常的情感方式、行為方式的分析等，已接近一個精神病理學專家。李蘭妮關注這些細節的起始原因可能是源於個人的心理病痛，但當她一旦公諸於世的時候，這裡就隱含了李蘭妮的一種社會擔當和使命感。她講述這一切，決不僅僅是個人傾述的需要，她是在用自己的經驗警示或告知已經患病或還沒有患病的讀者。作品中不斷提到《聖經》，我們是一個沒有宗教感的民族，即便是信仰宗教的國度裏，宗教也不是萬能的，也不能醫治抑鬱症。但是希望有一顆「愛人之心」而不是怨恨或被怨恨所折磨，不僅是社會健康文明的表現，同時也能夠緩解或解除我們患病的機會或可能。因此，與其說李蘭妮在這裡布道，毋寧說她在倡導人間的大愛。事實的確如此，即便身患重病的時候，她想到的還是歌手叢飛的人間大愛，是對母親生日質樸真摯的記憶。特別是最後給母親過生日的場景，她那顆感恩的心在充滿抒情的書寫中感人至深。

　　新近出版的美國約翰‧霍普金斯大學醫學院精神病學系教授及情緒性疾病中心主任凱‧雷德菲爾德‧傑米森在《天才向左瘋子向右》中指出，憂鬱症患者沒有平凡人生平靜的藍色，他們的人生是純粹的紅與黑，「亢奮時如同烈火般閃耀刺眼，憂鬱時卻是無邊的黑色死寂」。傑米森也是一個憂鬱症患者，她在創作本書的時候，丈夫正在彌留之際，但她沒有被抑鬱和悲痛擊倒，在她的文字中充滿了對生命的熱愛、對未來不可遏制的憧憬和追求，對探索生命奧秘不可壓抑的渴望。《曠野無人》的出版，使中國有了一部向世人講述憂鬱症患者艱難生命的文學作品。

　　事實上，每個人都在經歷著空前的精神困境，我們內心的焦慮、彷徨或茫然，與一個沒有命名的憂鬱症患者已相差無幾。不同的是，我們不敢承認這個事實，我們不敢袒露真實的內心。面對很多茫然的事物我們還在津津樂道辭不達意，同時我們又沒有正視的願望和能力。這與患病早期的李蘭妮已經非常相似。在「連接」部分，我看到李蘭妮援引的《積極思考就是力量》的摘錄，這個智慧洞明的美國人對個人有限性的認識，聽來振聾發聵醍醐灌頂。因此，李蘭妮的英武凱旋是源於內心或精神的強大和愛的力量，是生命尊嚴不能奪取的偉大的人格意志的力量。

四、李鳳群：記憶的陰霾和那縷消失的陽光

　　李鳳群是一位特別值得注意的青年作家，年輕的她就先後出版了《非城市愛情》、《活著的理由》、《背道而馳》、《如是我愛》等長篇小說。特別是《大江邊》的出版，使這位青年作家讓人刮目相看。她對一個農民家族三代人命運的書寫，不僅體現了她的歷史感和敘述能力，更重要的是，她對農民面對的生存和精神難題的探究所達到的深度，為鄉土文學提供了新的經驗和視角。它獲得「紫金山文學獎」當之無愧。

　　現在我們討論的這部《顫抖》，是李鳳群新近出版的長篇小說。這部作品如果不是一部自敘傳的話，那麼，起碼它與作家的精神傳記有關。因此，《顫抖》可以看作是一部心靈史、精神成長史。所謂「顫抖」，就是控制不住的哆嗦，它是生理現象，更是一種精神現象，所謂心驚膽顫就是這個意思。而且顫抖也是抑鬱病人的一種表現形式之一。主人公的抑鬱症和「顫抖」，主要是來自她的童年記憶：我「戰戰兢兢地長大。我得說，有些人的不幸是可以避免的，有些人的不幸是自己親手製造的，我家庭的不幸則是無可奈何的，那

是個不能完全自主的時空。」俗話說「家貧萬事哀」。每個家庭都有它的秘史。一個農民家庭三代同處一室，沒有矛盾是不可能的。但是，重要的是這個家庭不僅矛盾重重，更糟糕的是家裏陰霾密佈，從來沒有任何歡樂和愛。一個孩子生活在這樣的環境中，其身心感受可想而知。

　　家庭氣氛一般來說是由女主人掌控的。這與「女主內」無關，有關的是，女主人如果是一個賢惠的妻子和慈祥的母親，家裏的氣氛大體是祥和的。但主人公的母親卻是一個心地扭曲、極不和善的女性。家裏的許多矛盾都與她有關。她不僅不善待公婆，而且極端厭惡自己的孩子。這是一件匪夷所思的事情，但它卻是發生了。主人公童年陰霾的記憶和「顫抖」的後果，大都來源於母親的不善，她隨意斥責自己的孩子，讓孩子打探大人的談話。更重要的是，爺爺的死與母親有直接關係。這個秘密父親一直懷疑，二十年後真相才大白父親面前：是母親殺死了父親。懦弱的父親對這個秘密「認定了二十年，也忍耐了二十年，既沒有爆發也沒有原諒。」在一個充滿猜忌、怨恨的家庭裏，完成了孩子最初的心理培育。沒有愛的溫暖和教育。這是很多貧賤人家普遍存在的現象。渴望愛和關心，是每個孩子最正常不過的心理要求，但他們的存在和要求沒人理會。不信任、沒有安全感等，就這樣成為一個孩子童年記憶的全部。對母親心理、行為的袒露和描述，不是先鋒文學的「弒母」訴求，李鳳群是用寫實主義的方法，塑造一個性格鮮明、有真實感的母親形象。她過去是一個凶神，老年則是一個「乞憐」的形象。「乞憐」一詞就像狙擊手，對形象而言一槍斃命。

　　小說的另一條線索是「我」與一凡的關係。一凡這個人物有明顯的虛構性。他若隱若現，面目並不十分清晰。但作為現代青年，他讓主人公看到了另一個世界。他是一個善良溫暖、舉止得體、十分敬業的知識分子。他的存在像陽光一樣照耀著「我」。在鮮明的對比中，前現代的鄉村中國並不是田園牧歌，那裏更像一個無邊的泥淖，誰都會在那裏越陷越深；但是，作為現代知識分子的一凡，儘管多有理想化的色彩，但與前現代的昏暗比較起來，它終還給人以烏托邦式的指望。不幸的是，當「我」滿懷欣喜來到一凡的城市找他的時候，一凡不在了。「他可能出國了，也有人說他得了抑鬱症，回來家隱居去了」。這自然是一個晴天霹靂。「我」曾有過的與一凡見面的各種可能和想像都瞬間煙消雲散。對「我」而言，那僅存的一縷陽光消失了，這是「顫抖」又一次來臨的時刻。

如果一凡得的也是抑鬱症，那麼，這個不約而同的病症就具有了隱喻性質。它的普遍發生，示喻了「現代」精神生態的一個方面。因此，李鳳群在這裡也沒有盲目地歌頌「現代」，現代有它自己的問題，而且現代的問題是以另外一種方式造就了同一種後果：病患並沒有從我們的世界消失。《顫抖》深入到了中國社會生活的細部，它令人顫抖又難以迴避。應該說，這是一個年輕的大勇者來自內心深處的自我告白。生活是如此的沉重和慘烈。窮苦人和弱勢群體甚至難以維護自己生存尊嚴的最後底線。當然，作家呈現「顫抖」是為拒絕生活中的顫抖，是為了「顫抖」不再發生。

五、王兆軍：鄉村中國的歷史變遷和它的希望

當下作家關注的對象或焦點，正在從鄉村逐漸向都市轉移。這個結構性的變化不僅僅是文學創作空間的挪移，也並非是作家對鄉村人口向城市轉移追蹤性的文學「報導」。這一趨向出現的主要原因，是中國的現代性——鄉村文明的潰敗和新文明的迅速崛起帶來的必然結果。這一變化，使百年來作為主流文學的鄉村書寫遭遇了不曾經歷的挑戰。或者說，百年來中國文學的主要成就表現在鄉土文學方面。即便到了 21 世紀，鄉土文學在文學整體結構中仍然處於主流地位。但是，深入觀察文學的發展趨向，我們發現有一個巨大的文學潛流已經浮出地表，這個潛流就是與都市相關的文學。這一現象是對籠罩百年文壇的鄉村題材一次有聲有色的突圍，也是對當下中國社會生活發生巨變的有力表現和回響。但是，值得我們注意的是，鄉村文明的潰敗，並不意味著鄉村文明書寫的終結。我們同時發現，那些有著深厚鄉村文明記憶和情感的作家，仍在這一領域孜孜不倦地創作著與鄉村文明變遷相關的作品。其中王兆軍的《把兄弟》就是這樣的作品。

1984 年，王兆軍在《鍾山》雜誌發表了他著名的中篇小說《拂曉前的葬禮》。小說發表後好評如潮並獲得第三屆全國優秀中篇小說獎。《拂曉前的葬禮》寫知青王曉雲離開大葦塘村八年，大學畢業後重訪當年下鄉插隊的大葦塘村，以追憶的方式講述下鄉插隊到返城這一期間的生活和感情經歷的故事，塑造了田家祥、呂峰、田永順等農民形象，在這一追憶中書寫了王曉雲的思想感情變化，以及對知青上山下鄉和鄉村中國社會生活的變遷歷程。那個象徵性的「葬禮」預示了鄉土中國和知青一代走向新生活的決絕。因此，《拂曉前的葬禮》既是一部現實主義的力作，同時也是一部充滿了理想主義精神

的作品。三十年過去後，王兆軍又返回了他的大葦塘村，在新的歷史條件下接續了他的主人公田家祥、呂峰們的生活。已經是局長的呂峰重返大葦塘村，與他的把兄弟田家祥謀劃把主要精力轉移到副業和工商業。有力的條件是，呂峰是商業局長，「村裏搞點副業，掙點錢的路子是可靠的」。當然，小說不是鄉村致富指南，其主要篇幅也不是講述大葦塘村脫貧致富的過程。小說主要處理的還是大葦塘村在新的歷史條件下的人際關係。由於歷史的原因，大葦塘村也難免矛盾叢生盤根錯結。因為田家祥申鳳坤的矛盾，田家祥與呂峰的作風問題被牽扯出來。申鳳坤意在通過楊守道整治這兩個把兄弟。兩個人「其實是一路貨色，都在一個女人的肚子上混過，有私生子為證，姓田的至今對那女人還有想法，只是人言可畏，沒敢太囂張。」這個女人是張二妮。鄉村中國的世風世情與對人的評價並不完全是同構關係。但是，要毀壞一個人或整治一個人，道德化是最有效和便捷的武器。另一方面，在男女關係問題上，一個人的擔當、情操和個性高下立判。事實是田家祥與呂鋒確實都與張二妮有染。呂峰這個號稱「大姑娘食兒」的英俊男人，也確實被當年稱為「小石榴兒」的二妮戀著。但陰差陽錯還是沒有走到一起；田家祥在一次酒後強行與二妮發生了關係並致使二妮懷孕，二妮生下了孩子。有趣的是，田家祥、呂峰的冤家申鳳坤走上經商之路後，也把忍辱負重的二妮從鄉下帶到了城裏。呂鋒為了自我保護不惜陷害二妮，田家祥則因對二妮犯下的罪過悔恨交加，他懺悔的方式就是無聲地關注支持二妮。經歷商業大潮的歷練和鄉村農民固有的勤勞、堅忍和善良的品性，二妮終於成長為這個時代的新人並當選為商城勞模。

《把兄弟》在結構方式上，有傳統小說的演繹性質。比如二妮離開大葦塘村前，她用上墳的方式告別她曾經的男人。這一章回的標題是「張二妮上墳瞭解從前，田永昌送禮投其所好」：

> 對張二妮來說，這次祭奠是一場嚴肅的告別，不僅是居住地，還有倫理的訣別。她確認自己和孩子們進城定居了，不會再回到這裡。她也不再回來種地了，從此告別了莊稼和菜園，告別了酷熱的陽光和呼嘯的風雪。新的生活環境，新的立足點，新的希望，讓她下定決心徹底告別這個曾經擁有的家、這個村子和這裡的生活方式。多年前深埋於心中的渴望，如今實現了。她夢寐以求的就是這種脫離，脫離就是解放。

當然，這段旁白與其說是張二妮的心理活動，毋寧說是作家對人物處境的理解。但是，當進入具體祭奠活動時，比如木驢子如何敲打紙錢印記、二妮如何敲打木驢子的動作等，這些細節是難以編造的；然後是二妮在男人墳前的祭奠。四色祭品一壺酒，還有她與死者的對話等。這是鄉村與死者的告別儀式，也是張二妮為人品行的佐證。這裡有傳統小說的印記，但是它的根基和基礎則是鄉村生活現實決定的。因此，這些大眾化的小說元素一旦進入小說，顯然與讀者拉近了距離；與此相類似的是小說的結尾。這是一個典型的大團圓結局。二妮與田家祥冰釋前嫌，田家祥當選為村委會主任，申鳳坤在老屋原地建起了三層別墅。大葦塘村經過市場經濟終於舊貌換新顏。鄉村中國在歷史變遷中看到了自己的希望。

《把兄弟》不是一部頌歌式的小說。但當作家用傳統小說的方式進入寫作時，這一體式的內在要求決定了它的走向。因此，對改革開放的歌頌恰恰是作品內在結構決定而不是有意為之的。還值得注意的是，小說用了傳統的章回體，這一體式在當代小說創作中已經極為鮮見。章回體具有演繹性質，它的特點是故事性強，好看好讀，普通讀者喜聞樂見。《把兄弟》舊瓶裝新酒，意在通過傳統文學講述方式表達新生活新內容。雖然作家並不刻意形式作為，但其不經意的努力也從一個方面表達了王兆軍對文學傳承的理解。

六、張欣：努力發現城市生活的深層秘密

當代中國的城市文化還沒有建構起來，城市文學也在建構之中。一方面，我們充分肯定當下城市文學創作的豐富性，通過這些作品，我們有可能部分地瞭解當下中國城市生活的面貌；另一方面，建構時期的中國城市文學，也確實表現出過渡時期的諸多特徵和問題。城市文學的熱鬧和繁榮僅僅表現在數量和趨向上，而城市生活最深層的東西還是一個隱秘的存在，最有價值的文學形象很可能沒有在當下的作品中得到表達，隱藏在城市人內心的秘密還遠沒有被揭示出來。具體地說，當下城市文學存在的主要問題包括城市文學還沒有表徵性的人物，沒有「共名」式青春形象以及城市文學的紀實性困境。這個看法表達了我對當下中國城市文學的某種隱憂。

另一方面，我也看到以城市生活為創作背景的作家的堅持和努力。他們對城市生活的深層秘密正在努力地勘探和發掘。這個深層秘密就是城市生活的隱結構，它不在光鮮的城市生活表面，不在高樓大廈的寫字間，也不在標

示城市現代化的各種高科技的手段工具中，它在人的心裏。城市人心的秘密才是城市生活的深層秘密，誰發現了這個秘密，誰就有機會、有可能寫出生動的城市故事、撼動人心的城市人物。張欣的《終極底牌》就是努力接近這樣的城市文學的一部作品：小說講述的是崖嫣與張豆崩兩個高二女孩的成長故事，通過這兩個人物，引發出與她們生活有關的各種人物：高中班主任兼語文老師蘭老師、美術老師江渡、汪校長、崖嫣的媽媽、張豆崩的父母、同學程思敏、「王行長」、「筷子」等，還有江渡老師的父母等等。這些當下生活中的尋常人物，一旦被結構進小說中，在作家的調動下竟是如此的生動，因此我們也就有了與其接觸或熟悉的願望。兩個孩子都生活在特殊家庭裏，特別是對崖嫣來說這個是一個秘密，她不願意讓同學知道這個秘密。在她們看來，如果能夠守住這個秘密，她們便可以和正常家庭的孩子一樣正常成長。但是，崖嫣單親家庭的被背景還是被蘭老師透露出來。於是波瀾就此展開。小說人物關係極為複雜性：崖嫣、美術老師江渡、張豆崩、程思敏以及他們的各自家庭；學校、課堂、家裏等場景；夫妻、閨蜜、母女、父女、同學關係等，在張欣筆下風生水起跌宕起伏。每一種關係裏即是發生在百姓家裏的尋常事，又每每旁逸斜出生出許多枝蔓。在一個設定的人群關係裏，暗藏諸多難以想像的複雜。這就是張欣對城市生活的理解：這既是小說情節的需要，也是張欣對城市生活的一種隱喻表達。

小說寫了崖嫣、張豆崩的成長經歷和情感歷程，但也確如作者自述那般：「所謂言情，無非都是在掩飾我們心靈的跋山涉水」。有過經歷並對生活認真考量過的人才會有如此萬般感慨並化作文字的行雲流水。我驚異的是，當許多人都在彰顯炫耀城市罪惡的時候，張欣卻張揚起另一面旗幟，這就是書寫溫暖。除了小說的結局和對主人公關係的處理之外，我還讀到了這樣的文字：當江渡回到家裏吃飯時，作者這樣描寫了當時的境況：

> 晚餐的飯桌上也依舊平靜，從江渡的眼中望去，母親劉小貞有
> 著聖瑪利亞一般的安詳，她做的飯菜對江渡來說都是美味佳肴，樂
> 當百吃不厭的骨灰級粉絲。此時她正在盛飯，微低著頭，額前有幾
> 綹髮絲垂落，更讓人感到心安。這些年母親因為操勞猶顯憔悴疲憊，
> 但是那份安然若素不止是對他，江渡認為幾乎對所有的男人都是有
> 照耀、有力量的。

在這樣的時代，關於惡的寫作，可能會解一時的心頭之恨，過了把快意恩仇

的隱，但文學的力量尤其在當下應該還是溫暖。張欣的《終極底牌》的底色就是溫暖。這一點大概與張欣對當下文學和世風的理解有關吧。她說：「都市文學眞正開始其實是在改革開放以後。在這之前，所謂的城市人和鄉村人是一樣的。爲什麼說一樣呢？因爲思維是一樣的，只不過他穿的是老棉襖，我們穿的是超短裙。觀念一旦一樣，文學就顯現不出來。有些人寫都市，最多寫一個夜總會，寫燙了頭又塗著紅指甲的女郎，這些都是非常表面的東西。如果在觀念上沒有任何變化，我覺得就不是都市文學，而只不過是鄉村文學裏的人物穿上了都市的衣服。所以，我覺得都市文學不是表象的。鄉村故事可能是血淋淋的，沒有飯吃，沒有衣服穿，壓力來自生活層面。但是城市人，他或許有房有車，但可能遭受的精神壓力非常大——其實是一樣病態的，對人來說也很殘酷。」無論是處世還是爲文，還有什麼比理解、同情、悲憫更重要呢。

這一代人的愛與狂

──「80 後」的幾位小說家

一、鄭小驢：風雨飄搖中的歷史與人性

對「80 後」普遍的看法似乎已經形成，他們的寫作在文化市場上佔有的巨大份額，足以使他們的前輩歎爲觀止。事實上，「80 後」這個概念是一個勉爲其難的概念。當批評界普遍認爲「總體性」已經終結的時候，卻對這一代人做出了總體性的命名，這種自相矛盾的表述雖然也在流行，卻沒有得到這代人的認同。事實也的確如此，這代作家的獨立性或對傳統的游離幾乎是前所未有的，他們創作的差異性要遠遠大於共性。因此，對他們研究或評價的最好方法，還是進入具體的作家作品。

我只見過鄭小驢一面，因爲名字怪異，一次就記住了。作爲最年輕的一代作家，他對小說敘事的理解、文字的老到和整體掌控小說節奏的能力，都顯示了他小說創作的巨大潛能。

中篇小說《梅子黃時雨》從民國年間寫起，中國的歷史正處於風雨飄搖之中。國家民族的宏大敘事若隱若現，入侵的日本軍人、國民黨的下級軍官、地下武裝等，演繹了那個時代的國恨家仇。但這個國家民族敘事在小說功能上還只是一個整體背景。故事的主體發生在江南小鎮的許府。這是我們常見的江南老宅，老宅的封閉性和自足性構成了小說需要的所有要素：神秘、久遠、幽暗又深不可測；奶媽下人、少爺小姐以及成群的妻妾和老宅的主宰者，總會上演我們閱讀期待的一幕。它是微縮的宮廷，是中國家族宗法制度最集中的表意符號。因此也是最吸引中國作家目光和想像的所在。從《金瓶梅》、

《紅樓夢》開始，大宅門中的家族小說至今綿綿不絕。這一題材的寫作已經成爲我們的文學傳統之一。但我仍然認爲《梅子黃時雨》有其獨到的探索性。

以許家爲敘事核心的故事，是鄭小驢「結構」出來的。在他的敘事中，我們不僅看到了風雨飄搖的中國家族歷史的終結，同時也看到了與世道共生的人性。在這個大宅門裏，人性的惡幾乎無處不在，這個絕對化的表述，不僅隱含了鄭小驢的歷史觀，同時也表達了他對那個歷史時期人性的看法，他以極端化的方式揭示或撕開了人性深處的隱秘。但歷史的偶然性還是鄭小驢的出發點。

小說敘述的歷史已經泛黃，各種敘事都在建構自己的歷史。但那些塵封的角落仍未全部昭示天下。在本雅明看來，歷史永遠是「現在」的歷史而不是「歷史」的歷史，歷史的作用表現爲對自身的「喚醒」或「重組」並爲未來進行「預期敘述」。因此，歷史本是歷史學家的歷史，作爲小說的《梅子黃時雨》於是就具有了新歷史主義小說的全部特徵。

通過《梅子黃時雨》我認識了鄭小驢或通常所說的「80 後」。他的文字功力和敘事才能讓我難以忘記。他改變了我對這代人不應有的判斷。我曾經讀過他給父親生日的一首詩，其中有這樣的詩句：

> 你說我們是垮掉的一代
> 我所能抗辯的就是
> 與垮掉的一代一起崛起

讀過《梅子黃時雨》後，於是我相信了他的話。

二、畢亮：由悲情向溫暖的文學轉變

「打工文學」本來就是一個臨時性的概念，它的主體性或對象化從來也沒有說清楚。或者說，是打工者寫的文學，還是寫了打工者的文學，究竟哪種文學是「打工文學」？因此，將深圳新生代作家的文學稱作「新生代打工文學」恐怕是有問題的，或者說，是否深圳後來作家的創作只能是「打工文學」？另一方面，「打工文學」已經不能概括深圳新生代作家的創作特點和經驗，他們的文學成就已經超越了這個概念的內涵或外延。如果這個道理能夠成立的話，那麼，畢亮的小說是否是「新打工文學」已經不重要，重要的是，畢亮的小說與早期同類題材作品究竟發生了那些變化，這是我們所關心。

毋庸諱言，早期與「底層寫作」相關的小說，「苦難敘事」是受到詬病最

大也是最多的問題。普遍的看法是，在「底層寫作」的文學中，一直是淚水漣漣無盡的苦難，悲情講述是其最初也是終極的敘事策略，底層人群生存的苦難永無出頭之日。這個批評或不滿確實有道理。如果小說只能處理到這個層面，那麼，小說完全可以不必存在，因爲小說解決不了底層人生存的困難，小說的作用在這個意義上遠不如民政部門和社會救助組織。但是，到了深圳青年作家畢亮這代人，他們在表達底層人生存境況的時候，更多地注意到了這個群體心靈和精神狀況，這才是需要文學處理的。《鐵風箏》是一篇情節曲折的小說，那裏既有寫實也有懸疑。小說的外部場景沒有更多的變化，失明的男孩、失去丈夫的妻子、失去女友的單身漢、失去行動能力的父親和悲苦的母親，這些元素是小說的外部條件，它確實構成了苦海般的畫面。但是，畢亮著意表達不是這些。面對生不如死的楊沫，馬遲送給楊沫的是具體的春風拂面般的暖意，那是馬遲對楊沫失明的孩子張特發自內心的愛。這裡不是英雄救美，也不是王子與灰姑娘。這裡當然有馬遲對楊沫的男人和女人的想像關係，但馬遲的行爲超越了這個關係，馬遲是一個心有大愛的男人。小說情節撲朔迷離，但畢亮仍慷慨地用了較大篇幅講述馬遲與張特的見面和交往，儘管短暫卻感人至深。

《外鄉父子》寫盡了一個男人的艱難，也寫盡了一個男人對父親的孝順和對女兒的愛，也寫盡了一個男人心理與身體的寂寞。外鄉人女人離異，他打工也需帶著無人照料的父親，中風的父親沒有自理能力，但他會把出租屋和父親收拾得乾淨利落。他唯一的念想是自己的女兒，當他聽到女兒要來看他時，他節日般的心情與平時的愁苦形成了鮮明的比對，他給女兒做木馬玩具，和年輕的店主談曾經的人生理想。後來他成了一個賊，被工業區的保安打得半死，打瘸了一條腿。然後他說要回廣西老家看女兒，此前他說女兒在越南。小說不止是寫這個外鄉人「捉摸不定的神情」，這個神情的深處是他捉摸不定微茫的希望。內心的枯竭並非是《外鄉人》的寫作之意，一個女兒的存在，臨摹的梵高《向日葵》的設置，使一個無望的男人絕處逢生，使一篇灰暗的小說有了些許暖意。

《消失》講述了一個失戀的男人。失戀後他每天能做的是就是喝啤酒，他只能生活在回憶中，生活在過去。他講述的朋友的生活就是他自己的生活，後來尋出租屋的女孩在書櫃發現的「馬牧」「杜莉」的情書證實了這一點。是什麼讓這個80後男人如此頹廢和絕望？當然不止是失戀。沒有了工作就沒有

了生活的前提，這是娜拉故事的男生版。房間裏飄忽的那種味道應該是一個象徵——那就是生活的味道，這個男孩的生活就這樣爛掉了。但是，生活畢竟還要繼續，新的愛情還會生長，這個房間的味道就會改變。

畢亮是近年來異軍突起的青年小說家，他對留守兒童的書寫，對城裏外鄉人的描摹，都給人留下了深刻的印象，他讓我們看到了 80 後一代作家的另一種風采。值得注意的是，畢亮的小說極其簡約，甚至有卡佛簡約主義的風範，無論人物、場景還是故事。但這還只是技術層面的事情。我更關注的是畢亮對這個領域敘事傾向的改變，這就是由悲情向溫暖的改變，由對外部苦難的書寫向對心靈世界關注的改變。

「底層寫作」，是近一個時期最重要的文學現象，關於這個現象的是是非非，也是近年來文學批評最核心的內容。這一寫作現象及其爭論至今仍然沒有成為過去。在我看來，與「底層寫作」相關的「新人民性文學」的出現，是必然的文學現象。各種社會問題的出現，直接受到衝擊和影響的就是底層的邊緣群體。他們微小的社會影響力和話語權力的缺失，不僅使他們最大限度地付出代價，而且也最大限度地遮蔽了他們面臨的生存和精神困境。也許正是因為這一狀況的存在，「底層寫作」才集中地表達了邊緣群體的苦難。但是，過多地表達苦難、甚至是知識分子想像的苦難，不僅使這一現象的寫作不斷重複，而且對苦難的書寫也逐漸成了目的。更重要的是，許多作品只注意了底層的生存苦難，而沒有注意或發現，比苦難更嚴酷的是這一群體的精神狀況。畢亮的小說從某種意義上改變了這個傾向。於是，底層寫作在這種努力下就這樣得到了深化，與我們說來，這畢竟是一個令人鼓舞的文學症候。

三、雙雪濤：從容冷峻的敘事超驗無常的人生

近年來，80 後作家如蔣峰、甫躍輝、文珍、顏歌、馬金蓮、霍豔等的出現，不僅改變了這個代際作家的創作格局，更重要的是改變了 80 後作家的形象。或者說，80 後作家不僅僅是早些年在江湖上已爆得大名的幾位。上述提到的這些 80 後作家，與 70 後作家一樣，已經是各大重要文學期刊中、短篇小說創作的主體陣容。雙雪濤也是這樣的 80 後作家。此前我讀雙雪濤的作品不多，但知道他已經出版了長篇小說《翅鬼》，2014 年的《上海文學》發表了他的短篇小說《大路》。當然，這樣的有限閱讀還難以對雙雪濤的創作形成完整的印象。

最近，吳玄主編讓我集中看看雙雪濤的《大師》和《長眠》兩個短篇小說。應該說，這兩個短篇小說讓我看到了一個非常不同的雙雪濤。《大師》應該是個「中規中矩」的小說，其情節和講述都在預設的範疇之內：父親是一個再普通不過的工人，只因爲熱愛下棋，老婆都不辭而別沒了消息。兒子與父親學棋也終於身手不凡。其間的講述波瀾不驚，但預設了最後以求一逞的結局——只因父親在警察與囚徒下棋時爲警察解了圍，與囚徒結了梁子——多年後，這個失去雙腿的囚徒出獄成了和尚，他找上門來，結果遇到了兒子，而兒子連輸三盤；未露面卻在場的父親出現了，兩個冤家終於不得不再次對弈——

> 看到中盤，我知道我遠遠算不上個會下棋的人，關於棋，關於好多東西我都懂的太少了。到了殘局，我看不懂了，兩個人都好像瘦了一圈，汗從衣服裏滲出來，和尚的禿頭上都是汗珠，父親一手扶著脖子上的牌子，一手挪著子，手上的靜脈如同青色的棋盤。終於到了棋局的最末，兩人都剩下一隻單兵在對方的半岸，兵只能走一格，不能回頭，於是兩隻顏色不同的兵便你一步我一步的向對方的心臟走去。相仕都已經沒有，只有孤零零的老帥坐在九宮格的正中，看著敵人向自己走來。這時我懂了，是個和棋。

> 父親要贏了。

但最後父親輸了。小說的奇崛處就在結尾父親的輸棋。那本來贏定了的棋父親卻要下輸——這就是雙雪濤要寫的「大師」：孤苦伶仃的「和尚」一生賭棋沒有家小，他贏了棋只要這個與他對弈的「黑毛」的兒子小「黑毛」喊他一聲「爸」。父親滿足了和尚的願望。因此「大師」與輸贏無關。阿城、儲福金、吳玄等都寫過下棋，要超越這些成熟作家其困難可想而知。但雙雪濤工夫在棋外，他以棋寫人，寫人性。不計一時得失的胸懷和格局，才堪稱「大師」。小說行文滄桑凄苦，一如從沒有忘記老婆的父親的一生。

《長眠》在虛實之間，既有紮實的寫實功底，又有對魔幻超驗的駕輕就熟。故事荒誕不經，卻在本質意義上寫出了人生的無常和不確定性，這一點與《大師》又有氣質上的聯繫。小說從朋友老蕭的死寫起。老蕭是詩人，也是講述者「我」的朋友，這個詩人朋友奪走了我的女朋友。但他在彌留之際卻一定讓小米通知「我」，「我」經歷無數困難來到了一個叫玻璃城子的地方。然後講述者換成司機，他講了玻璃城子匪夷所思的變化：玻璃城子正在塌陷，

整個鎮子很快就會被正在融化的冰水淹沒，曾有一家人陷在水裏，撈出來時已經成了冰棍兒。所以鎮子上的人大多都搬走了。司機的車開走後，小米出現了，然後就是來搶老蕭屍體的村長，長槍短炮地互相對射。村長搶老蕭的屍體是要火化他，把那個神奇的玉石蘋果煉出來。「我」最後逃了出來，重新回到了現實中。這個故事極端奇異，如夢如幻虛實相間。但是，它整體的感傷情緒與懷舊、與不測、與人生的無常和難以把握有關。小說最後結尾的詩歌《長眠》，或許道出了作家隱秘的訴求：

　　　　讓我們就此長眠，

　　　　醒著，

　　　　長眠。

雙雪濤的小說看似簡單，事實上它的內涵或可解讀的空間複雜又廣闊。有人間冷暖，有非曲直，也有宿命甚至因果報應。特別是他小說中感傷主義的情調，對超驗無常事物的想像能力，都是我非常喜歡的。如果是這樣的話，那麼可以相信的是，雙雪濤的小說將會有廣闊的前景。

四、徐藝嘉：花季的焦慮與校園病

「80 後」是無奈的批評界杜撰出的一個臨時性概念。這個概念不可能概括出這代作家的總體性，因為這代作家壓根就沒有一個總體性的存在。不僅大紅大紫的一線作家各行其是，就是先後冒出來的各路寫手也五花八門，你永遠不知道下一個年輕人還會說出什麼來。多年來這代人流行的是玄幻、懸疑、盜墓、穿越等寫作題材，但 2008 年以後發生了變化，一批現實題材作品浮出水面，比如《交易》、《手腕》、《七年之癢》、《親人愛人》、《紙婚年》等等。徐藝嘉的《橫格豎格》不期而遇的是這一寫作風潮。當然，不是徐藝嘉要趕這一撥的潮流，她是「不期而遇」。

不同的是，徐藝嘉寫得是自己的經歷，是自己有切膚之痛的切實體驗，因此也可以將這部作品看做是徐藝嘉中學時代的自敘傳。在這部自敘傳中，徐藝嘉將這個時代的中學生活、特別是中心城市重點中學的生活，真實而生動呈現出來。她讓我們有機會看到了這一代花季少年是如何度過他們的中學時代的。「同達中學」是名躁京城的重點中學。不僅校長在張榜公示時如沐春風地向來賓們介紹「文、理科狀元、榜眼、探花、單科滿分獲得者和幾百名北大、清華新生」，而且「那些考功超強的考生們一朝同達校服加身，有事沒

事便總愛在人前人後走兩步，一個個將頭揚得一覽眾山小，威風八面如皇家子弟，享受著人們在背後一片羨煞的眼波。」但是表面的風光不能替代他們即將經歷的「苦難的歷程」。

小說集中揭示了中學的「核心價值觀」——分數對師生的支配和宰制。數學老師賁老師信奉的就是「分數才識硬道理」，他「逼迫學生像面對自己的命一樣面對分數，集中精力投入到大量做題和改錯中去。如果有人不認真改錯，他便會使出殺手鐧，鏡片後一雙小鷹眼死四盯住其人良久，陰森森地說：『你的分……我可都記著吶』令聽者後脊梁彷彿趴著一條正在『嘶嘶』吐芯的蛇」。分數用蛇的意象表達，可見這個核心價值觀的威懾力和恐怖性。教師用分數統治學生，分數自然成為學生的隱憂和敏感部位。那個被稱為「文化課的絕緣體」的小號，期中考試後居然寫了一首《沁園春·考試》：「判分如此嚴屬，引無數英雄競哭泣。惜理科先鋒，略輸邏輯；文科大將，稍遜細膩。一代考生，心有餘悸，只怕顏面再掃地。」結尾處還有一行小字：「問君能有幾多愁，恰似一堆紅叉卷上流」。師生對分數的態度，是應試教育的必然產物。

因此，這是一部批判當下中學教育現狀的小說，也是一部充滿了青春憂患的小說。在作品中，我們很難看到這些孩子對分數之外事物的關心，很少看到他們心靈、精神世界更豐富和健康的東西。包括中學教育在內的中國教育問題，已經引起的全社會的關注。改革開放三十年來，中國教育的失敗國人有目共睹、青年深受其害。《橫格豎格》以文學的方式再現了那些場景，讀後令人震動並深感憂慮。

當然，《橫格豎格》首先是一部小說。在作品中，作家塑造了如錦喬、季月、賁老師、君子、蘇鐵、白蘭、菖蒲、木槿、凌霄、銀杏、石榴、臘梅、竺老師、百合、麥多等諸多生動的人物形象。特別是她對同代人性格和生活場景的描寫，給人留下了難忘的印象。這是一代沒有歷史記憶的孩子，他們擁有的只是自己可憐又單薄的青春經歷。這個青春遠不美好，那個揮之難去的「分數神話」遠不值得懷念。但是，除此之外，他們還擁有什麼呢？我慨歎的是，徐藝嘉也是「80後」，但她沒有追風逐潮試圖在文學市場上一展身手，而是遵循個人的生命體驗，寫出了她的「花季焦慮」和校園病。作品雖然還平面化，但她能做到和已經做到的，足可以獲得嘉許了。

五、劉辰希：兩種文學的交融或嫁接

對青年的書寫，是九十年代以來文學的薄弱環節。恰恰是這個不大引人注意的缺失，使文學失去了大量讀者。我們知道，八十年代的文學受到讀者普遍歡迎，除了意識形態方面的因素之外，青年的形象在文學中一直存在——從《班主任》到《人生》、從鐵凝到張承志、從傷痕文學到知青文學，青年一直被反覆書寫。從某種意義上說，關注了青年就是關注了時代，發現了青年就是發現了時代。青年從來就是任何一個時代風向標或晴雨錶。無論是價值觀還是愛情觀，無論是社會問題還是心理問題。八十年代的文學不僅創造了像高加林、白音寶力格這樣的人物形象，重要的是，那個時代總體上有一種蓬勃的青春氣息和精神。正是這種氣息和精神，給我們留下了不能磨滅的印象並使我們深深懷念。九十年代之後，文學中的青年形象和青春氣息逐漸黯淡甚至消失了，一種中年的、甚至暮氣的味道開始彌漫，我們很難在文學中看到青春的身影，為此我深感遺憾。

當然，「80後」的寫作那裏也有青春，那裏隱含著這個時代青年對青春的理解，他們的趣味、風尚以及價值觀等。但是，我們還沒有看到他們塑造的屬於他們這一代的、有代表性的青春形象。因此，要通過文學來認識、瞭解這一代青年是有問題的。劉辰希的長篇小說《終極游離》很難界定它的題材，但可以肯定的是，這是一部與青春有關的小說。小說的主人公洪申、米奇，應該和作者屬於同一代人。但是他們又不是普通的、在日常生活中我們常見的青年。他們的經歷和背景決定了他們的特殊性，因此，他們是處於「邊緣」地帶的群體，特別是洪申，他生活的範圍處於正常與非正常的邊界之間，但出版社說是「黑道少年」肯定是不準確的。如果說洪申的「前史」——為月滴報仇殺了黑幫周敬有「黑道少年」嫌疑的話，那麼，重新出現在小說中的洪申只是置身於與黑道相關的環境中，並沒有參與黑道的行為，恰恰相反，他最終站在了黑道的對面，成為一個正面的青年形象。劉辰希的這一選擇和設計，使這部險象環生游走於邊界的小說終於絕處逢生。

《終極游離》的內容十分龐雜，它的背景顯然與重慶「打黑」有關，其間隱約透露的一些細節證實了這一點。在這個背景中，腐敗的幹部，猖獗的黑幫，醜惡的勾結和各種交易逐一被呈現。如果從這個角度解讀《終極游離》，它有批判現實主義的特徵，這也從一個方面表達了劉辰希對文學傳統的繼承或敬意。這一點是特別需要我們注意和肯定的。另一方面，小說的內容和題

材，決定了這是一部有鮮明的大眾文學性質的小說。需要說明的是，大眾文學是一個類型概念而不是一個等級概念。大眾文學最重要的元素是暴力與色情。《終極游離》中有暴力但幾乎沒有色情，色情被純情置換了。但純情路線同樣是大眾文學常見的策略。洪申與米奇的愛情是小說最基本的故事情節。純情文學晚近的接受傳統，是 80 年代後期瓊瑤小說的培育的，當然好萊塢的電影一直在推波助瀾。《終極游離》的純情元素又有中國的敘事原型，這個原型是才子佳人模式，洪申是少年英雄，米奇是富家小姐。這些元素綜合在一起，就使《終極游離》成為一部非常好看的小說。劉辰希對大眾文學和經典文學的嫁接，為我們帶來了新的文學經驗。他的經驗告訴我們，文學未來的發展還有無限的可能性，文學不會、也不可能終結。

當然，《終極游離》還存在一些需要討論的問題。在我看來，在這部作品中，劉辰希過於專注故事情節的發展和講述，不注意節奏感，這是大眾文學普遍的問題。像「尾聲」開頭中對景物的描寫幾乎是絕無僅有。這樣，小說就顯得沒有變化，好像作家急於完成故事的講述；第二點是有的人物性格發展突兀，根據不足，比如小九，遭遇不幸後即可墮落，甚至連基本的過度和交代都沒有。有些重要的情節游離故事太遠，比如米奇的獄中生活。將其刪掉對小說也沒有影響。這是典型的暢銷小說的寫作方式。如果《終極游離》在暢銷小說基礎上再深入一些就更好了。

六、皮佳佳：值得寄以厚望的小說家

皮佳佳是 80 後小說家，《方生方死》是她的中短篇小說集，其中有一個中篇四個短篇，規模大約在十萬字左右。從數量上看也許並不壯觀。在小說越寫越長、越出越多的今天，《方生方死》很可能因其細弱而湮滅在那些文字泡沫的海洋裏。也正是在這種情況下，我覺得有必要推薦一下皮佳佳的小說。皮佳佳的小說與當下 80 後的風尚寫作沒有任何關係，她既不同於「金錢奴隸制」的《小時代》，也不是淺嘗則止的「意見領袖」。如果從譜系關係來說，皮佳佳延續的還是新文學以來的小說傳統。這是當下仍然被視為「正統」的小說傳統。這個傳統強調作家與生活、與社會的關係，強調對價值和意義的守護，強調人物的塑造和想像力的重要。這樣說，並不意味著皮佳佳就是一個年輕的「老派」作家。事實上，任何一個繼承新文學傳統的作家，由於個人閱歷和稟賦的不同，他們的小說創作一定帶有鮮明的個人印記。作為 80 後

的皮佳佳也大抵如此。

中篇小說《彼岸天堂》，大體可以在「留學生文學」的範疇內來討論。這是一個有著百餘年歷史的小說題材。但是，只要有中西文化的交流，這一題材就不會終止。需要指出的是，雖然都是留學生文學，但不同的時代背景賦予了這一題材遠不相同的內容和講述方式。一個叫林雅的女孩子，是爲了出國勉強嫁給了一個出身貧寒的「學霸」肖恩。但這遠不是「才子佳人」模式的古舊小說。林雅在屢次被拒簽後，終於幸運地通過了簽證，她如願地來到了美國陪讀。但是「彼岸」並非「天堂」。兩個來自第三世界的青年，迅速被拋離了原來的生活軌跡。在兩種文明的邊緣，他們的現實生活捉襟見肘，情感生活分崩離析。令人尷尬甚至不堪的場景不斷被呈現出來。最後兩人終於還是分道揚鑣。「彼岸天堂」照亮了的是自己本土的文化記憶——深夜的臺階上，林雅坐看著滿天的繁星，她想起雲南老家的夜空，還有北京的無數夜晚，「我發現，每一處的星星都是很美麗的。只是這美麗，要在我回憶的時候，才知道那是美麗的。」在雲南或北京的時候，林雅不會有這種發現或感慨，只有在異國他鄉有了另一種經歷後，才知道曾經擁有的是多麼美麗。當然，在當下的語境中，無論林雅還是肖恩，都說不說上誰對誰錯。肖恩出身貧寒，他一直過著緊張的日子，他節儉地生活理所當然；林雅是一個北京知青的女兒，生活上要求多一點浪漫亦在情理之中。但是，在那個「彼岸天堂」，他們的青春和愛情，都在那險象環生的精打細算中付之東流。

我驚異於皮佳佳塑造人物的筆力。比如她寫來自山鄉的窮苦學生肖恩，一方面寫他的「城市化進程」相當緩慢並經常出現「不確定性」，一方面也寫出了這確實是一個吃苦難勞的鄉村青年知識分子——

> 也許疲勞過度，有一次，他深夜從實驗室回來，咳出了一大口血來，結果是肺結核，住院一個月。這次把他真的嚇壞了，躺在病床上，他想起了父親浮腫的臉，還有母親那老樹皮般的手，他知道自己不能倒下。從醫院出來後，他聽說牛肉能補血，就去市場買了兩斤牛肉，借同學的電飯煲，不管生熟，煮了就吃，結果又因爲急性腸胃炎住了一個星期的院。他宿舍同學說，他簡直就是中國農業社會急速城市化的一個縮影。

肖恩的堅韌、擔當和過慣苦日子的形象、經歷，就在這一段講述中一覽無餘。當然，日久天長的壓抑和以求一逞的焦慮，也終於異化了肖恩，這種異化是

如此的徹底，幾乎浸透了他的靈與肉。當肖恩與林雅有可能實現男女之事時
——

> 肖恩的身體頓時產生了宇宙大爆炸，刹那間，他已經被熾熱炸
> 成了無數塵埃和碎片。他大吼了一聲，在一種無法控制的狂躁中，
> 他剝下了林雅的衣服，撲向了他夢中的那個地方。但是，他剛剛拉
> 下褲子，高聳的大廈轟然倒塌，華麗的樂章戛然而止。就這樣，他
> 就在天堂的門口，結束了他人生中劃時代的一幕。

> 從小，他父母只教他做一個好人，長大後，他老師教他做一個
> 有用的人，可惜，沒人教他怎麼做一個人。

對男人來說，幾乎沒有什麼比這樣的難堪更難以忍受了。但是，只要瞭解了
肖恩的前史後傳，他的這一帶有隱喻性質的病患，就並非難以理解。

另一方面，皮佳佳在小說中非常注意景物描寫。比如，從機場回家的路
上，林雅目光所及——

> 穿過森林，低緩的山坡前竟有一處湖泊，平整如鏡，閒淡如詩，
> 四周滿是白絮茫茫的蘆葦。幾隻野鴨從夕陽中歸來，弄彎了幾羽蘆
> 杆，飄落幾處白絮在湖面。湖旁是一座白樺木搭成的房子，一瀑紫
> 藤從二樓直瀉而下，門口掛著鮮花編織的花環，下面吊著一串風鈴。
> 屋前是排精緻的小籬笆，種著玫瑰和波斯菊，屋後擺放的秋韆和籃
> 球架，還有一隻白色小艇。

當肖恩在美國策劃了一次短暫的旅行，從拉斯維加斯出發，林雅看到的是
——

> 天氣出奇的好，空蕩蕩的藍天，純粹得沒有一絲雲彩。蒼莽無
> 垠的岩石奔嘯起伏，在遠處與藍天相接，像是沙海裏騰起的金黃的
> 風暴，被上天有意凝滯，又像是從天外傾瀉而下的史前文明之柱，
> 帶著宇宙的密碼，靜靜矗立。潺湲的科羅拉多河，將大峽谷橫腰切
> 成兩塊，再隨著視線蜿蜒逝去，帶走的，滿滿都是人的渺小和感慨。
> 自然，即是美，任是多麼偉大的頭腦和身軀，在自然的偉大面前，
> 都會失去思考和驕傲的能力。

現在的小說，為了抓住讀者，大多情節密不透風，很少有景物描寫。這樣的
小說既沒有張弛有致的節奏感，也少有閒情逸致的趣味。但皮佳佳的小說注
意到了這一點，她的景物、場景的描寫，都如期而至，讓讀者在既定的節奏

內享受著悠然自得的起伏。這是皮佳佳小說特別值得肯定的方面。

《方生方死》的題材，對於皮佳佳來說無疑是一個巨大的挑戰。表面上這是一起針對底層妓女的兇殺案，一個名曰阿娟的妓女被殺了。作為專案組成員的女警察葉靈走進了這個案件和與這個案件相關的生活。小說在偵破、懸疑和正面書寫等不同角度穿插變幻。這不僅是個匪夷所思撲所迷離的案件，重要的是，在偵查案件的過程中，通過葉靈的視野，我們看到了部分底層人的生存狀況。他們難以為繼的存活方式，決定了他們的精神狀況。這個被命名為阿娟的女性，她的生存狀況幾乎就在生死之間。因此，這是一篇具有鮮明左翼傳統傾向的小說；《夜色無色》是一篇有強烈抒情意味的小說，當然也是一篇具有鮮明戲劇性的小說。「戲中戲」的那段愛情故事，真是年輕，也唯有年輕才如此動人。儘管這個故事已遠不新鮮；餘下的《罪愆》、《阿公的心事》，也都別具一格。這裡對日常生活的描摹和人物的狀寫，都相當有體會。我驚異的是，皮佳佳寫小說的時間並不長，而這裡收錄的幾篇小說，卻都有不同的樣式，絕無重複或模式化之感。這實在是不容易的。我曾多次說過，一個中短篇小說家，最怕的就是結集——單看一篇小說時會感覺非常不錯；但如果結集後會發現，那裏總會有程度不同的雷同之處。但皮佳佳這裡沒有。僅此一點，皮佳佳就是一個值得寄以厚望的小說家。

就在皮佳佳的小說即將出版的時候，同時傳來她考取了北大博士研究生的消息。作為前輩校友，我在向皮佳佳表示祝賀的同時，也祝願她在小說創作的道路上越走越遠。

地域風情與人文關懷

——「關東三馬」《風入四蹄輕》序

　　許勇、易洪斌和郭廣業，十年前曾在人民美術出版社聯袂出版了畫集《關東三馬》。畫集出版後，讀者從一個方面領略了關東畫家在「馬界」風采的同時，「關東三馬」也從此享譽畫壇。對三位關東畫家而言這是一段趣事佳話，對東北文藝界而言，則是一段增光添彩的美談。十年過去之後，其中的郭廣業已經作古，他的畫作已經成了藝術的遺產。無論是爲了紀念友誼、爲了緬懷逝者、還是展現他們新的美術作品，許勇和易洪斌決定出版新版《關東三馬》，都是一件值得慶賀的文化事件。

　　十年之後，當我們重新閱讀「關東三馬」時，對這三位畫家的藝術貢獻也有了新的認識。東北並不是只有大豆高粱沒有文化的「蠻荒之地」，也不是只有「二人轉」沒有高雅藝術的「北大荒」。百年來，從「東北作家群」到當代文藝，東北應該是現代中國文藝的重鎮，東北的文藝經驗，也是現代中國文藝經驗的一部分，而且是藝術特色鮮明的一部分。東北的藝術特色在「關東三馬」的藝術創作中同樣體現的非常鮮明。我以爲概括起來可以有這樣三點：一、地域風情：在「三馬」的創作中，既有可以識別的他們的個人風格，同時也有可以概括的共性特徵。這個特徵總體性地貫徹在他們所有的關於「馬」的表述中。尤其是背景的處理，幾乎都是高山大川，疾風勁雨，千頃松濤，萬里草原。這種地域性的特徵是地緣文化的表意形式，同時也是他們對東北文化性格的提煉和描摹。這種文化性格形象而具體，眞實而本質，它同東北人的文化性格一樣，剽悍粗礦、豪邁放達；二、美學風格：「三馬」的

畫作，在美學風格上的相近，就在於他們都崇尚雄健之美，都有昂揚的主旋，郎健的風格。這一美學上的特徵，使他們的畫面海闊天空如凝固的旋律，既激盪人心又與傳統建立了聯繫。我之所以肯定他們這近乎「守成」的美學風格，恰恰是因為多年來文藝在「形式的意識形態」的支配下所付出的代價。應該說，80年代以來，「形式的意識形態」曾改寫了我們的藝術格局，藝術從「一體化」走向了「多元化」，而且在這個意識形態的支配下，「藝術性」得到了極大的提高。但是，藝術終究要為人所理解，終要讀者懂得畫家畫了什麼。從80年代至今的各種「主義」，大概只留給了我們整體的印象，涉及到具體作品就難說了。在這個意義上，「三馬」一直堅持的美學風格，是尤其值得我們推崇的；三、人文精神：「三馬」都有強烈的人文關懷。這種關懷體現在他們的畫作上，就是人間大愛。「愛」是「三馬」的基本主題和情懷。人與自然，天人合一，是他們共同遵循的文化信念。這個文化信念不僅體現在他們「名世」的關於「馬」的描繪中，更體現在他們的人物畫中。

「三馬」中許勇年長，資力最深。他受業於50年代。他畢業創作的《出發前》，即以馬的形象構建了畫面主體，按熱情迸發、春潮在望的生活場景，生動地傳達了那個時代的人文氣息，同時也從生活的角度對馬與人類的親和關係，作了最為直觀和形象的表達。從此許勇與馬結下了不解之緣。他堅實的藝術功底使許勇對馬的造型和構圖能力別具一格。他的《百駿圖》千姿百態，《草原十駿》風采華麗，《群星圖》絢麗生動，《塞上曲》披風厲膽，《駿馬悲歌》處亂不驚，《雨中》堅忍不拔；許勇的馬大多華鞍麗彎，但其意並非是裝飾性，它背後隱含和訴求的，恰恰是如弓在弦如刀出鞘，整裝待發，征途在即的精神渴求。他的馬或昂首嘶鳴或低頭踱步，都是對主人的期待，馬的人格化在情態與鞍彎中作了無言的宣告：它們也是畫家心中的英雄。

許勇的馬別具一格，人物畫同樣別有風采。他50年代創作的《義和拳民》和新時期創作的《義勇軍進行曲》、《洪水·赤誠》、《1937·南京》等，都有強烈的悲劇感和歷史的凝重感。他的畫面多為深色調。但許勇後期的人物畫有了很大的變化，這個變化是從悲愴、激越逐漸轉向了從容、安詳。他的《瑞雪豐年》雖然也有大雪飄飛，但主人佇立馬上，平靜地注視著他的馬群，在瑞雪紛飛中似乎憧憬著好年景；《秋高氣爽》中，女牧民伏在馬背上回眸遠望，秋色盡染，畫面色彩斑斕如在雲端，其浪漫氣息和感染力盡在其間；《春日融融》中，美麗的少女颯爽英姿，嫵媚中盡顯英武，組畫《節日的其其格》，更

是將草原牧民祥和安寧的生活表達淋漓盡致詩意盎然。這是許勇的「草原牧歌」，是許勇對新生活的由衷禮讚。

易洪斌畫馬的作品，最令人震憾的是他的力量與情懷。他的力量是氣吞山河的氣勢；他的情懷是華夏古風的高遠。在這個淺吟媚語充斥於世、迎合與庸常之氣盛行的時代，易洪斌將闊大與雄沉、深鬱與蒼古的畫卷展現於我們面前，讓我們萎靡已久的內心重又注入了久違的激情，重新體驗了恍若隔世的浪漫和感動。在「全球化」一統天下的敘事中，他力圖回到本土資源，為獨立的民族文化身份作出求證。這一爭取的實現，不止是易洪斌對繪畫藝術心儀已久的感情，同時也是他於畫壇之外鑄劍十年的修煉。令我深懷興趣的是，在趨新大潮如浪排天的時代，易洪斌先生為什麼「背道而馳」地選擇了那種古舊的形式，選擇了不合時世的傳統文化一脈？在我的印象中，易洪斌對西方美學造詣頗深，同時他又工於詩詞，熟悉中國歷史，對中國傳統文化有深厚的積累。因此說他「兩腳踏東西文化」並非溢美之詞。但最能表達他個人趣味和追求的繪畫藝術，他卻選擇了有鮮明本土文化特徵的形式，這顯然是經過深思熟慮的。在我看來，易洪斌的這一選擇，不止與他本土的文化身份訴求相關，更重要的是來自於他對中國現代性矛盾的鄭重思考。百年來，現代化是包括知識分子在內的民族激進的理想和世紀夢，「唯新是舉」是知識者普遍的心態，向西方學習是改變中國命運的潛在心理和流行口號。然而時至今日，現代化已初見端倪的時候，人們又普遍感到，現代化帶給中國的並非全是幸福的承諾。在物質生活相對豐盈的同時，人們的心情卻蒼茫無措，心無依託卻無處訴說，發達資本主義的心理疾患已開始在中土流行並且蔓延。這時，有識之士開始重新審視民族傳統和文化之根。那被反了百年的傳統文化是不能簡單處理的。就藝術層面而言，無論是婉約還是豪放，無論是孤芳自賞還是兼善天下，它都屬於民族原有的審美風尚和情懷，是民族獨具的審美趣味和表達形式。但長期以來，傳統／現代，東方／西方，被敘述為思想文化論爭的主題詞，傳統的本土文化被設定為攻擊的主要對象，它是陳腐、保守、僵死、反動的別一說法。而在九十年代，「全球化」理論又以霸權的形式遮蔽了文化差異性存在的事實。這時，易洪斌選擇了中國傳統的繪畫語彙，無聲地言說了他的文化立場和民族情懷。當然，這樣闡發易洪斌繪畫的思想文化大背景，指出他對傳統文化的承建和發展，並不意味著這位藝術家就斷然拒斥現代文明。恰恰相反的是，在他的作品中，那古舊的形式裏

不僅有漢魏風骨、盛唐氣象，同時更有近百年來孕育的現代激情。讀他的作品，我常常聯想到毛澤東時代的抒情詩人。有論者常提到他的湘人出身和北方閱歷。這固然是易洪斌藝術創造的重要因素。無論是三湘文化、「湖湘學派」或是北國情愫，它們原本就是中華母體文化的一部分，它不能不在藝術家的情感記憶中留下印記。但藝術家所完成的藝術履歷，總是多種因素合力的結果，那裏既有出身、閱歷留下的地域風情或經驗，同時更有個人對藝術的獨特理解和追求，而這一理解和追求，又總與時代的審美之風和人文環境相關。青年時代的易洪斌生活於毛澤東時代。那是一個充滿了理想和激情的大時代，作為一代偉人，毛澤東所開創的業績和盛世景象，在易洪斌的作品中留下了深刻的記憶。這不止是說《風雷動》、《橫空出世》、《大漠那邊紅一角》等作品，或是直接用毛澤東的詞句命名或是取意，而且在《來疑滄海盡成空》、《雷陣》、《大地》、《海神》、《一半是水，一半是鐵》、《風雲會》、《大野奔雷》等氣勢磅礡的作品中，讓人領略了那一時代的理想和激情，同時也讓人感到毛澤東抒情藝術對他的影響。畫面上萬馬奔騰如旌旗如戰鼓的戰鬥渴望，尋求獻身的訴說方式，金戈鐵馬的威武悲壯，都可以看作是那個時代的文化哺育。

易洪斌善畫馬，並已蜚聲畫壇「馬界」。但在我看來，崇尚壯偉之舉、浩然之氣的易洪斌，顯然是承繼了韓幹、徐悲鴻等大師的遺風流韻。韓幹的《照夜白》神形兼具，但動人之處仍是不可僭越的盛唐氣象，那渾碩的體魄、驕健的四蹄，都給人一種健康和自由之美。杜甫曾盛讚韓幹畫馬：「逸態蕭疏，高驤縱恣，四蹄雪電，一日天地。」已足見韓幹馭馬之功力。而徐悲鴻則「盡精微，致廣大」，以「奔馬」的氣勢唱出了一個時代的浩歌。但我不喜歡郎世寧的馬，他的《八駿圖》不止是因其有半生不熟的「混血」胎記，更在於他妄有堂皇而失於奢糜，它的世俗氣也蛻盡了馬的雄奇而只能歸於玩賞。易洪斌對前輩的闊大多有承繼，但他的作品更在於抒懷言志，他的馬群或一往無前排山倒海；或仰天長嘯龍捲風雲，但間或也踱步低語悠然從容。像《海神》、《觀滄海》等作品，無論是立意還是技法，都應是易洪斌創作的上乘之作，它的感染力不僅來自畫面本身，而且也來自畫外無聲的餘韻。它既有雄心壯志的抒發，亦有壯志未酬的悵然。在技法上，易洪斌也不拘一格。《蛟龍出海圖》、《橫空出世》、《雙龍》、《雲從龍》等的變形與誇張；《憶長安》、《乾陵歸來》對石刻藝術的借鑒；《龍之舞》、《駿骨英風》、《寶馬》、《驪影》、《驊騮亦

駿物》等對唐三彩造形藝術的借鑒，都給人以新奇之感。也正是這些豐富的文化品格，使易洪斌的馬有了「斯須九重眞龍出，一洗萬古凡馬空」的大境界。

當然，易洪斌也並非是一味的慷慨悲壯豪情不止。他那些情感上細微清柔的人物畫，同樣具有撼動人心的力量。《此恨綿綿》是他第四次狀寫項虞悲劇。畫面上，遠處有鳥雛與畫戟齊鳴，近處是霸王與虞姬飲恨；戰雲密佈、此恨綿綿，動靜之中張馳有致，偉岸與驕小又都是情與力的喧騰。項虞悲劇被藝術家處理得驚心動魄揮之不去。而《山鬼》、《虎兮福兮》、《執子之手》等，又與《此恨綿綿》有異曲同工之妙，那是人與自然、威武與清柔和諧的統一。而《先民》則如凸兀的山脊，深厚而雄渾；《坐看雲起時》則從容練達。至於眾多女性的萬種風情更是別有韻味。近年來易洪斌創作了更多的以女性為對象的畫作。這些畫多為裸體，但張揚的或是女性體態的曼妙、無窮變化，或是女性的萬種風情迷人風姿，給人的終歸是一種美感。我更欣賞的是易洪斌在畫面上將女性與老虎的處理方式；一面是女性的萬種柔情，一面是老虎偉岸卻著迷的憨態。英武與柔媚就這樣構成了《長相依》。此外像《在水一方》、《叢中俏》、《花影》、《紅塵難得此清涼》等，雖然題材相近，但因寓意不同，女性的「隱喻」也變換無窮盡。這些新作顯示了易洪斌題材的變化，但更表達了作為畫家的易洪斌的藝術想像力和浪漫主義風采。

郭廣業是黑龍江的專業畫家，已於近年去世。郭廣業筆下的馬，肌肉與骨骼都有解剖學的依據，顯示了他堅實和良好的專業素養。他名重一時的《百馬圖》，充分展現了畫家的構圖能力和對神形各異的馬的熟知與理解。縱觀郭廣業的馬，給人突出或與眾不同印象的則是如下兩點：一是他的馬大多是正面奔放的形象，進入視角的是撲面而來的鄙人氣勢。像《齊奔》、《吶喊》、《雄風》、《牧馬圖》、《長風》等作品，都給人以一往無前的激情感染，四蹄翻飛，奮勇爭先，一如競技場面。畫家著意展示的不止是馬健美的腰身和細緻的神情，更要畫出馬的神勇風采。因此，郭廣業的馬大多處於動態之中，彷彿前有召喚後有鞭追，風馳電掣勢不可擋，一如勇武的志士才俊，在騰越奔突中盡抒豪情。二是他畫馬的背景處理。郭氏的馬大多處於闊大的空間之中，滄海桑田、落霞晚照，風高月黑、巨瀾翻卷，惟有駿馬勢如破竹所向披靡，在闊大的時空中突現出英姿勃發的萬千氣象。這也正如詩文中「一切景語皆情語」一樣，郭氏的馬顯然是他個人情懷的表達。

　　需要指出的是，80 年代末期即已在郭廣業筆下出現的以滄海長天爲背景的馬畫構圖早境，到了 90 年代已逐漸發展爲郭廣業畫馬的一大創意和特色。他的天馬系列、海馬系列並非簡單地將馬安上翅膀、加上魚尾，如某些西方雕塑和繪畫所表現的那樣，而是別具匠心獨出己意，或是讓神駿驟於雲飛風起的長空，讓自己的思緒隨畫中墨韻而律動，或是使騏驥嘯傲於濤奔浪走的大海，任物象伴畫家畫家之心潮澎湃。在這些畫馬作品中，馬不僅僅是古代畫家表達士大夫情懷的載體，而是現代知識分子人生思考、審美理想的體現，被賦予了更多的思想和情感。郭廣業的人物畫同樣別有韻味。他的筆下多爲少數民族人物，馬背上的人物英姿勃發神采飛揚。牧民的剛烈剽悍樂觀爽朗淋漓盡致。他們或是叼羊比賽或是盡情歌舞，或是舉杯暢飲或是挾鷹狩獵，畫面充滿了生活情趣和游牧民族郎鍵豪邁的精神面貌和品格。

　　「關東三馬」呈現出了大體一致的審美價值取向，這就是對陽剛之美的崇尚和追求。他們三人的畫馬作品都騰越著一派大氣、高標著一種風骨；人物畫則洋溢著生活的激情和對人間大愛的表達。因此，「關東三馬」無論畫馬還是畫人物，都體現了他們強烈的人文關懷。在他們的畫面上，我們聯想到的遠遠超出了看到的。這是「言有盡而意無窮」在繪畫上的另一種表達。

是爲序

2010 年 9 月 10 日於北京寓所

古今對話與戲劇衝突

——評龐貝話劇劇本《莊先生》

　　2015 年 4 月 29 日，龐貝創作的話劇《莊先生》在深圳演出，受到了深圳觀眾的熱烈歡迎。就我個人而言，應該說這是近年來看到的一齣深感震動的話劇作品。就我有限的視野，我認爲中國的話劇正處在一個十分艱難的時期。這不止是說在多媒體時代話劇受到了前所謂有的衝擊，同時話劇優秀原創劇本的稀缺，已經被話劇界普遍感受到。因此，當龐貝創作的《莊先生》出現之後，我大有喜出望外之感。

　　《莊先生》是一齣無場次的四幕戲：春，寫古代莊周年輕氣盛不願爲官，官府差役捉拿莊周，莊周詐死。莊妻信以爲眞，竟要劈開莊周取腦救情人。不想莊周「死而復生」，妻子羞愧難當只好雨夜出走；秋，進入現代，因出走的妻子出走沒音信，考古學家「終身副教授」莊生難逃殺妻嫌疑，爲解決教授職稱，不惜出賣自己的研究成果給楚院長，在一次意外腦顱受傷進入「瀕死體驗」狀態；夏，回到古代，莊生看到了「另一個我」，即老年的超凡脫俗的莊周。因妻死莊周鼓盆而歌。莊周拒不出山爲相，無奈中跳河逃亡頭顱受傷；冬，重返現代，頭顱受傷的莊生在醫院醒來，春天失蹤的妻子返家。深度失憶的莊生唯一的記憶就是當年與妻子的初戀。「死亡的詩意」充滿了荒寒的浪漫。

　　這是一齣奇崛的荒誕劇。莊周與莊生、田氏與田小蝶、楚王孫與楚院長，都是「莊生夢蝶」的不同形式。角色也分別由同一演員扮演，古今角色的同一性和巨大差異，在戲劇舞臺上幾乎天衣無縫渾然天成。因此，這首先是一

部「古今對話」的戲劇。弘揚傳統文化，在傳統文化中尋找新的藝術資源，是藝術界共同的夢想。在西方文化和藝術一統天下的時代，本土文化和藝術如何走出困境，實現同西方真正對話，是困擾我們多年的難題。如果是這樣的話，那麼，《莊先生》在實現古今對話的同時，也實施了一次同西方話劇對話的真正可能。在本土傳統文化中，儒家文化一直是主流，從漢代董仲舒「罷黜百家獨尊儒術」開始，修身齊家治國平天下的儒家文化的正統地位，幾乎沒有被顛覆過。道家文化雖然也是傳統文化重要的組成部分，但是，更多的是在士階層或部分現代知識分子群體中被認同。但在劇中，莊周雖然秉承「安時處順，逍遙自得」的處事原則，對出將入相不削一顧，但莊周詐死，妻子即「移情別戀」，情節雖然出自「莊周試妻」，但其反諷的戲劇效果令人唏噓不已。更有趣的是，現代的莊生「終身副教授」，一介書生矢志不渝地研究莊子三十年，並寫出專著《莊子解蔽》，不僅書難以出版，甚至因囊中羞澀連住院費都捉襟見肘。這時，莊周的師兄、一個「掮客」式的人物孔方出現了，他不僅要為莊生解「區區一點住院費」一時之難，同時還會將莊生「副教授」的「副」字去掉。辦法就是在出版這部書稿時，將楚院長的名字署在前面。孔方當時就拿出了「三捆百元大鈔」，並勸誘莊生忍辱負重去「舔痔」。一個終生要求自由，一心問學的書生，就這樣而不得。或者說，在莊周的時代，他道法自然雲遊天下，特立獨行天馬行空是可以實現的。那時還沒有今天的職稱乃至更多的現實問題。但到了莊生的時代，雖然莊子的思想仍有巨大魅力，但莊子的思想和行為方式，已經成為一個只可想像而難再經驗的過去。莊生無論如何痛不欲生，如何看重自己的「另一條命」既學術生命，都於事無補。現實的問題是，他要交住院費，要評教授職稱。因此，古今對話本身就是一個巨大的荒誕和反諷——一個研究和信奉莊子的人，必須與莊子反其道而行之才有生存的可能。

四幕戲，先寫莊周欲求自由，必先擺脫物欲；再寫莊生面對現實困境欲求自由而不得；續寫莊周悟真得道自由自在，再寫莊生精神救還獲得再生。這是一個環環相扣矛盾疊加的過程，也是一個人物不斷褪去枷鎖獲得自由的過程。在古今對話中，充分顯示了編劇對中國古代文化的理解、對古老的傳統文化實現激活和光大的自信和可能。

另一方面，對於這樣一個古老題材，如何結構戲劇衝突和矛盾，如何實現其戲劇的藝術性，是一大難題。戲劇不是學術論文。學術論文可以在思想

史的範疇和框架內，展開對莊子思想的研究和論述。但戲劇首先要構建戲劇矛盾和衝突。《莊先生》構思的奇巧，就在於時代、場景和人物的設計。古今時代的巨大差異，決定了莊周與莊生的差異。莊子雖然師承老子，但經魏晉南北朝的演變，老莊學說成爲道家思想的核心內容。莊子其人被神化，奉爲神靈。唐玄宗天寶元年（七百二十四年）二月封「南華眞人」。所著書《莊子》，詔稱《南華眞經》，宋徽宗時封「微妙元通眞君」。可見莊周思想影響之深廣。但莊生是一個現代書生。面對出走的妻子、難以應對的住院費用和「終身副教授」職稱，要他再超然度外漠然置之，實在是太困難了。古今的矛盾是劇本預設的不可超越的矛盾。這是其一；

其二，是權力支配的矛盾。我們看到，四幕戲，變幻的是人物和場景，未變的是權力關係，楚王孫與莊妻、楚院長與莊生，時代變了，但權力支配關係並沒有變化。莊周屍骨未寒，但楚王孫可以利用他的權力和地位調戲莊周的妻子，而莊妻田氏也攝於王孫權力的淫威以及王孫的美貌與地位的誘惑，不僅從了王孫，甚至要劈開莊周的頭顱去取人腦醫治王孫的頭疼疾病，人情冷暖昭然若揭；楚院長也因掌控教師職稱生殺予奪和科研經費等權力，可以肆無忌憚地巧取豪奪，將莊生三十年的研究成果輕而易舉攬入囊中。這種權力關係的呈現，在最深刻的意義上揭示了中國文化中的要害。儒家文化講萬般皆下品，唯有讀書高，但必須學而優則仕。因此，千百年來，科舉取士，凡讀書人都渴望成爲國家官僚集團的預備隊，一如今天爭先恐後做公務員的道理一樣。其間的訴求就是獲得權力。權力支配的矛盾，是《莊先生》的隱結構，也是無處不在的戲劇衝突和矛盾。在這個意義上，這齣戲劇又充滿了現實批判性。劇本第二幕孔方出現後他與莊生的對話，從一個方面以極端的方式表達了院校知識分子的狀況：

莊生：別再鬼扯了……。……剛才你說「區區一點住院費」……。

孔方：（略帶尷尬）不過話又說回來……。

莊生：說回來……。

孔方：也就區區兩個字，一個是「賣」，一個是「舔」。（走進莊生坐下，從包裹取出一疊厚厚的書稿校樣，用手拍打著封面書名）《莊子解蔽》！正本清源，驚世之作啊！兩千年前的文字迷宮，他說萬事之後必有人解，而今終於有了解密者！此人並非別人，就是

我孔某人的小師弟！

莊生：（謙虛地）過獎，過獎……。（酸楚地）點燈熬油這三十年，該犧牲的都犧牲了……。

（孔方從公文包裏取出三紮百元大鈔，拍在莊生手邊。）

孔方：這是預支的三萬，說是預支，其實也就是全部了，你也知道，學術著作不好賣。

莊生：（感激地）謝謝，謝謝孔方兄。君子之交淡若水，關鍵時候真給錢。

孔方：這也是特例了，不是兄弟我說了算嗎？我這副總編輯雖說只是個處級，說大也不大，好歹也是個官！你說是不是？嗯？

這場戲雖然有些漫畫化，洋洋自得的文化掮客與酸腐的書生都未免誇張，但卻從某一方面揭示了學院生活乃至學院政治最深層的疾患——一個處級的副總編輯，面對一個專家可以頤指氣使盛氣凌人，權力關係使知識分子難以建立起獨立的思想空間，更遑論自由精神了。從莊周到莊生，是空間的轉換，同時更是不同時代知識分子階層精神面貌的比照。兩千多年過去之後，這個階層不是更加接近莊子，而是與莊子的距離更加遙遠甚至背道而馳。他們試圖或想像的生活，幾乎一天也不曾屬於他們。此外，莊周路遇的尚未再嫁已有孕在身的小寡婦、信誓旦旦的妻子經不起一試等傳統故事情節，也從一個方面隱喻了當下世風。因此，《莊先生》的現實批判性，是它深刻和力量的根本所在。

另外，《莊先生》語言生動精緻十分考究，它在古今白話之間，不僅契合戲劇的時代背景和人物身份，同時，也是向中國傳統語言致敬的儀式。或者說，荒誕、幽默的語言形式的探索空間，在漢語的範疇內還有許多可能性；在整體構思上，這是一齣悲劇，但最後失憶的莊生與妻子田曉蝶對初戀的回憶，舞臺上飄飛的雪花、搖曳的蘆葦蕩和幻化的飛碟，使劇情充滿了荒寒中浪漫的詩意。古老的莊周、不那麼年輕的莊生，重新煥發了青春的風采一如當年。劇情複雜但意蘊更加豐富，為觀眾提供了無限的想像空間。因此，這更是一部荒誕和荒寒的戲，更是一部浪漫和詩意的戲。

2015 年 3 月於香港嶺南大學